Sur l'auteur

Claude Izner est le pseudonyme de deux sœurs, Liliane Korb et Laurence Lefèvre. Liliane a longtemps exercé le métier de chef monteuse de cinéma puis de bouquiniste sur les quais de Seine jusqu'en 2004. Elle a tiré sa révérence en mars 2022. Laurence a publié deux romans chez Calmann-Lévy, *Paris-Lézarde* en 1977 et *Les Passants du dimanche* en 1979. Elle est bouquiniste sur les quais. Les deux sœurs ont réalisé plusieurs courts-métrages et des spectacles audiovisuels. Elles écrivent ensemble et individuellement depuis de nombreuses années, tant pour la jeunesse que pour les adultes. « Les enquêtes de Victor Legris », qui comportent douze volumes, ont connu un succès retentissant et sont traduites dans huit pays. *Qui a tué le Minotaure ?* est le cinquième volet de leur nouvelle série à suspense mettant en scène le pianiste Jeremy Nelson dans le Paris des Années folles.

Du même auteur
aux Éditions 10/18

Sang dessus dessous, n° 4637

Dans la série « Jeremy Nelson »

Le pas du renard, n° 5213
La femme au serpent, n° 5371
La poule aux œufs d'or, n° 5516
Les nids de l'hirondelle, n° 5784
Qui a tué le Minotaure ?

Dans la série
« Les enquêtes de Victor Legris »

Mystère rue des Saints-Pères, n° 3505
La disparue du Père-Lachaise, n° 3506
Le carrefour des Écrasés, n° 3580
Le secret des Enfants-Rouges, n° 3682
Le léopard des Batignolles, n° 3808
Le talisman de la Villette, n° 3941
Rendez-vous passage d'Enfer, n° 4100
La momie de la Butte-aux-Cailles, n° 4186
Le petit homme de l'Opéra, n° 4345
Les souliers bruns du quai Voltaire, n° 4449
Minuit, impasse du Cadran, n° 4582
Le dragon du Trocadéro, n° 4782

CLAUDE IZNER

QUI A TUÉ LE MINOTAURE ?

10/18

ISBN 978-2-264-07914-5
Dépôt légal : mai 2023

« Avec un mensonge on va loin, mais sans espoir de retour. »

Proverbe yiddish

« La vengeance est boiteuse, elle vient à pas lents mais elle vient. »

Victor Hugo

« Écrire est un apaisement de soi-même. »

Jules Barbey d'Aurevilly

LISTE DES PERSONNAGES PRINCIPAUX

La troupe de théâtre qui interprète *La Voile noire*, de Gaëtan Bardin (cousin du Dr Étienne Gilbert) :

— Gaëtan Bardin, le Minotaure.
— Guillaume Fleury, souffleur, le roi Égée, père de Thésée.
— Julien Sarde, barman au *Bœuf sur le Toit*, Thésée.
— Tom Brighton, bibliothécaire, l'architecte Dédale.
— Miranda Marquez, danseuse espagnole, Ariane, la fille du roi de Crète Minos.
— Catherine Cognat, employée à la réception de l'*Hôtel Terminus* à la gare d'Orsay, Dionysos.

Hélène Gilbert, épouse du Dr Gilbert.
Sa bonne, Antoinette Cozic.
Le commissaire Auguste Dorval.
Jeremy Nelson, Camille Pignot, Sammy Eidelmann.
Victor Legris, venu de Londres pour acquérir des films français qu'il distribue en Angleterre.

PROLOGUE

Depuis des mois, il lui arrivait de subir des rêves récurrents qui teintaient ses journées de touches plus sombres que celles d'un cachot.

Les murs croulaient au ralenti, des chapelets de moellons se désagrégeaient en un nuage opaque. Cette paisible et silencieuse cataracte intensifiait l'ampleur de la destruction. Au-delà du déluge de plâtre et de ciment se profilaient des silhouettes humaines, minuscules fétus emportés par l'anéantissement d'un immeuble. Les silhouettes tournoyaient, chancelaient, se mêlaient, se séparaient sans révéler leur visage.

Un éclair les frappa, les mua en une pyramide blanche d'où surgirent des arbres aux feuilles frémissantes. Deux d'entre elles se métamorphosèrent en bêtes à cinq doigts, lancées à la poursuite d'un petit homme à moustache, coiffé d'un melon. Comment leur échapper ?

Une nuée noire apparut, adoptant la stature d'un géant accoutré en trappeur. Le géant s'assit sur l'Arc de Triomphe, contempla l'avenue des Champs-Élysées, attrapa une automobile, qui se changea en un pitoyable jouet, et la lança sur un embouteillage.

Tout explosa, une épaisse fumée recouvrit la capitale et des milliers de moineaux et de pigeons affolés s'agglutinèrent en un brouillard de particules.

Le géant se redressa pour détendre ses muscles, avant de prendre son élan vers la place de la Concorde, où il arracha l'obélisque comme s'il s'agissait d'un simple crayon et le brisa en deux sur sa cuisse. Puis il piétina le jardin des Tuileries dont il aplatit les chaises métalliques avant de les projeter dans les bassins, au milieu de nourrices et d'enfants épouvantés.

Quand il eut gagné la Seine, il se mit à rétrécir. Il plongea derrière un train de péniches, nagea jusqu'à l'île de la Cité, se hissa sur le pont d'Arcole où il provoqua la panique parmi les passants.

Il reprit sa taille normale sur le parvis de Notre-Dame, envahi de curieux qu'il renversa aisément, puis fonça vers l'Hôtel-Dieu, mais s'empêtra dans un groupe de brancardiers aux blouses auréolées de sang. Le cerveau dont était issu le songe ordonna aux lèvres crispées par la peur d'articuler un long appel au secours qui chassa le sommeil et réduisit le mirage en miettes.

Les paupières s'entrouvrirent. Le corps allongé dans le lit demeura aux aguets.

Le buste s'adossa aux oreillers. Le souffle recouvra un rythme régulier.

Les fentes des volets tamisaient un jour laiteux. Il suffisait de fermer les paupières pour que les souvenirs se mettent en branle.

1

Jeudi 11 mars 1926

La mairie du 12e arrondissement crachait des groupes dignement vêtus, hommes en frac et haut de forme, femmes en cape et chapeau cloche. Se rendaient-ils à une cérémonie funéraire ? Allaient-ils enterrer le dieu de la comédie, ainsi que le laissait supposer un essaim de Pierrots et de Pierrettes brusquement lâché parmi eux ?

Une princesse couronnée en robe longue à large col de dentelle parut au sommet de l'escalier. Elle se contraignait à sourire malgré le vent du nord chargé d'humidité.

Mais, en ce jour de Mi-Carême, elle se devait de surmonter sa frilosité, et ce fut d'un pas serein qu'elle gagna l'automobile ornée de roses qui l'attendait sur la place Daumesnil.

Toute circulation de voitures et d'autobus avait été interdite. Sous le ciel maussade, en tête du cortège, les chevaux des gardes républicains piaffaient d'impatience. Les cavaliers déploraient qu'on ait du retard sur l'horaire prévu. Derrière eux s'étirait une file de chars, celui des demoiselles qui exigeaient le droit de vote, celui de la TSF, celui de l'alliance franco-russe et divers véhicules publicitaires vantant les mérites du nouveau parfum de Marcel Guerlain, Kadoura, et du cirage Lion Noir.

Près du char du cinéma caracolait sur son pur-sang l'actrice Musidora, de son vrai nom Jeanne Roques, héroïne de films d'avant-guerre, *Judex*, *Les Vampires*, réalisés par Louis Feuillade. Les cheveux longs, gantée jusqu'aux coudes, celle qui venait d'être élue reine du septième art portait un justaucorps à col de dentelle. Ses bottes cuissardes révélaient la nudité de sa peau claire, qui contrastait avec le pelage sombre de sa jument.

Un long serpent ondoyait le long de l'avenue Daumesnil et de l'avenue Ledru-Rollin en direction du pont d'Austerlitz.

Malgré la bise et la bruine, des cris d'allégresse et des chants d'enfants ponctuaient l'avancée de la foule. On riait, on s'interpellait, on oubliait les fins de mois difficiles. Des groupes de débardeurs et de colombines progressaient en agitant des serpentins. Les trompettes de la Garde républicaine tentaient vainement de couvrir les accents de l'harmonie du 14e arrondissement.

Les étudiants se bousculaient et raillaient le char de la basoche et le rallye Saint-Hubert de Boulogne. La reine des catherinettes secouait son bonnet, acclamée par les spectateurs massés sur les trottoirs. Elle ouvrait la voie à une succession d'altesses : reines de l'alimentation, de la bonneterie, de la couture, des dactylos, des fleurs, de la mode, du music-hall, char de la lessive, sur lequel la Diane de Montreuil accrochait à des fils des chaussettes trouées. Les souveraines de la parfumerie, des foulards, de la presse leur succédaient. Toutes lançaient des bouquets à leurs admirateurs, qui leur retournaient des baisers. Les yeux clos des boutiques ignoraient ces démonstrations impudiques.

Les étudiants de Clamart se faisaient chahuter par les féministes. La Commune libre de Montmartre offrait aux regards un lot d'excentriques coiffés de bérets ou de panaches à plumet. Talonnée par la République de l'île Saint-Louis, la fanfare de Paris égrenait *La Marseillaise*.

Clou du défilé, le Soutien de Saint-Gilles précédait la reine de Paris et cinq ou six phaétons hippomobiles, encadrés par une cohue enthousiaste, qui fermaient la marche.

— Où est passée cette maudite boîte ? se demanda la femme à voix haute. Voilà où mène la maniaquerie, on range, on époussette et on ne retrouve rien. Tiens, c'est comme les lunettes ou les médicaments, ils disparaissent de votre vue et vous doutez de la fiabilité de votre esprit, à moins que le poète Alphonse de Lamartine soit dans le vrai : « Objets inanimés, avez-vous donc une âme ? »

Ce coffret de marqueterie avait toujours fait partie du décor, c'était un cadeau de la cousine Marie lors des noces d'or de ses parents. Il trônait sur un guéridon en compagnie de leur photo de mariage.

La photo était à sa place, pas la boîte.

Par la fenêtre ouverte montèrent soudain plusieurs rugissements, les battants furent claqués d'une main rageuse.

— Vous qui vous êtes grimés en bestioles, futures descentes de lit pelées, silence ! Laissez-moi penser... Ah, ça me revient ! Décidément, je perds la mémoire, j'ai besoin d'un fortifiant.

Des pas assurés se dirigèrent vers la chambre à coucher. Des mains tâtonnèrent à l'intérieur d'une armoire.

— Victoire ! Maintenant, ne pas perdre une minute, j'ai juste le temps.

Dans le cortège, qui parcourait à présent le boulevard de l'Hôpital, des farandoles s'étaient formées sur deux rangs compacts. Les travestissements étaient d'une grande variété. Certains Parisiens affectionnaient les animaux, et l'on voyait des chats et des chiens poursuivre des papillons qui harcelaient en s'esclaffant des tigres et des crocodiles. D'autres préféraient l'univers des légendes. Baguette magique dressée, des fées bondissaient sur des sorcières qui les repoussaient de leur balai tandis que quelques chevaliers se précipitaient sur des dragons vomissant des flammes en tissu et fuyant sur leurs pattes aux ongles crochus. Déchaînés derrière un joueur de flûte en gilet noir et jupe de cuir, des Lapons, des squaws, des Mexicains à sombrero et des Javanaises esquissaient des pas fantaisistes en émettant des onomatopées censées offrir un échantillonnage des langues de la planète.

Un Arlequin qui avait perdu sa famille de la *commedia dell'arte* cherchait à rattraper les protagonistes d'un mythe grec comprenant le Minotaure, la princesse Ariane, le roi Égée, son fils Thésée, le dieu Dionysos et l'architecte Dédale. Mais, chaque fois qu'il était sur le point de les atteindre, de joyeux drilles masqués de loups colorés l'en empêchaient et l'entraînaient avec des rires triomphants. Furieux, Arlequin se débattait, se libérait et reprenait sa course. Il heurtait des enfants aux mains poissées de sucres d'orge mais ne ralentissait pas pour autant, insensible aux protestations des parents.

Après avoir suivi la rue Claude-Bernard puis la rue Gay-Lussac, le cortège parcourut le boulevard Saint-Michel, où il fut rejoint par une cavalcade glorifiant Mimi Pinson. Les étudiants du Quartier latin avaient reconstitué la cour des Miracles. Bateleurs, jongleurs et truands se mêlaient avec force rires à des coupe-jarrets, tire-laine et ribaudes. Parmi ces fantoches, de vrais pickpockets s'en donnaient à cœur joie. La multitude franchit la Seine *via* le pont Saint-Michel et le pont au Change et, sous une pluie de confettis, s'engagea place du Châtelet puis boulevard de Sébastopol.

Arlequin cheminait d'un pas résolu, toujours en quête du Minotaure et de sa suite. Il finit par les apercevoir de nouveau, arrêtés à l'angle de la rue des Lombards.

Ariane agitait un tambourin, Dionysos jouait de l'harmonica, Égée et Dédale réparaient le manche d'une pancarte sur laquelle était écrit en grosses lettres rouges :

LA VOILE NOIRE
Prochainement sur une scène parisienne

Thésée se rongeait les ongles. Devant la boutique d'un confiseur, le Minotaure était plongé dans une rêverie. Quand Arlequin se planta près de lui, il inclina son front cornu pour écouter ce que celui-ci avait à lui dire. Après un bref coup d'œil au reste de la bande, le Minotaure se faufila parmi les badauds afin de rejoindre Arlequin rue des Lombards sous le porche d'un immeuble du XVIIIe siècle. Aucun des deux ne s'aperçut qu'ils étaient suivis.

Cinq minutes plus tard, Arlequin ressortait et se ruait vers un estaminet à l'enseigne de *La Grappe d'Or*.

L'établissement occupait le rez-de-chaussée d'un immeuble délabré au numéro 37 de la rue. On eût dit une gargote abandonnée du siècle précédent, défendue par une vespasienne bigarrée de réclames. Pour douze sous, on descendait s'y reposer dans les caves. Arlequin paya son obole et dévala les marches jusqu'à une salle enfumée. Ça sentait le vin, les odeurs corporelles, l'humidité, le poisson. Arlequin repéra un passage voûté au fond de la salle. Où que l'on portât le regard, à gauche ou à droite, des trimardeurs, des sans-logis de tous âges, la nuque posée sur leur veston roulé en boule, dormaient à même la terre battue. Quelques femmes somnolaient, assises sur des bancs alignés devant des tables. Arlequin évita les corps étendus au sol, contourna tables et bancs. Courbé en deux, il enfila l'étroit boyau. À mi-chemin il se changea, plia son déguisement et en enveloppa son masque, fit un paquet du tout et l'enfonça dans un sac de toile. Il défroissa le mieux possible son costume de ville, ajusta son chapeau et reprit sa progression.

Quelques instants plus tard, il émergeait place Sainte-Opportune, où il héla un taxi.

Thésée et ses amis cherchaient toujours où se dissimulait le Minotaure. Aucun d'eux n'eut l'idée de fouiller les immeubles alentour.

Après une demi-heure de battue, ils décidèrent de continuer leur promenade en se passant de leur compagnon qui, de toute évidence, s'était éclipsé pour suivre une jolie frimousse. Ils n'imaginaient pas qu'un incident pût les priver définitivement d'un homme monstrueux à tête de taureau, fils de Pasiphaé.

2

Ce fut un des locataires de l'immeuble sis au numéro 50, un employé de bureau à la moustache sémillante nommé Jules Gratot, qui, en fin d'après-midi, découvrit l'homme dans le couloir d'entrée. L'inconnu était drapé dans une tunique blanche, chaussé de sandales, le chef dissimulé sous son masque effrayant.

Jules Gratot crut avoir affaire à un poivrot et il allait l'enjamber pour gagner l'escalier quand il distingua une tache rouge à l'emplacement du cœur.

L'employé poussa un cri étouffé, se pencha et tenta de soulever le corps inerte. Après plusieurs essais, il parvint à le faire basculer sur le flanc.

Au niveau de la colonne vertébrale, les bords entaillés de la tunique s'imbibaient lentement d'un liquide sombre.

Jules Gratot regretta aussitôt son initiative. Il lâcha le corps, qui reprit sa position initiale, et, vainement, chercha du regard la présence d'une bouteille de vin.

Rien.

Il se redressa, glacé, écœuré, terrifié. Il n'avait jamais vu de cadavre et ne pouvait détacher ses yeux de celui-ci. Il recula pas à pas et, en proie à la panique, alla tambouriner à la loge de la concierge.

— Madame Léonce ? Y a… y a un macchabée dans l'entrée !

Pour seule réponse, il perçut le miaulement éploré de Sosthène, le chat bouclé dans la loge.

« Y a pas à tortiller, je dois alerter les flics », pensa-t-il, affolé.

Son soulier buta contre un objet métallique qui s'enfonça profondément entre deux lattes du plancher.

Une foule en liesse avait envahi le quartier Sébastopol. Jules Gratot se frayait un passage à contre-courant. Il fut coincé près de la caisse du Palais des Fêtes, un cinéma permanent. Son regard accrocha l'affiche du programme :

BIBI LA PURÉE
Un film de Maurice Champreux

« Un titre prémonitoire, songea-t-il, c'est moi qui suis dans la purée. »

Il eut envie de tout laisser tomber.

Un clochard l'apostropha :

— T'as un train à prendre ?

— Où est le commissariat, s'il vous plaît ?

— Je n'suis pas le bottin mondain !

— Vous touchez au but, c'est à deux pas, lui indiqua une marchande de pochettes surprises. Achetez-m'en une, monsieur, cinq sous.

Le commissariat de la rue aux Ours était inaccessible. Chahuté par une bande de clowns, Jules Gratot dut jouer des coudes après s'être fait traiter de sinistre abruti par un paillasse dont il avait écrasé les pieds.

À l'abri d'un comptoir, deux pandores tapaient le carton en sirotant du café. L'un d'eux lui accorda un rapide coup d'œil et se replongea dans la partie qu'il était sur le point de gagner.

Jules Gratot resta planté là et patienta, déconcerté par leur manque d'attention. Il toussa, se racla la gorge avec insistance sans provoquer de réaction de la part des gardiens de la paix.

Enfin, le plus rondouillard, peu enclin à être vaincu par son partenaire, abattit ses atouts et lui sourit d'un air absent.

— Oui, j'écoute, dit-il.

— Je voudrais vous signaler un…

— Nom, prénom, adresse, profession, répliqua le rondouillard.

— Gratot, Jules, employé aux écritures du rayon ameublement du *Bazar de l'Hôtel de Ville*. Je bénéficiais d'un congé pour la Mi-Carême et…

— Motif de votre visite ?

— Un mort sous le porche de mon immeuble.

— Mort de quoi ?

Jules Gratot sentit sa glotte se contacter, il hésita :

— Ben, je ne sais pas trop. J'ai décidé de vous avertir sans traîner.

— Vous avez appelé un médecin ? Les pompiers ?

— Hélas, non.

— De la précision, monsieur, parce que, voyez-vous, c'est malheureux, mais aujourd'hui n'est pas une journée ordinaire, c'est la fête, nos collègues sont employés au service d'ordre, on manque d'effectifs. Avez-vous remarqué des traces d'agression ?

— Pas que je sache, mais j'ai noté une tache sombre sur son déguisement.

— Il était déguisé en quoi ?

— En Minotaure, un héros de l'Antiquité, le labyrinthe, et tout ça…

— C'est votre histoire qui est un labyrinthe. Il est où, votre immeuble ?

— Rue des Lombards, au 50.

Les cartes à jouer graisseuses atterrirent sur un banc, l'agent rondouillard consentit à repousser sa chaise et rejoignit le comptoir.

— Va falloir prévenir M. Dorval, annonça-t-il sentencieusement, je vous souhaite bonne chance.

— Qui est-ce ?

— Le commissaire. Vous voyez la porte brune, derrière vous ? Seulement, je vous avertis, il déteste être dérangé pour des broutilles.

Jules Gratot regarda avec appréhension et souffla comme s'il craignait qu'on ne l'entende :

— C'est très sérieux, je n'ai pas osé fouiller le mort pour savoir s'il avait des papiers permettant de l'identifier. Pourvu que les voisins ne le tripotent pas, ça brouillerait les pistes.

— Le commissaire Dorval saura agir. Démêler la vérité du mensonge, c'est son sacerdoce, assura l'agent rondouillard.

— Et comment ! Le patron est un as, renchérit le second agent en clignant de l'œil vers son collègue qui contourna le comptoir et alla frapper.

Doucement d'abord, puis, faute de réponse, plus fort. Une voix s'éleva :

— Qu'est-ce qu'il y a encore ? C'est vous, Faisandier ? Ou vous, Jaspinet ? Ne faites pas les enfants de chœur, je sais parfaitement que vous disputez une partie de crapette. Apportez-moi un petit noir bien sucré.

— Un quidam demande à vous voir, dit le rondouillard, passant la tête par l'entrebâillement de la porte.

— Vous ne pouvez pas régler ça ?

— Il s'agit d'un assassinat, commissaire.

— Qu'il entre.

Jules Gratot sentit sa résolution faiblir. C'était la première fois qu'il se rendait dans un poste de police et ce genre de situation le mettait dans le même état d'esprit que lorsqu'il se présentait devant son chef de service de l'ameublement du *Bazar de l'Hôtel de Ville*. Le bureau était sinistre, des dossiers couverts de poussière s'amoncelaient à même le plancher sous une fenêtre aux vitres sales.

Installé à une table, le commissaire Dorval feuilletait machinalement les papiers posés sur son buvard. Il était une fois de plus sur une des innombrables affaires banales qui ponctuaient sa carrière depuis vingt-cinq ans : un apprenti maçon, incapable de régler son hôtel, avait assassiné son patron pour le voler. Un gain de cent trente francs, deux vies détruites, sans compter les répercussions sur les familles.

— Asseyez-vous, grommela-t-il en pointant le menton vers une chaise.

Il redressa la tête et tenta de se concentrer sur le récit alambiqué de Jules Gratot. Ses yeux se fermaient malgré lui et il eût donné cher pour s'allonger un moment. Des pétards explosèrent à l'extérieur, suivis de bruyantes ovations. Il n'y accorda pas plus d'attention que si les murs avaient été blindés. Ce type du *Bazar de l'Hôtel de Ville* avait définitivement saboté son après-midi. Il se leva. S'il restait sur son siège, il risquait de se mettre à ronfler.

— Jaspinet, cria-t-il, contactez immédiatement Vannier, le médecin légiste, qu'il se rende dare-dare au 50, rue des Lombards. Faisandier, emmenez monsieur à côté, vous taperez sa déposition !

— Qu'est-ce que vous allez taper ? demanda Jules Gratot, sur la défensive, à l'agent Faisandier.

— Ce que vous avez raconté au commissaire. Ensuite, vous signerez et on se déplacera là où vous avez trouvé le corps, dit Faisandier d'un air résigné.

— Pourquoi faut-il que je signe ?

— Parce que la police ne peut rien entreprendre sans qu'une plainte soit déposée, et qu'il faut un responsable.

3

Le voisinage du 50, rue des Lombards n'avait pas attendu le retour de Jules Gratot pour s'agglutiner autour du cadavre. À intervalles réguliers, la concierge repoussait discrètement du bout de son balai son déguisement de taureau afin de distinguer ses traits. En vain. À bonne distance, les amoureux du premier, une secrétaire à forte poitrine et un déménageur aux cheveux en déroute, se serraient l'un contre l'autre, effrayés et fascinés. La vieille Anglaise du deuxième se malaxait le menton en proférant des « *Oh, my God !* » incessants, choquée que personne n'empêche Sosthène de lécher un filet de sang sur le carrelage. Lassé de son jeu, le chat s'éloigna et gratta plusieurs fois le plancher. Excédé de son insuccès, il abandonna l'objet métallique encastré entre deux lattes et poursuivit un cafard égaré au pied de l'escalier.

L'agent Jaspinet, suivi du commissaire Dorval et de Jules Gratot, fonça vers l'attroupement et s'adressa au médecin légiste, debout près de la dépouille.

— Salut, Vannier. Alors ?

— Trucidé par un objet plat et pointu qui a pénétré dans le dos et perforé le cœur. L'assassin a frappé avec précision, il doit avoir de sérieuses notions d'anatomie. La mort est survenue il y a environ deux heures, disons vers quinze heures, quinze heures trente. L'arme est introuvable, la concierge a déjà mené son investigation.

— J'ai cherché sous sa tunique, avoua la concierge. Il porte une veste de coutil et des caleçons longs de couleur grise. Dans une des poches, y avait ça, annonça-t-elle, exhibant un portefeuille.

Auguste Dorval, à qui tous abandonnèrent avec soulagement la direction des opérations, le lui arracha avec un grognement qui la fit sursauter. Puis il se baissa, saisit le poignet inerte, le retint un instant entre ses mains, soupira.

Le commissaire exhuma du portefeuille quelques billets de banque, deux photos, celle d'une femme accoudée à une fenêtre, une autre d'un petit groupe d'hommes et de femmes posant sous une statue représentant Thésée combattant le Minotaure[1], et une carte de visite. Le commissaire la montra au légiste.

— Vannier, vous pouvez me déposer à cette adresse ?

— Impossible, mon vieux, je suis à la bourre, le fourgon me ramène direct quai de la Rapée avec ce pauvre bougre. Je dois fournir avant ce soir le rapport d'autopsie d'une mort suspecte par pendaison au procureur de la République. Vous le connaissez : à cheval sur le règlement.

— Faites-moi une fleur, Vannier, examinez de plus près ce nouveau venu pour tenter de déterminer quelle est l'arme du crime, ça m'orientera vers une piste éventuelle avant de recevoir le résultat complet de votre autopsie, le pria Auguste Dorval en désignant le cadavre.

— J'agirai au mieux. Si je trouve, je vous téléphone demain. Encore une nuit blanche ! Je m'encourage en imaginant mes huit jours de congé dans l'Yonne, au bord de la rivière, en tête à tête avec ma boîte à pêche.

— N'oubliez pas de m'appeler demain.

— Détendez-vous, Dorval, vous avez besoin de sommeil, lança le légiste en précédant les brancardiers.

1. Sculpture en marbre de Jules Ramey, au jardin des Tuileries, à Paris (1826).

— Boulevard Saint-Marcel, c'est quelle station de métro ? grommela le commissaire à l'adresse de Jaspinet.

— Gobelins, chef.

Jules Gratot effleura la manche d'Auguste Dorval.

— Commissaire, je possède un side-car garé dans la cour. Si vous me permettez, je peux vous conduire là-bas. Je suis fiable, je participe à des rallyes. En suivant les quais de Seine, on évitera la foule, on y sera rapidement, vous gagnerez du temps.

Un second cortège, organisé par le comité général des fêtes, lui aussi parti de la mairie du 12e arrondissement, comprenait les reines d'Alsace et de Lorraine et celles des vingt arrondissements parisiens. La reine des reines, dotée d'un diadème, d'un manteau de cour et d'un sceptre, et ses compagnes trônaient dans vingt-quatre voitures à chevaux décorées de guirlandes en papier.

Derrière l'Alsace et la Lorraine, les landaus bravaient les nuages menaçants. Leurs occupantes, vêtues de robes claires et légères, se forçaient à sourire et à remuer les bras, poupées insensibles au froid. Les spectateurs ovationnèrent le char de l'Esméralda et de ses compagnes déguisées en gitanes, qui virevoltaient, un tambourin à la main. L'une d'elles manœuvrait les ficelles d'une chèvre en carton aux cornes dorées. Ils avançaient tous en direction des Grands Boulevards.

Le side-car de Jules Gratot s'englua dans ce cortège, et le commissaire invoqua les saints du Paradis afin qu'ils les extirpent de ce magma humain.

Allongée sur une méridienne dans un salon encombré, Hélène Gilbert, vêtue d'un kimono bleu canard, contemplait la seule fenêtre qui ne fût pas occultée d'un double rideau. La migraine dardait ses filaments hostiles dans sa tête qu'elle enserrait d'un filet douloureux se ramifiant jusque derrière ses paupières. La femme s'empara d'une clochette et la secoua. Une soubrette à tablier blanc, jeune créature chétive traînant les pieds, franchit la porte ouverte sur le corridor et se rapprocha de la méridienne en chantonnant :

Elle avait de tout petits petons,
Valentine, Valentine[1]...

— Madame désire ? demanda-t-elle avec une légère génuflexion.

— Antoinette, cesse tes simagrées, et je t'ai déjà priée de ne pas porter de savates, ta progression de reptile sur le plancher me scie les nerfs.

— Mais, Madame, je vous ai expliqué que ma voûte plantaire n'est pas assez cambrée, alors les chaussures, c'est intolérable. J'ai moi aussi de tout petits petons, on croirait qu'elle a été écrite pour moi, cette chanson.

— Elle est cruche. Maurice Chevalier ferait mieux de réserver son talent à un répertoire moins grivois. Tu trouveras toujours de bonnes raisons pour te distinguer du commun des mortels, ma fille. Apporte-moi une tasse de camomille et deux comprimés d'aspirine.

Antoinette Cozic exécuta une courbette et s'éloigna en levant les yeux au ciel.

— Elle devrait siffler un verre de porto et manger une tartine de rillettes, ça la requinquerait, grogna-t-elle en emplissant la bouilloire au robinet de la cuisine.

Le timbre de l'entrée grésilla deux fois. Ce ne pouvait être le représentant en pharmacie de Monsieur. Le cabinet médical, situé à l'étage au-dessous, était fermé pour la journée. Peut-être un patient n'avait-il pas vu la pancarte ? Elle délaissa le robinet ouvert, se hâta vers la porte palière, tourna la clé dans la serrure sans décrocher

1. « Valentine », chanson composée en 1925 pour Maurice Chevalier par Henri Christiné (musique) et Albert Willemetz (paroles).

la chaîne de sécurité et, dans l'entrebâillement, dévisagea un individu qui tournait son melon entre ses doigts.

— C'est à quel sujet ? s'enquit-elle.

— Commissaire Auguste Dorval. Je suis bien chez le Dr Gilbert ?

— Vous êtes à son domicile privé. Il exerce au premier étage. De toute façon, il est sorti.

— N'y a-t-il personne de sa famille qui soit susceptible de me recevoir ?

— Son épouse est là, mais elle est souffrante. Elle est sujette aux migraines. Quand ça la prend, elle en a pour des heures et elle ne peut plus bouger, alors elle s'allonge et elle somnole.

— Je dois lui parler. Ouvrez cette porte ! Police.

— Prouvez-moi que vous êtes de la Grande Maison !

Auguste Dorval émit un soupir exaspéré et extirpa d'une de ses poches sa carte de la préfecture de police et un bristol corné.

— La confiance règne. Pressez-vous, mon chauffeur est mal garé.

Antoinette, qui s'inquiétait davantage de la dépense en eau que d'un chauffeur, courut fermer le robinet de la cuisine puis revint débloquer la porte.

— Je vais prévenir Madame.

— Minute.

Dorval avait sorti un carnet et un bout de crayon.

— Vos nom et profession ?

— Antoinette Cozic, employée de maison. Je n'ai rien fait de mal.

— Depuis combien de temps travaillez-vous pour Mme Gilbert ? demanda-t-il, affichant un sourire carnassier révélant une dent en or.

— Des lustres, c'est ma marraine.

— Et elle vous emploie comme bonniche ?

— Sûrement pas, elle me verse un salaire, elle me respecte, je l'aime beaucoup.

— Vous logez dans l'appartement ?

— Au bout du couloir, à droite, une chambre contiguë au cabinet de débarras.

— Où étiez-vous, aujourd'hui, entre quatorze heures et dix-sept heures ?

— Pourquoi ? C'est ma vie personnelle, rétorqua-t-elle, agressive.

— Chère demoiselle, dit-il avec une pointe d'irritation, lorsqu'un policier pose une question, c'est pour obtenir une réponse.

— Ce matin, je suis allée au marché, après je n'ai pas bougé d'ici.

— Vous n'êtes pas sortie voir le carnaval ?

— Ah non, alors ! Les processions, les bannières... J'ai passé mon enfance à courir les pardons, je suis du Faouët, on porte des sabots, là-bas, alors mes pauvres pieds en ont pris pour leur grade, j'ai un affaissement de la voûte plantaire.

Elle le regarda griffonner ces renseignements, l'œil mauvais.

— Donc vous avez vu votre patronne.

— Non. Madame ne vient jamais dans la cuisine, et entre quatorze et dix-sept heures je suis aux fourneaux, dans la *cambuse*, comme disait mon papa, qui était cuistot sur un sardinier. Le repas est servi à dix-neuf heures pétantes, le docteur est très exigeant sur la composition de la tambouille.

« Ces flics, songea-t-elle, on a beau être blanc comme neige, ils ont toujours le chic pour vous noircir. »

— Ce sera tout, annoncez-moi, conclut-il.

« Il aurait pu emprunter l'entrée de service, le poulet, il va tout me saloper avec ses croquenots ! » fulmina-t-elle avant de rejoindre sa maîtresse.

— Et ma camomille, Antoinette, tu es allée la cueillir ? marmonna celle-ci.

— Madame n'a pas entendu sonner ? C'est un commissaire de police, voici sa carte.

La femme jeta un coup d'œil au bristol et fit signe à Antoinette de faire entrer le visiteur.

— Elle est bien imprudente, y en a qui vous égarent avec de « vrais faux » papiers et qui en profitent pour vous cambrioler, grogna Antoinette en cédant le passage au commissaire Dorval.

Ce dernier attendit qu'elle se fût retirée avant de pénétrer dans la pièce sombre.

— Madame Gilbert ? interrogea-t-il après un bref salut.

Il reconnut la femme à la fenêtre qu'il avait vue sur l'une des deux photographies contenues dans le portefeuille du mort.

— Je suis Hélène, la femme du docteur. Que me vaut votre visite ?

Elle s'était légèrement redressée et s'efforçait de repousser les vrilles douloureuses qui envahissaient son front.

Le commissaire prit place dans un fauteuil couleur tournesol.

— Madame, je crains d'être porteur d'une fâcheuse nouvelle. Ce portefeuille vous est-il familier ?

— Il ressemble à celui de mon mari ! Où l'avez-vous trouvé ? s'écria-t-elle en le saisissant.

— Sur le corps d'un homme décédé travesti en Minotaure.

Hélène Gilbert se laissa à demi choir de la méridienne.

— Étienne ? Mais c'est absurde ! Pourquoi se serait-il accoutré en… ? Il est parti ce matin au diable visiter un patient à domicile, et tout ce que je peux vous affirmer, c'est que, depuis notre première rencontre, il n'a jamais participé à une mascarade, c'est un homme sérieux, concentré sur son sacerdoce… À moins que… (Son visage prit une expression d'incrédulité, comme si elle venait seulement de s'apercevoir d'un fait.) Se pourrait-il qu'il s'agisse de son cousin ? Il a ses entrées dans les milieux littéraires et collabore à plusieurs revues. Il a récemment achevé une pièce de théâtre sur un mythe grec. Cocteau le compte parmi sa garde rapprochée. Savez-vous quel est son sobriquet ?

— Non, madame, je ne sais pas, grommela le commissaire.

— Gaga le Ténébreux.

— Cocteau ? Jean Cocteau, le poète ?

— En personne.

— Et pourquoi Gaga ?

— Il s'appelle Gaëtan.

— Madame, je ne suis pas positivement certain que le trépassé soit un membre de votre famille. Au sein d'une telle foule, ce… Minotaure a pu être détroussé. Si je puis me permettre, vous devriez tenter de contacter ce cousin surnommé Gaga. Quel est son patronyme ?

— Bardin… Vous vous moquez, monsieur le commissaire. S'il est mort, comment le joindre ? Où l'a-t-on découvert ?

Le commissaire nota qu'elle n'avait pas l'air bouleversé, toutefois il pesa ses mots avant de répondre :

— Sous le porche d'un immeuble, rue des Lombards. Apparemment, c'est une agression. Bien qu'un suicide ne soit pas exclu, il y en a de si étranges… Une vérification s'impose, j'en suis navré, il faut nous rendre sur-le-champ à l'institut médico-légal aux fins d'identification.

Hélène Gilbert laissa choir le portefeuille. Le commissaire Dorval le ramassa puis le glissa dans sa poche.

— Votre époux porte-t-il au front une cicatrice en forme de demi-lune ? demanda-t-il d'un ton anodin.

Il n'eut pas le temps de retenir Hélène Gilbert. Elle avait glissé sur le tapis, où elle gisait, évanouie. Il avisa la clochette et l'agita frénétiquement.

Antoinette Cozic revint en raclant le sol de ses savates. Elle émit un cri de souris en apercevant sa maîtresse allongée au sol, inanimée.

— Madame ! Elle est morte ?

— Avez-vous le téléphone ? interrogea vertement le commissaire.

— Oui, un modèle mural, dans l'entrée.

Dorval pesta contre l'avarice de la propriétaire et de la bonne, aucune lampe n'était allumée. Il eut un mal fou à distinguer lettres et chiffres sur le cadran. Il dut patienter un long moment avant d'avoir la communication avec Vannier.

— Alors, comment ça se présente ?

Dorval ravala un soupir exaspéré. La diction éraillée du docteur légiste butait sur chaque mot :

— Ben, on peut dire que vous avez une sacrée veine !

— Vous appelez ça de la veine, un cadavre en pleine Mi-Carême ?

— Ne m'étais-je pas engagé à vous appeler demain ? Eh bien, on m'a adjoint une nouvelle recrue à qui j'ai pu confier le pendu dont je devais m'occuper jusqu'à l'aube, cela m'a permis d'examiner attentivement votre Minotaure. Il faut que vous veniez immédiatement à la morgue, je ne sais pas trop de quel côté le prendre, votre refroidi.

— Mais je suis sur les rotules, moi ! Je n'ai même pas dîné !

— Et moi, vous croyez que j'ai mangé ? J'ai l'estomac dans les talons ! Une jolie nuit blanche m'attend, alors un effort, je vous prie, ne tardez pas, car après, j'ai un travail de forçat à effectuer.

— Mais…

Le commissaire allait protester, déclarer qu'il était hors de question qu'il prenne le métro jusqu'au quai de la Rapée. La demoiselle du téléphone lui annonça d'une voix suave que la conversation était terminée.

Furieux, le commissaire se rua vers la porte et l'ouvrit violemment. Nez à nez avec Jules Gratot, il faillit embrasser l'employé. Au lieu de quoi il l'admonesta d'un ton sévère.

— Alors, on espionne ?

— En aucun cas, commissaire. Je venais juste m'informer : aurez-vous encore besoin de mes services ?

— Vous avez déjà entendu parler de la voie Mazas ?

— Je jure sur l'honneur que, même sous la torture, ma réponse serait « non », surtout s'il s'agit d'un lieu secret où se rencontrent des criminels !

— Il s'agit de la morgue, cher monsieur, et vous allez m'y conduire dare-dare dans votre engin futuriste !

C'est ainsi qu'une demi-heure plus tard Auguste Dorval, tenant son melon à deux mains pour qu'il ne s'envole pas, fit une entrée remarquée à l'institut médico-légal dans le side-car d'un employé du *Bazar de l'Hôtel de Ville*.

4

Vendredi 12 mars 1926

Un jeune homme d'une vingtaine d'années aux épais cheveux bouclés, sa casquette à la main, marqua une pause rue de Seine face à un immeuble coincé entre un magasin d'emballeur et celui d'un réparateur de porcelaines. Le numéro 31 surmontait la porte cochère, qu'il franchit sans que le concierge se manifeste. Il fit un crochet par la cour pour admirer le tilleul qui l'occupait presque entièrement. De minuscules feuilles pointaient au bout de chaque brindille, les branches lançaient leurs nervures pâles vers le carré de ciel gris cerné par des toits en zinc ; un merle sifflotait une chanson joyeuse.

— T'as raison, Titi, ça sent le printemps, lui répondit Sammy Eidelmann, un des meilleurs amis de Jeremy Nelson.

Il se baissa pour caresser une petite loupe sur le tronc du tilleul.

— Faudrait le couper, c'n'est pas bon, ces broussins... soliloqua-t-il.

Il s'adossa contre l'arbre, tête en l'air, afin de vérifier si l'une des fenêtres du deuxième étage était ouverte.

— Mince, c'est fermé. J'espère qu'il ne m'a pas raconté de craques au téléphone.

Il grimpa l'escalier en priant pour que Jeremy Nelson soit chez lui et frappa plusieurs fois à sa porte selon un code connu d'eux seuls, puis il alla s'appuyer contre la rampe de fer forgé en récitant à mi-voix :

— Ô Dionysos, dieu du picrate, de la fête, du théâtre, veille sur moi, j'ai des ennuis... Tiens, si m'sieu Nelson se manifeste dans les dix secondes, c'est que tu m'as entendu. Ô bon génie, je t'en conjure, manifeste-toi.

Son vœu fut exaucé.

Un trentenaire drapé d'un peignoir penchait le buste vers le palier.

— Ah, m'sieu Nelson, quel soulagement ! Je pensais que vous m'aviez posé un lapin.

Jeremy Nelson ouvrit le battant en grattant sa crinière rebelle.

— Sammy ! Si tu n'avais pas débarqué, j'aurais pu dormir jusqu'à midi. C'est toujours pareil, quand Camille s'absente : je rattrape du sommeil en retard... Viens. À ce que je vois, tu as besoin d'un remontant, tu as une mine de déterré.

— Merci, c'est très gentil, grommela Sammy, envieux de la prestance de son ami, qui plaisait tant aux femmes : yeux noirs, chevelure de jais, nez légèrement busqué, lèvres sensuelles, menton résolu.

Ils longèrent un salon-salle à manger où trônait un piano à queue couvert de partitions. Des aquarelles à touche-touche masquaient tant bien que mal les murs tapissés d'un papier à ramages qui eût gagné à prendre des vacances.

— C'est vieux, Camille envisage de repeindre en blanc, dit Jeremy, disparaissant par l'entrebâillement d'une porte.

Sammy entrevit des piles de livres, un lit en bataille, l'extrémité d'un piano droit.

— Je ne t'invite pas à entrer, notre chambre est en chambard.

— Oh, moi, le désordre, marmotta Sammy.

Au bout de quelques instants, il ressortit de la chambre avec des vêtements, et ils se rendirent dans une cuisine carrelée de jaune pâle.

— C'est grand, dit Sammy.

— Oui, mais il n'y a pas de salle de bains.

Sammy haussa les épaules.

— Oh, ça… Vous avez emménagé depuis longtemps ?

— Deux mois. Arthur s'est enfin décidé à quitter les lieux. Il s'est marié. Je t'ai déjà parlé d'Arthur ?

— Oui, c'est le frère de Camille, et vous ne l'estimez guère.

— Tu l'as dit. Ce type est immature et jaloux, il avait pris Camille en otage. Par bonheur, il a épousé une femme à poigne, du genre héroïne germanique avec de longues tresses blondes, qui va se charger de le mettre au pas. Sa Lorelei l'a kidnappé à Heidelberg. Ils auraient dû emmener grand-maman Euphrosine dans leurs malles, ça m'aurait ôté un poids, elle nous soûle de ses jérémiades et de ses « Ah, j'la porte, ma croix » ! Viens, je t'invite au restaurant.

— J'n'ai pas faim, je suis gavé de problèmes, gémit Sammy.

— C'est flagrant. Quand tu vas bien, tu te fais rare. Ton boulot d'assistant en régie et tes amours nous privent de ta présence.

— Je constate la même chose en ce qui vous concerne. La vie, ça grignote les journées, les semaines, les nuits aussi si j'en juge par vos cernes sous les yeux ! répliqua Sammy avec acrimonie.

Jeremy haussa les épaules.

— Cesse de prendre la moindre plaisanterie au pied de la lettre, mon vieux, et explique-toi. Tes ennuis ont-ils un rapport avec le fait que tu n'aies pas été engagé à l'Opéra-Comique pour *L'Enfant et les Sortilèges* ?

Sammy attendit que Jeremy eût terminé une toilette sommaire et enfilé ses vêtements pour bredouiller :

— Je suis venu vous... Accepteriez-vous de me fournir un alibi ?

— Tu as commis un assassinat et tu souhaites que je te couvre ?

Jeremy avait un ton léger. Il s'assit devant le piano à queue et tapa quelques notes. Les joues de Sammy virèrent à l'écarlate.

— Vous devriez ouvrir une officine de voyance ! Oui. Il est question d'un meurtre, mais je suis innocent. Seulement, impossible d'avouer avec qui j'ai baguenaudé entre midi et six heures, d'autant qu'elle était privée de sortie, dit Sammy.

— Qui, elle ?... Attends. Je vais deviner... Chloé !

Sammy déglutit et hocha le menton.

— En ce cas, tu as raison.

Jeremy ferma les yeux, tendit les bras en avant et dit d'une voix solennelle :

— Je vois... Je vois... Je vois son père te découper en rondelles ! Mieux vaut pour toi qu'il ignore que tu as rompu ton serment de ne pas batifoler avec cette jeune fille avant votre mariage dans... Dans trois ans ? Je te suggère de recourir d'ici là aux services d'une duègne.

Jeremy s'efforçait de noter mentalement le début du charleston qu'il était en train d'improviser. Sammy explosa :

— Nom d'une pipe, soyez sérieux ! Une de mes relations vient d'être assassinée !

Il bégayait et s'affaissa sur une chaise.

Les mains de Jeremy s'immobilisèrent au-dessus du clavier.

— Sans blague ! Qui est-ce ?

— Le commanditaire de la pièce de théâtre que je suis en train de monter, le Dr Étienne Gilbert. Les journaux en font déjà leurs choux gras. Le docteur a été retrouvé sans vie hier après-midi, déguisé en Minotaure.

— Le Minotaure ? Du labyrinthe ? Celui de l'ancienne légende grecque contant le sort tragique d'Icare ? J'ai lu que celui-ci s'était fabriqué une paire d'ailes collées avec de la cire pour s'échapper. C'est très moralisateur, ça ne te ressemble pas. Tu me mènes en bateau !

Sammy se dressa d'un bond.

— Pas du tout, gronda-t-il, je jure que…

— Oh ! ça va, Sam, je suis au parfum, Icare s'est aventuré trop près du soleil, la cire a fondu, il est tombé à la mer et s'est noyé. Tu fais allusion à mon attirance pour les enquêtes, au risque de me brûler les ailes en démasquant la vérité.

— Si vous me soupçonnez d'une telle fourberie, m'sieu Nelson, c'en est fini de notre amitié. Je vous débarrasse le plancher. Je suis content de voir que vous êtes confortablement installé, adieu !

Jeremy le retint par la manche.

— Ne sois pas idiot, je m'excuse. Ferme cette porte et reviens t'expliquer, ordonna-t-il sans tenir compte des reniflements outrés de Sammy, qui s'indigna.

— Icare est une histoire bien postérieure ! Ce n'est pas une pièce inspirée d'Icare, mais de Thésée ! Tout avait si bien démarré. Le Dr Gilbert voulait investir une somme rondelette dans ma création. Son cousin, Gaëtan Bardin, l'auteur de ce mélodrame intitulé *La Voile noire*, a noué des accointances aux soirées du cabaret de la rue Boissy-d'Anglas, il y fréquente Jean Cocteau et consorts.

— Tu veux parler du *Bœuf sur le Toit* ?

— Oui. On a recruté cinq comédiens, ce seront les figures de la légende mythique, ils toucheront un petit salaire puis seront en participation sur les futures recettes, comme c'est souvent l'usage. Pour le roi Égée, on a choisi un ancien souffleur de la Comédie-Française, Guillaume Fleury. Son fils Thésée est joué par un barman du *Bœuf sur le Toit*, Julien Sarde. Une danseuse espagnole, Miranda Marquez, qui se nomme en réalité Géraldine Pioche et qui travaille dans une fabrique de mannequins, interprète Ariane. Dédale, architecte du labyrinthe, est incarné par un bibliothécaire anglais nommé Tom Brighton. Le dieu du vin, Dionysos, a les traits d'une dame très enveloppée, Catherine Cognat, réceptionniste dans un grand hôtel, à la gare d'Orsay, je crois. Gaëtan Bardin s'est réservé le rôle du Minotaure, il s'en tirait haut la main. Mon ami Hector Lavergne, qui, comme vous le savez, est décorateur de théâtre et de cinéma, m'a prêté un de ses hangars pour les répétitions. Nous travaillons depuis deux mois, nous avons créé les costumes et… je comptais vous prier de composer la musique.

Jeremy lui décocha un regard interloqué.

— Tu aurais pu me prévenir avant ! C'est bien gentil mais je dois gagner ma vie, c'est du boulot, ça prend du temps ! Je ne connais même pas l'argument de ta pièce !

— J'ai tenté de vous contacter plusieurs fois, j'étais débordé. Finalement, je suis allé rue Guisarde, où j'ai appris que vous aviez une nouvelle adresse. Vous aussi vous auriez pu me prévenir. Encore heureux que la couturière du dessus m'ait refilé votre numéro de téléphone ! Si on ne peut plus demander de services aux amis, alors…

Sammy se leva et alla se piquer devant la fenêtre, face à la silhouette massive du tilleul.

— Ça va, ça va, je n'ai pas dit non, grommela Jeremy. De toute façon, ton projet me semble plutôt compromis si tu n'as plus de commanditaire. Et puis je ne te suis pas. Qui a été assassiné, le Dr Étienne ou son cousin Gaëtan ?

— Laissez-moi finir. Gaëtan Bardin avait promis d'accompagner la troupe en costume à l'occasion de la Mi-Carême afin de distribuer les tracts publicitaires de notre futur spectacle. Seulement le Dr Gilbert l'a prié de lui prêter son déguisement.

— Pourquoi ?

— Probablement pour se rendre incognito à un cinq à sept.

— C'était un sacré cavaleur, ton docteur.

— D'abord ce n'est pas *mon* docteur, ensuite je m'en balance. Tout ce que je sais, c'est que Gaëtan a prêté son accoutrement de taureau à son cousin le docteur, qui a couru rejoindre les membres de la troupe jusqu'au boulevard de Sébastopol.

— Quel embrouillamini ! s'exclama Jeremy. Pourquoi ce toubib s'est-il mêlé à la troupe s'il avait un rendez-vous galant ?

— Pour brouiller les pistes, pardi ! Hélène, son épouse, veille au grain, elle est possessive, il prend ses précautions.

— Et personne dans la troupe ne s'est aperçu de la substitution d'identité entre le docteur et Gaëtan ?

— L'idée ne les a pas effleurés. Quand la parade s'est ébranlée de nouveau après un arrêt boulevard de Sébastopol, Dionysos, *alias* Catherine Cognat, a constaté l'absence du Minotaure. Ils l'ont cherché, mais, pressurés par la foule et lassés de l'attendre, ils se sont disséminés, et ont fini par s'intégrer à l'un des cortèges en direction de l'Opéra. Seulement, au lieu d'aller au bal masqué, ils ont préféré une bringue à Montmartre. Suis-je clair ?

— Et Gaëtan Bardin, où était-il à cet instant ?

— Accoutumé aux frasques du docteur, il avait pris rendez-vous avec Hector Lavergne. Ce matin à l'aube, les flics ont frappé chez ma logeuse et lui ont remis une convocation m'intimant de me présenter cet après-midi au commissariat de la rue aux Ours. Ni une ni deux, je vous ai aussitôt téléphoné…

— Au fait, comment as-tu appris que le docteur avait emprunté le déguisement de son cousin ? Les journaux l'ont mentionné ?

— Non. C'est Gaëtan qui me l'a expliqué, il est passé chez moi hier soir en revenant de la morgue où il a identifié la dépouille du docteur. Il était décomposé, il semblait avoir peur. Enfin, je crois. Il pensait peut-être que c'était à lui qu'on en voulait. Il répétait : « Si ça se trouve, je suis la cible d'un mari jaloux. » Il me restait un fond de porto, il l'a sifflé d'un trait, ça l'a achevé… Il m'a prié de lui permettre de passer la nuit chez moi.

— Tu as accepté ?

— Dans l'état où il était, oui. Je lui ai ôté ses chaussures et je l'ai allongé sur le lit… Quand la logeuse a tambouriné à ma porte, il était parti. Ma parole, vous me cuisinez comme si j'étais coupable !

— Je tente d'y voir clair. On lui a tiré dessus, au docteur ?

— Gaëtan n'en sait pas davantage. À la morgue, le Dr Gilbert était recouvert d'un drap, il a juste vu son visage. Je suis affolé, c'est une catastrophe : on va probablement m'interroger sur mon emploi du temps d'hier. Je ne peux pas citer le nom de Chloé, elle est mineure ! M'sieu Nelson, j'ai vraiment besoin de votre aide, acheva Sammy dans un souffle.

Jeremy feignit de ne pas remarquer le regard implorant de son ami. Il lança d'un ton faussement enjoué :

— Sam, tu as de la veine, Camille est absente depuis deux jours, elle rentre demain. Mieux vaut qu'elle ignore ce vaudeville parce qu'elle désapprouverait. Il est onze heures, viens, je meurs de faim, on va casser la graine et mettre au point une stratégie pour te tirer de ce mauvais pas.

— Ce n'est pas un vaudeville, c'est un drame, murmura Sammy.

5

Les agents Jaspinet et Faisandier n'étaient pas de taille à endiguer la marée de mécontents qui avaient investi le poste de police de la rue aux Ours.

— Mesdames, messieurs, un peu de tenue, s'il vous plaît ! Le commissaire va vous recevoir l'un après l'autre. En attendant, nous allons prendre vos dépositions, brama Faisandier.

Les clameurs étouffèrent sa voix. Une bonne douzaine de marchands des Halles indignés déblatéraient à qui mieux mieux, avec force gestes menaçants à l'intention des deux gardiens de la paix de plus en plus inquiets. Ébouriffés, en nage, les deux policiers s'évertuaient à noter la liste des méfaits sans fin dont une demi-portion, pour l'heure non identifiée, s'était rendue coupable aux Halles : vol de pommes, de cuillers, d'une passoire et même d'un vase de nuit. Gaëtan Bardin s'était réfugié entre deux cellules où des poivrots rêvaient bruyamment aux vignes du Seigneur.

Un violent « Vos gueules ! » retentit. Les yeux exorbités, le commissaire Dorval surgit.

— Assez ! hurla-t-il. Vous allez tous me ficher le camp à la six-quatre-deux, le premier qui moufte je l'envoie au dépôt !

L'attroupement évacua les lieux à contrecœur.

Seul demeura Gaëtan Bardin, son manuscrit serré contre la poitrine.

Le commissaire Dorval se pencha vers Gaëtan Bardin en désignant le manuscrit posé sur son bureau.

— Un labyrinthe, le Minotaure, cela a-t-il un rapport avec l'évasion d'Icare ?

— Non, monsieur le commissaire.

— Racontez-moi l'intrigue, faites court.

Gaëtan Bardin, ratatiné sur sa chaise face au commissaire, prit une profonde inspiration.

— Le roi d'Athènes, Égée, est contraint de livrer régulièrement un tribut de sept filles et sept garçons au roi de Crète, Minos. Celui-ci possède un monstre mi-homme mi-taureau qui se nourrit de chair humaine. Thésée, le jeune fils d'Égée, se substitue à l'un des garçons afin de délivrer la Grèce de cette calamité. Lorsque le bateau mouille en Crète, la princesse Ariane, fille de Minos, tombe amoureuse de Thésée. Elle lui murmure : « Sauve-toi, sinon le Minotaure va t'étriper, lui qui vit dans un labyrinthe dont personne n'a jamais vu l'issue. » Thésée refuse de fuir. Alors, blessée d'amour, la jeune Ariane s'approche de Thésée et lui glisse à l'oreille : « Munis-toi de ce glaive, je l'ai volé pour toi à mon père, Minos. » Puis elle lui présente une pelote de laine : « Prends cette pelote et dévide-la à mesure que tu avanceras dans les méandres du labyrinthe, je tiendrai fermement l'autre bout à l'entrée. Si tu parviens à tuer le Minotaure, tu n'auras qu'à suivre le fil pour gagner la sortie. »

— Réjouissante histoire, grommela le commissaire.

— Ni plus ni moins dramatique que celle du *Petit Poucet*, répliqua Gaëtan Bardin.

— Je n'y avais pas songé. Des meurtres, des meurtres, toujours des meurtres, voilà ce qu'on raconte aux enfants avant qu'ils s'endorment. Auriez-vous un fil d'Ariane à me proposer, monsieur Bardin ?

— Je crains que non, monsieur le commissaire, je n'en sais pas plus.

Le commissaire Dorval tira le manuscrit à lui.

— Je le garde, monsieur Bardin, j'ai hâte de le lire. Mon subordonné vous signera une décharge.

Il jeta un coup d'œil à la pendule murale. Il était temps de cuisiner le dénommé Sammy Eidelmann. Il se leva afin de raccompagner le cousin du Dr Gilbert.

— Je vous tiendrai au courant, monsieur Bardin. Faisandier, introduisez M. Eidelmann. Vous taperez sa déposition.

Ratatiné sur un banc qui courait le long d'un mur couvert de graffitis, Sammy se leva à l'appel de son nom et pénétra dans la pièce encombrée de dossiers au moment où le téléphone sonnait. Le brigadier qui l'escortait lui désigna un siège et s'affala devant une machine à écrire posée sur une petite table. À l'abri d'un bureau, un homme d'une cinquantaine d'années en complet-veston prenait des notes, le combiné téléphonique collé à l'oreille. D'une main, il masqua brièvement le bas et s'adressa à Faisandier :

— Envoyez Jaspinet me commander une bière fraîche et un jambon-beurre, dit-il. Merci, Vannier, reprit-il au téléphone. Allez vous coucher, vous avez la voix râpeuse comme celle d'un chien de berger qui aurait bu du lait caillé.

Le commissaire Dorval raccrocha et relut les renseignements communiqués par le médecin légiste la veille à la morgue :

Vu la finesse de la blessure, l'arme du crime n'est ni un couteau ni un tournevis, il pourrait s'agir de la partie perforante d'une pointe de flèche en métal.

Et voilà que le légiste venait de lui apprendre que la blessure au cœur était une double blessure.

Le commissaire gribouilla pensivement : *Deux archers ?*

« Pourquoi pas ? pensa-t-il. Après tout, hier le carnaval battait son plein : des archers, des arbalétriers, des sicaires, il y en avait en veux-tu en voilà ! Mon Dieu, pourquoi moi ? Si près de la retraite ! »

Il considéra le jeune homme à la tignasse ébouriffée face à lui.

— Monsieur Samuel Eidelmann ?

— C'est moi, articula faiblement Sammy.

— Vous exercez le métier de régisseur, d'après mes renseignements.

— Assistant régisseur à la Comédie des Champs-Élysées. En ce moment on y joue une opérette en trois actes de Jacques Bousquet et Henri Falk, musique de Georges Ménier, *À Paris tous les deux*…

— Pardon, chef, je n'ai pas saisi le titre de l'opérette, intervint Faisandier.

— *À Paris tous les deux*, répéta Sammy. Vous comprenez, m'sieu le commissaire, je me prépare à devenir metteur en scène. La régie, c'est intéressant, il faut dénicher des tas de meubles et d'objets.

— C'est la raison pour laquelle vous montez une pièce de théâtre avec des comédiens amateurs ?

— Oui. Je suis un ami de M. Gaëtan Bardin, auteur et critique au journal *Comoedia*. Son cousin, le Dr Gilbert, nous finançait…

— M. Bardin m'a déjà expliqué tout ça. Où étiez-vous, hier, entre quatorze heures et dix-sept heures ?

— Je… j'ai… Eh bien, voyez-vous… j'étais chez le musicien chargé de composer la partition de la pièce que nous répétons, bafouilla Sammy.

— De la musique ? Pour une œuvre théâtrale ?

— C'est un mélodrame. Cela consiste à réunir le chant et la mélodie à l'action dramatique.

— Comme Offenbach ?

— Non, lui, c'est plutôt de l'opérette.

— Comment se nomme votre musicien ?

— Nelson. Jeremy Nelson. Il est américain.

— Son adresse ?

— 31, rue de Seine.

Le commissaire tapota son crayon contre ses incisives.

— M. Gaëtan Bardin m'a communiqué la liste des membres de votre troupe, mais il ignore où ceux-ci sont domiciliés. C'est un peu fort, tout de même ! Vous sauriez me renseigner ?

— Non, hormis l'adresse de Mme Cognat, rue Nicolo. Mais je connais plus ou moins leur profession alimentaire.

— De mieux en mieux ! Il va falloir vous creuser les méninges, monsieur Eidelmann. Je m'aperçois que vous ignorez tout du personnel que vous employez. Comment le rémunérez-vous ?

— Ils travaillent bénévolement !

— Permettez-moi d'en douter. Vous avez souscrit une assurance ?

— Pas encore.

— Faisandier, prenez note. Zéro adresse, zéro assurance. C'est le fisc qui va être content.

— Pardon, chef, quel numéro, rue Nicolo ?

— C'est mitoyen de la *Grande Boucherie continentale*, balbutia Sammy.

Le commissaire Dorval soupira.

— Parfait. On vous contactera, monsieur Eidelmann.

— Je peux m'en aller ?

— L'enquête ne fait que commencer, restez à Paris. Oh… Encore une chose… Pratiquez-vous un sport quelconque ?

— La musculation me tentait, mais… Pourquoi ?

D'un signe du menton, le commissaire lui indiqua la sortie.

6

Rue aux Ours, sur le trottoir opposé au commissariat, Jeremy admirait une devanture dédiée aux costumes de fêtes enfantines. Une sorcière au chapeau pointu, équipée d'une panoplie complète réservée à la magie noire, pointait son balai de bruyère sur le lasso d'un cow-boy. Cela lui remémora un très mauvais souvenir : la fête d'anniversaire costumée de Betty Schmutz, neuf ans, une figure d'angelot éclaboussée de taches de rousseur. Elle et son aréopage de prétentieux privilégiés fréquentaient la même école que lui. Pourtant, il n'était pas comme eux. Il n'avait jamais appartenu à aucune bande et mourait d'envie de s'intégrer à un groupe, au risque d'être repoussé. Subjugué par le chic vestimentaire de Betty Schmutz, son milieu social et son allure innocente, il s'était creusé la tête dans l'espoir de s'attirer les bonnes grâces de ses amis et avait fini par opter pour un costume de coureur des prairies. Il était tombé de haut quand il avait découvert pourquoi elle l'avait invité dans cette maison cossue du Bronx où s'empilaient pâtisseries, cadeaux et friandises délicieuses et poisseuses qu'il s'était jusqu'alors borné à contempler à travers les vitrines des commerces luxueux de Manhattan.

Au début de la fête, tout avait été enchanteur, puis Betty s'était approchée de lui et, d'une voix doucereuse, l'avait questionné :

« Dis donc, Buffalo Bill, il est où, ton père ? On ne l'a jamais vu. C'est bizarre, tout le monde est doté d'un père, sauf toi. »

Il avait bredouillé :

« Mon père, il est en voyage.

— Mon œil ! Je crois plutôt qu'il t'a abandonné.

— Menteuse ! »

Elle avait souri avec condescendance.

« Faut pas le prendre comme ça : chez les minables bouseux d'Hester Street, c'est courant d'être privé de père.

— T'es qu'une sale tordue !

— C'est toi, le tordu, Jeremy Nelson. Je vais transformer tes habits en courants d'air et te faire pousser une queue fourchue ! Et puis je te jetterai dans la boue. Je peux lire les pensées, je sais que les tiennes sont immondes. Maman ! Papa ! Jeremy Nelson, il veut que je fasse des cochonneries avec lui ! »

Ce soir-là, dans son lit, il avait pleuré de honte.

Il refoula cette blessure dans le brouillard du passé, tourna le dos aux costumes enfantins et remarqua un quidam aux longues jambes, coiffé d'un bonnet d'aviateur, qui stationnait devant le commissariat. Surveillait-il les allées et venues des passants ? Son manège se prolongea un bon quart d'heure, puis il s'éloigna en rasant les murs.

Sammy venait d'être libéré, Jeremy traversa et désigna le quidam filiforme.

— Dis donc, Sam, cet homme, là-bas…

— Daddy longues jambes[1] ? J'ai offert le bouquin à ma future épouse, Chloé, il y a trois ans, elle a adoré.

— Il ne s'agit pas d'un bouquin, mais du type.

— C'est Gaëtan Bardin, il a été assaisonné avant moi, on s'est juste croisés.

1. *Daddy Long Legs*, œuvre de la romancière américaine Jean Webster, paru en français chez Pierre Lafitte, en 1918.

— Il t'attendait, mais il a dû trouver le temps trop long.
— On échangera nos impressions plus tard.
— Viens, je te paie un verre.
— Ce n'est pas de refus, j'ai le gosier en feu.

Ils empruntèrent la rue Saint-Denis, où les merceries et les magasins de nouveautés alternaient avec les bijouteries. La broderie métallique sombre des pavillons des Halles dormait l'après-midi et, quand ils prirent place dans un bistrot, square des Innocents, ils n'aperçurent que quelques marchandes de fleurs en tablier de cotonnade bleue. Le verbe haut, la mine réjouie, elles bradaient les bouquets invendus de la nuit précédente.

Sammy vida son bock d'un trait.

— Essuie ta moustache, conseilla Jeremy.

— M'sieu Nelson, j'ai encore une faveur à vous extorquer.

— Je te sers d'alibi, cela ne te suffit pas ? *Please*, ne m'attire pas d'ennuis, j'ai juré à ma chère Camille de ne plus me mêler d'affaires louches. Et puis je dois obtenir son pardon pour l'échec de « Dansez, maintenant ! » au Casino de Paris. Cinq représentations, c'est maigre.

— Il s'agirait juste de plaider ma cause auprès d'Hélène Gilbert, la veuve du docteur. J'ai peur de devoir renoncer à la pièce, même si je suis sûr de remporter un succès. Qu'elle accepte de me prêter deux ou trois cents francs devant notaire, avec un échéancier de remboursement étalé sur deux ans, et je suis sauvé…

— Tu es tombé sur le carafon ! C'est la pire démarche que tu puisses entreprendre. On ne quémande pas d'argent à une femme dont le mari vient d'être assassiné !

— Vous avez raison, je ne sais plus où j'en suis avec ces difficultés financières…

— Tu as dépensé l'intégralité de l'avance du docteur ?

— Non, il m'en reste un peu, mais… Vous savez vous y prendre, avec les femmes. Je vous note l'adresse de Mme Gilbert, au cas où…

— Ajoute la liste de tes comédiens et techniciens.

— Pourquoi ?

— Tu es bouché ? Ils ont été les derniers à fréquenter le mort. Parle-moi d'eux.

— Que voulez-vous savoir ?

— Tout.

— Je les connais depuis peu.

— Comment les as-tu recrutés ?

— Ce n'est pas moi qui l'ai fait, c'est Gaëtan. Je les ai auditionnés pour la forme, mais c'était ça ou rien. Ils ne s'en tiraient pas trop mal, alors j'ai donné mon aval et on a commencé les répétitions.

— Tu as quand même une idée de l'endroit où ils habitent ou du boulot qu'ils exercent ?

— Pas pour tous.

— Et si tu as besoin de les joindre ?

— C'est Gaëtan qui s'en charge.

— Dis donc, Sam, tu t'en balances ou quoi ?

— Je suis affolé, le commissaire va sûrement me coller le fisc et les assurances sur le dos…

Le commissaire Dorval entama son sandwich, en consultant la liste des membres de la troupe théâtrale financée par la victime.

> Guillaume Fleury, souffleur depuis peu dans les tournées Karsenty-Baret, le roi Égée.
> Julien Sarde, barman au *Bœuf sur le Toit*, Thésée.
> Tom Brighton, loge à la Mouzaïa, Dédale.
> Miranda Marquez, Ariane, fille du roi de Crète Minos.
> Catherine Cognat, rue Nicolo, près la *Grande Boucherie continentale*, réception de l'*Hôtel Terminus*, Dionysos.

Gaëtan Bardin, auteur, 54, rue de Malte, le Minotaure.
Sammy Eidelmann, assistant régisseur à la Comédie des Champs-Élysées, metteur en scène.
Hector Lavergne, rue de Charonne, fournisseur du local et des décors.

Le commissaire Dorval ajouta le nom, la profession et l'adresse de Jeremy, puis glissa la liste pliée en quatre dans sa poche. Il effleura d'un regard las le manuscrit réclamé à Gaëtan Bardin, avant de l'enfourner dans sa serviette.

« Comme livre de chevet, il y a mieux », songea-t-il en buvant une gorgée de bière tiède.

— J'ai cogité pendant ton interrogatoire, marmonna Jeremy, fasciné par les bulles de son second bock. Nous devons cerner la personnalité de ceux qui ont côtoyé feu le Dr Gilbert.

— Moi, j'en suis capable, rétorqua Sammy d'une voix pâteuse, alors que, d'un œil, il suivait les évolutions d'une femme à la terrasse d'un troquet face au leur.

Elle tournicotait autour d'un homme coiffé d'un bonnet d'aviateur, assis devant un ballon de blanc.

— Mince, grommela-t-il, Gaëtan et son couvre-chef fantaisie ! Ouf ! Il nous tourne le dos. Mieux vaut l'éviter, sinon il ne nous lâche plus. Qu'est-ce qu'elle attend, cette raseuse ? (Il se pencha vers Jeremy.) Restez incolore, m'sieu Nelson, le grand type, là-bas, à la terrasse d'angle, c'est l'auteur de la pièce, Gaëtan Bardin.

— Exact, il s'est présenté un soir chez moi, alors que débutaient sous ta houlette les répétitions de *La Voile noire*, à la mi-janvier il me semble. Il établissait un budget, mais ne m'a parlé que de tes talents de metteur en scène. C'est toi qui lui as donné mon adresse ?

— Je lui ai probablement indiqué celle de la rue Guisarde et il s'est débrouillé pour vous débucher rue de Seine !

— Tu sais que je déteste ça. J'avais l'air fin ! C'est un peu fort de se trouver face à un zozo qui vous baratine au sujet d'une pièce sur le Minotaure et qui s'efforce de vous convaincre qu'il vaut Jean Cocteau.

— Navré, j'ai du beurre fondu dans la tête, je ne m'en souviens pas. Déjà qu'il m'a fallu aller louer les costumes passage Brady, une vraie corvée. Que pensez-vous de ce type ?

— J'évite de penser, j'ai trop besoin d'espèces sonnantes. Il est fantasque. Quel galure ! Il a été aviateur ?

— Oh non, c'est juste un artifice de séduction. Il clame que Georges Guynemer le lui a offert en gage d'amitié, ce que personne ne saurait attester. L'as des as a été abattu par un Schleu en 1917 sur le front d'Ypres. Il n'avait que vingt-deux ans.

— Il ne paraît pas affecté par son interrogatoire. Et elle, qui est-ce ?

— La pulpeuse ? Catherine Cognat. Celle qui travaille dans un hôtel. Dieu fasse qu'elle décampe !

Continuant ses travaux d'approche, elle avait réussi à glisser son bras sous celui de Gaëtan. Il se dégagea, déposa des piécettes près de son verre de vin, alluma une cigarette et s'éloigna, seul.

La femme agita une houppette sur son visage en orientant le miroir de son poudrier de façon à observer ses joues. Sans brusquerie, elle rangea son maquillage et pivota.

— Ah non, pitié ! (Plié en deux sur sa chaise, feignant de renouer le lacet de sa chaussure, Sammy ajouta :) Qu'elle décanille !

Mais la femme les avait débusqués. Moulée dans un tailleur à motifs vert et rouge, elle était juchée sur des bottines tellement pointues qu'elles évoquaient un instrument de torture. Ses cheveux frisottés tentaient de se rendre invisibles sous un bibi large et rond.

— Vous ! Quelle aubaine ! s'écria-t-elle en tanguant vers la table où étaient installés Jeremy et Sammy.

Celui-ci fit les présentations.

— Catherine, voici mon vieil ami Jeremy Nelson, il est américain, pianiste de jazz et compositeur, il se chargera de l'illustration musicale de notre pièce. Jeremy, Catherine Cognat. Elle a été engagée par Gaëtan pour interpréter le dieu Dionysos.

— Quel est le rôle de Dionysos ? demanda Jeremy.

— Vous connaissez l'histoire d'Ariane et de Thésée ?

— Vaguement.

— Que s'est-il passé après leur rencontre ? Thésée a occis le Minotaure. Grâce à l'esprit d'entreprise d'Ariane, lui et les otages ont recouvré la liberté. C'est là que ça se corse. La princesse fait affréter un navire, car si son père, le roi Minos, apprenait la mort de son monstre chéri, sa vengeance serait terrible. Thésée, qui a juré d'épouser la jeune fille, embarque avec elle, mais lors d'une escale, après l'avoir possédée, il l'abandonne sur l'île de Naxos. C'est alors que Dionysos, le dieu de la vigne – moi, en l'occurrence –, qui séjournait dans les parages, trouve la gamine à son goût et lui passe la bague au doigt. Si vous désirez découvrir la fin de ce feuilleton antique, il faut lire le script de M. Gaëtan, ça vaut le jus, hein, m'sieu Sam ?

Aussitôt, Sammy se dressa.

— On y va, m'sieu Nelson ?

— Vous ne restez pas un tantinet ? objecta Catherine Cognat. J'ai la pépie, et puis on pourrait parler de notre organisation, ainsi que de la perte de notre producteur, ce pauvre docteur, conclut-elle, désinvolte.

— Hélas, j'ai une affaire urgente à régler. Rien de changé, on se réunit comme convenu pour répéter, mardi matin, à neuf heures, au 12, rue Lèchevin.

— En costume ?

— Enfilez plutôt une vieille robe et une blouse, il s'agira d'abord de balayer à fond.

Catherine Cognat les observa tandis qu'ils disparaissaient derrière la fontaine Pierre-Lescot, troublée par Jeremy.

« Les yeux d'un Italien et le profil d'un Apache, quel pouvoir d'attraction ! »

Quoique adepte des amours féminines, le charme de ce compositeur américain la laissait encore moins indifférente que celui de Gaëtan Bardin.

« Il a du chien… » songea-t-elle.

Elle commanda un double cognac.

7

La pension de famille de Mme Vétillier était située au numéro 24 de la rue des Volontaires. Y logeaient à l'année un colonel à la retraite, une veuve encore désirable et ses deux pestes de sept et neuf ans, une brodeuse entre deux âges et le taciturne commissaire Auguste Dorval. À son vif soulagement, il était resté célibataire, prévoyant qu'être accablé d'une épouse et d'une horde affamée d'héritiers troublerait ses habitudes de vieux garçon.

Mme Vétillier se chargeait de l'ordonnance de sa chambre monacale ainsi que de la confection des repas. Cela le délivrait des corvées triviales et lui laissait le loisir de spéculer sur les charmes intimes de ces dames sans que la veuve soit jalouse de la brodeuse.

Quant aux meubles Henri II, aux rideaux, aux coussins, aux tentures de cretonne, à la sempiternelle panade aux pois cassés, ils faisaient partie intégrante de son existence.

Sitôt le dîner expédié, il gagnait sa chambre au deuxième étage et soit lisait des séries policières, soit écrivait dans son journal de bord.

Ce soir-là, il dérogea à son train-train pour se consacrer au manuscrit de Gaëtan Bardin, *La Voile noire*.

À la fin de la pièce, il comprit le sens du titre.

Thésée oublia la belle Ariane. Tout à la joie du retour, il négligea de hisser la voile blanche à l'intention de son père Égée, gage de son triomphe sur le Minotaure, et laissa la voile noire en place. Désespéré, Égée, en vigie sur la côte, se jeta dans la mer qui porte aujourd'hui son nom.

Depuis quatre ans, le premier tronçon de la ligne de métro Exelmans-Trocadéro était accessible au public. Catherine Cognat pouvait ainsi facilement regagner son domicile, rue Nicolo, situé non loin de la station de métro La Muette. Elle avait hérité d'une cousine éloignée un quatre pièces de belles dimensions dont le seul inconvénient était de surplomber la *Grande Boucherie continentale.* Aux beaux jours, dès qu'elle aérait l'appartement, les mouches vrombissaient du salon à la cuisine. Malgré ce voisinage, la propriétaire adorait le village de Passy, les rues provinciales et commerçantes, la proximité de la chaussée de la Muette et, du côté de la porte Maillot, les attractions de Luna Park, fermées pour l'instant, mais qui devaient rouvrir en juillet.

« Ah, les montagnes russes, la *Water Chute*, le Manoir du Tohubohu... » Combien de fois n'y avait-elle pas surmonté nausées et vertiges à répétition, dans le seul but de s'asseoir près de quelque midinette effarouchée dont elle serrait la main ou parfois le genou pour la rassurer dans les descentes abruptes !

Dominant sa répugnance envers les carcasses de bœuf suspendues à l'entrée de la boucherie, elle s'offrit une escalope de veau accompagnée de pommes de terre sautées.

De retour chez elle, elle déposa son repas dans la cuisine et se hâta vers le bureau converti en volière. Elle fut accueillie par le duetto de ses perroquets, Blanche et Coco :

Les voyez-vous, Les hussards, les dragons, la garde...

Ils chantonnaient en se balançant sur leur perchoir. Elle leur répondit d'une voix flûtée :

— *Ils saluent tous, L'empereur qui les regarde.*

Elle flatta leur jabot, déposa un baiser sur leur cou, joua avec eux, leur parlant tendrement. Elle s'était attachée à ses perroquets du Gabon d'un beau gris cendré. Acquis fin 1924 chez un ancien voisin retraité de l'infanterie coloniale, ils peuplaient sa solitude.

« Avec Blanche et Coco, vous n'aurez jamais le dernier mot, madame Cognat », lui avait affirmé le vieil homme.

Elle changea leur eau, regarnit les mangeoires et tira les volets.

— *À vos rangs, fixe, repos !* glapit Blanche.

— C'est l'heure du dodo, mes chéris.

Coco brailla :

— *C'est pas d'la bouffe, c'est du rata, C'est pas d'la crotte, mais ça viendra...*

— Sois poli, Coco, ferme ton bec ! cria Catherine en se glissant dans le couloir.

— *En avant 'arche, in di, in di...* scandèrent les perroquets.

Catherine ferma la porte. La cuisine étant suffisamment éloignée, elle ne les entendrait plus.

Elle s'évertua à retirer ses bottines. Ses pieds s'épanouirent sur la fraîcheur de la tomette, puis elle fit réchauffer son repas et dîna tranquillement.

L'appartement dont elle jouissait lui avait permis de réunir récemment à l'occasion d'un goûter la troupe de *La Voile noire*. Vin de Blaye, suivi de pets-de-nonne et d'éclairs au café. L'avenir se présentait sous les meilleurs auspices.

Elle se pencha à la grande fenêtre du salon-salle à manger. De fades relents de viande morte flottaient sous une lune en faucille. Elle avait grandi à la campagne, dans le Doubs, où l'on vivait entassés dans la chambre la plus chaude ; elle éprouvait le besoin de renouveler l'air fréquemment.

Le mois précédent, elle avait tapissé les murs d'un nouveau papier peint rouge cerise, plutôt criard, qui lui rappelait l'atmosphère de la boutique de son père, horloger à Besançon. En hommage à son enfance, elle avait accumulé dans ce qu'elle nommait son « musée de la perpétuité » plusieurs horloges, à poids, à balancier, murales ou de parquet, toutes à l'arrêt.

Elle avait aussi disséminé, sur les manteaux de cheminée et sur les buffets et les tables basses des pièces en enfilade des pendules « portique » en marbre et bronze doré de la fin du XVIIIe siècle et des cartels en marqueterie Boulle. Chaque cadran affichait une heure différente. Elle se pelotonna dans son fauteuil qui rendait l'âme, mais qu'elle tardait à mettre au rebut tant il était chargé de souvenirs.

Trop d'objets liés au défilement des minutes encombraient la vue et l'esprit de Catherine Cognat. Elle contemplait d'un coup d'œil la marche de la vie, du jour de la naissance à celui de la mise au tombeau.

Cernée par ces pièces de puzzle dédiées à un calendrier perpétuel, une vitrine renfermait des bibelots et des régiments de tasses décorées du buste de femmes célèbres : Christine de Pisan, Olympe de Gouges, Marie de France, Jeanne Hachette, Jeanne d'Arc, Aliénor d'Aquitaine, Théroigne de Méricourt…

Les images du passé se superposaient en elle : cavalcades au milieu des champs, longues journées d'école chez les sœurs de la Visitation, éclairées par la joie fugitive d'une rencontre avec l'élue de son cœur. À chaque changement de classe, un nouvel attachement secret remplaçait le précédent. Des cheveux blonds, roux ou châtains illuminaient ses fantasmes d'adolescente introvertie, trop petite, trop grosse, au visage ingrat, rejetée par ses condisciples. Qu'ils semblaient proches, les quelques mois au cours desquels elle avait entretenu une correspondance plus que tendre avec Yvette, qui avait fini par lui préférer Thérèse !

Bien décevante avait été son arrivée à Paris, où elle espérait décrocher le métier de ses rêves, mais où elle n'était parvenue qu'à être embauchée au coup par coup, contrainte de boucler ses fins de mois par un emploi de réceptionniste à l'*Hôtel Terminus*, gare d'Orsay. Quant à l'amour, il s'était fait prier, mais des aventures successives lui avaient permis d'être à peu près heureuse. Elle profitait pleinement de chaque instant. Le futur était mystérieux, déjà inscrit sur les chiffres représentant les heures. Il était apaisant de savoir qu'elles sonneraient, même en silence, dans le salon qu'elle devinait peuplé des tendres fantômes de ceux qui l'avaient jadis aimée.

D'un ton rauque, elle s'écria, singeant Sarah Bernhardt :

Misérable Thésée, insipide beau gosse,
Tu dépasses de loin la pire des sangsues !
Offrir sans un remords à moi, Dionysos,
Celle qui t'a tout donné pour atteindre ton but…

— Mais il a treize pieds, ce dernier vers ! Un de trop ! Faudra que j'avale le « e » final de *Celle*. Gaëtan est vraiment le prince des mauvais poètes. S'il s'imagine déclencher une bataille semblable à celle d'*Hernani* avec un pareil artifice…

Elle songea que ce récit était un superbe exemple de la naïveté féminine et de l'ingratitude masculine. Comment était-il possible qu'un individu, dont la vie avait été épargnée grâce au dévouement d'une princesse encourant un châtiment mortel, se conduisît avec une telle ignominie ? Il avait beau appartenir au sexe qualifié de fort, Gaëtan Bardin avait mis le doigt sur le véritable sujet de la légende de Thésée : le manque de reconnaissance des hommes envers leurs compagnes.

Catherine Cognat se servit un verre de rhum qu'elle avala d'un trait, puis répéta d'un ton de plus en plus grave :

— Ariane, Ariane, Ariane…

8

Samedi 13 mars 1926

Jeremy avait prévu de consacrer sa journée au nettoyage de l'appartement, aux courses et à quelques heures de piano. Camille et lui préparaient un concert où ils uniraient leurs talents, chacun dans son genre favori, elle la musique classique, lui le jazz. Ils se produiraient salle Gaveau. Ils n'en étaient qu'aux prémices et vouaient leurs loisirs à choisir des morceaux qui s'enchaîneraient et se répondraient en écho. Jeremy hésitait sur le choix des compositeurs qu'il proposerait à Camille. Il avait empilé près du piano droit un méli-mélo de partitions – ragtime, tango, fox-trot, black bottom –, parmi lesquelles il se débattait afin d'établir une ligne directrice.

Les tracas de Sammy chamboulaient ses plans.

Il s'accorda un répit en pianotant quelques notes.

On sonna. C'était Sammy. Il entra, les cheveux en épis, fagoté d'oripeaux dépareillés et trop amples, preuve qu'il s'était habillé dans le noir. Son expression des mauvais jours plaquée au visage, il s'affala sur un siège.

— Je la porte, ma croix, marmonna-t-il lugubrement.

— Ce n'est pas une raison pour maugréer dans ta barbe comme grand-mère Euphrosine, que j'ai toujours connue mal lunée, râleuse et défaitiste, répliqua Jeremy.

— Fichez la paix à votre parente, c'est une femme bâtie à chaux et à sable, sauriez pas en dire autant ! J'n'ai pas roupillé, moi ! Toute la nuit, vous entendez, toute la nuit j'ai prié le génie des futurs metteurs en scène pour qu'il m'inspire ! Il n'a pas daigné se manifester, je suis vidé. Comment s'introduire chez la veuve Gilbert sans commettre d'impair ? Comment la convertir à l'immense cause du théâtre vivant ?

Jeremy ricana.

— Il me serait facile de m'introduire chez elle en me déguisant, au choix, en télégraphiste, en pompier, en infirmière ou en voisin compatissant.

— Vous avez une araignée au plafond, m'sieu Nelson, j'angoisse, c'est tout, inutile de me prendre pour tête de Turc ! Au lieu de me rassurer, vous... vous m'enfoncez. Oh et puis crotte ! À quoi ça ressemble un voisin compatissant ? Et surtout à quoi ça sert ?

La colère perçait dans sa voix.

— Stop, Sammy, je me contente de me détendre. Crois-tu que je n'aie pas usé mes heures de sommeil à cogiter ? Pourquoi Gaëtan craint-il qu'on ait assassiné son cousin à sa place ? Aurait-il des ennemis ? Ou bien dissimulerait-il un squelette dans son armoire ? Se pourrait-il que l'un des membres de la troupe de *La Voile noire* figure parmi les patients du docteur ?

Les mains sur les yeux, Sammy réfléchit.

— Eurêka ! Je pense avoir un moyen de le savoir !

— Quelque chose à boire ?

Ils avalèrent le fond de la casserole ne contenant que du café froid.

— Soyez attentif, m'sieu Nelson. Je suis en bons termes avec la concierge de l'immeuble où exerçait le Dr Gilbert, Mme Dupré. Je lui ai plusieurs fois prêté main forte lorsque nous allions voir le docteur, Bardin et moi, pour discuter du financement de *La Voile noire* et, chaque fois, je lui ai rendu service : dégripper une de ses fenêtres, lui transbahuter ses commissions, me coltiner son charbon… Je vais la convaincre de me laisser inspecter le cabinet du docteur.

— Et si elle refuse ?

— J'ai une idée. Vous êtes partant, m'sieu Nelson ?

— Question superflue.

— Alors, en ce cas, il faut filer chez les Lavergne, je vous expliquerai en chemin.

Place du Châtelet, leur autobus fut bloqué parmi les embouteillages et Sammy eut grandement le temps d'arriver à terminer son récit avant Bastille.

— La concierge, Mme Dupré, est devenue peu à peu l'une des deux grands-mères que je n'ai jamais connues. Orphelins de bonne heure, mon frère aîné Jacob et moi, nous nous sommes débrouillés seuls. Jacob avait treize ans quand il a pris en main mon éducation. On peut dire qu'il a tâté de tous les métiers : fourreur, créateur de recettes de cuisine, ébéniste, représentant en dictionnaires Larousse, apprenti mitron. Il s'est souvent fait virer. La dernière fois, la cause était juste. Jacob était mandaté pour menacer de pauvres gens de l'huissier, de la saisie, de la prison, ça l'a dégoûté, alors il a présenté une note de frais salée à ses patrons qui l'ont fichu dehors à coups de botte au derrière.

— Quel rapport avec la concierge ?

— J'avais besoin de racines, même si ce n'était qu'une illusion. Quand j'ai rencontré Mme Dupré, plus tard, c'est devenu naturellement une réalité. On s'est découvert de nombreuses affinités, on se passionne l'un et l'autre pour les feuilletons mystérieux et les revues scientifiques. J'ai donc décidé de lui offrir la collection quasi intégrale de *Je sais tout* que mon copain et futur beau-père Hector Lavergne, qui habite près de la Bastoche, a trouvée sur un marché aux puces.

— Bastille ! Son canal, sa colonne de Juillet, son Génie de la Liberté perché au sommet, claironna Jeremy en sautant sur le trottoir. Espérons que l'ami Hector nous dégote tes *Je sais tout* dans son fourbi.

— Ceux qui n'ont pas eu la chance d'explorer les hangars d'Hector Lavergne ignorent ce qu'ils perdent. Ses grottes d'Ali Baba détrônent les sept merveilles du monde.

— J'ai ma petite idée, dit Jeremy sans beaucoup d'ardeur.

— Oh non, m'sieu Nelson, ça peut prendre des heures, parfois des jours, car Hector ne cesse de s'agrandir, lui seul peut naviguer à travers ce capharnaüm de vieux bouquins, de croûtes poussiéreuses, de médailles, de souvenirs des tranchées, de…

— Je suis au courant des lubies d'Hector, jeune homme, rétorqua Jeremy, proche de l'accablement.

À l'angle de la rue de Charonne, Jeremy et Sammy bifurquèrent passage Thiéré, où, au rez-de-chaussée d'une bâtisse décrépite, se distinguait le magasin de farces et attrapes tenu par Léa Lavergne, épouse d'Hector. Six ans auparavant elle avait encouragé l'amour de sa vie, rescapé de la guerre, à assouvir sa passion : récupérer de vieux meubles, des objets anciens, les retaper, les enjoliver, dans l'espoir de les vendre ou de les louer aux décorateurs et ensembliers de cinéma. Parti de zéro, Hector avait atteint les sommets en élargissant ses tractations aux théâtres, music-halls et revues chantantes. Jeremy évoquait souvent le jour où ce couple généreux et leurs jeunes filles jumelles, Chloé et Zoé, l'avaient accueilli, à l'époque où il habitait chez Sammy, installé dans le même immeuble.

La cavalcade d'Hector parmi ce cimetière d'épaves, de hangar en hangar, fut l'équivalent d'une tornade qui donna le tournis à Jeremy. En moins d'une heure, les *Je sais tout* étaient empaquetés de papier d'emballage et chargés dans la camionnette.

Lorsque Hector déposa Jeremy et Sammy rue Cuvier, il était à peine quatorze heures. Ils croisèrent des professeurs âgés promenant leur cartable fatigué, des employés peu pressés de regagner leur poste, des étudiants rêveurs, des livres sous le bras, des bambins braillards s'élançant vers le Jardin des Plantes. Cette atmosphère ressuscitait une société disparue depuis des décennies, indifférente aux préoccupations et aux appétits du monde moderne mais possédant ses propres désirs à présent effacés. Une flambée de soleil illuminait les arbres.

Non loin des bâtiments du laboratoire de pathologie comparée, ils repérèrent un immeuble nanti d'élégants balcons de fer forgé. Il offrait l'apparence de respectabilité des demeures bourgeoises construites sous le second Empire. À côté d'une porte cochère peinte en vert wagon, une plaque de cuivre indiquait la présence d'un cabinet médical au nom du Dr Gilbert. Sur cet îlot de calme, situé face au mur de la ménagerie du Jardin, régnait Mme Francine Dupré, concierge.

— Je suis venu avec mon ami Jeremy Nelson qui m'aide à trimballer ces cadeaux. C'est pour vous, madame Dupré, j'ai pensé que ça vous distrairait et que ça vous aiderait à surmonter votre chagrin.

— Voyons, monsieur Eidelmann, vous ne devriez pas… murmura-t-elle avec un regard réprobateur. Qu'est-ce que c'est ?

Elle déplia un papier d'emballage et, comme son regard tombait sur une pile de magazines aux couvertures bariolées, son visage rayonna d'un sourire voisin des larmes.

— Vous n'auriez pas dû, répéta-t-elle d'un ton adouci.

Sa voix se brisa, elle se mit à chercher son mouchoir dans ses nombreuses poches.

— Prenez le mien, proposa Sammy, il est propre. Mais en voilà, un accueil, je vous apporte plein de *Je sais tout*, je croyais que vous les aimiez et vous fondez en larmes !

Mme Dupré contempla avec gratitude Jeremy qui se tenait en retrait.

— Merci, merci, s'écria-t-elle, je suis comblée, c'est ma seule distraction, ces articles m'enchantent, ils me comblent d'intelligence, même si j'ai parfois des difficultés à comprendre, et puis il y a les feuilletons, ils libèrent mon imagination ! Ah, Camille Flammarion, Conan Doyle, H.G. Wells, Gaston Leroux, Maurice Leblanc, Gustave Le Rouge...

— Mon beau-frère se nomme Victor Legris, murmura Jeremy.

— Il écrit des récits qui décrivent le futur ?

— Non, madame, il distribue des films.

— Quel beau métier ! J'irais bien au cinéma, mais impossible d'abandonner ma loge, et puis ça coûte. Quel plaisir vous me faites, messieurs ! Ces numéros me manquaient et... Je vais vous faire du café, asseyez-vous, j'ai aussi un vieil alcool de prune. J'étais en train de prévenir la clientèle du Dr Gilbert de son décès parce que son épouse est incapable de s'acquitter de cette tâche, vu l'état dans lequel elle se trouve, la pauvre. Elle adorait son mari. La police me tanne, les flics ont posé les scellés sur la porte du cabinet médical... Combien de temps ça va durer, cette affaire-là ?

Elle désigna les *Je sais tout*.

— Ce sera ma récompense quand tout sera terminé. Comment pourrai-je jamais vous remercier ?

Mme Dupré était en proie à une vive émotion. Sammy jeta un bref clin d'œil à Jeremy.

— Justement, madame Dupré, je voulais vous demander... dit Jeremy d'un ton désinvolte. Je recherche une connaissance qui appartenait peut-être à la clientèle du Dr Gilbert, j'ai son identité sur le bout de la langue, mais impossible de l'associer à son visage. Si vous m'autorisiez à consulter son registre de rendez-vous, ça me reviendrait. Ça concerne un concert que je prépare avec ma femme, c'est important.

— C'est que… je n'ai pas le droit. Ah, et puis zut, au diable ! Enlevez-les, ces fichus scellés !

— Je vais prendre l'air, vous me rejoindrez en bas quand vous aurez terminé, dit Sammy à Jeremy.

Avec un tremblement de ses bajoues, Mme Dupré saisit le seau à charbon et marmotta, le dos tourné :

— Le registre est sur le bureau du docteur. Sa pauvre épouse m'a chargée de le récupérer mais les flics avaient déjà interdit l'entrée du cabinet. Tenez : les clés. Il fait frisquet, non ? Cherchez ce qui vous intéresse tandis que je m'en vais m'approvisionner en boulets à la réserve. J'en ai pour un moment, d'autant que j'ai perdu ma souplesse d'antan.

Jeremy gagna l'étage. Les scellés avaient été ôtés de la porte du cabinet médical, où il pénétra.

Malgré la semi-obscurité, Jeremy aperçut une jeune fille qui pleurait sans cesser d'invoquer la Vierge d'avoir pitié d'elle. Il reconnut Antoinette, elle avait une triste mine. Elle était vêtue d'une robe à carreaux surmontée d'un fichu et d'un paletot, le dos tourné à la fenêtre. Il toussota et elle fut secouée d'un soubresaut.

— Que vous arrive-t-il ? demanda Jeremy.

— Oh, mon Dieu, j'ai eu tellement peur ! Je n'osais pas m'adresser à la police, de crainte qu'ils ne m'accusent !

Elle croisa les bras et les serra nerveusement.

— De quoi vous accuserait-on ?

— D'avoir tenté d'incendier ma chambre. Tout à l'heure, Madame s'est retirée très tôt chez elle, j'avais réussi à lui faire avaler du thé et des rôties, et elle m'a dit vouloir s'allonger. J'ai expédié la vaisselle et c'est alors que j'ai vu le bas d'un de mes rideaux qui prenait feu, de petites langues tout du long, léchant le tissu jaune, de plus en plus haut.

Elle plongea son visage dans ses mains jointes, émettant un sanglot.

— Calmez-vous, la pria Jeremy en lui effleurant le coude. Je suis un ami de Sammy Eidelmann. Je vais vous accompagner à l'appartement.

Quand ils furent entrés, elle se reprit et le fixa d'un air égaré.

— Heureusement, j'ai toujours un broc plein sur ma table de nuit, je me suis ruée vers la fenêtre, et j'ai balancé l'eau. Ça continuait de cramer, alors j'ai couru à la cuisine remplir le broc, et trois fois de suite j'en ai déversé le contenu sur les flammes, qui ont fini par s'éteindre. Madame n'est plus la même depuis la mort de son mari, c'est peut-être elle qui perd la boule et est entrée en douce chez moi…

— Avez-vous vérifié qu'elle allait bien ?

— Oui, j'ai entrouvert sa porte, elle respirait régulièrement.

Jeremy demanda à Antoinette de le guider vers la chambre qu'elle occupait dans l'appartement. Il appuya sur le commutateur et vit aussitôt le rideau jaune dont la partie inférieure, calcinée, baignait dans une mare qui imprégnait peu à peu le plancher.

Il se baissa pour examiner de plus près le tissu et huma une odeur de pétrole.

— Je ne crois pas que Mme Gilbert soit en cause, quelqu'un a dû s'introduire dans l'appartement sans que vous vous en aperceviez.

— Je ne me souviens pas d'avoir reçu un livreur… Qu'est-ce qu'on décide maintenant ?

— Retournons chez Mme Gilbert, déclara Jeremy.

Caracolant en tête, il vola vers la chambre d'Hélène. Celle-ci dormait profondément et leur entrée brutale ne la réveilla pas.

— Prévenez la police et enfermez-vous ! ordonna-t-il. Si, comme je le pense, vous êtes seules, Mme Gilbert et vous, cela signifiera peut-être qu'on vous a joué un mauvais tour, pour que vous vous sentiez menacées. Un agent en faction sur le palier vous rassurera. Il se peut que cet incident soit lié au meurtre du docteur. Le commissaire et moi, nous le découvrirons assez vite.

Antoinette alluma une lampe et ils fouillèrent le moindre recoin : personne. Puis elle tira la porte et la cadenassa.

Après s'être introduit dans le cabinet du docteur au premier étage et avoir établi une liste des clients à partir du registre de rendez-vous, Jeremy quitta l'immeuble des Gilbert. Il vit Sammy déambuler sur le boulevard Saint-Marcel, et lui conta tout. Aucune raison valable d'assassiner le docteur ne se présentait à eux.

Dans le taxi qui se dirigeait vers le boulevard de Port-Royal, Jeremy se mit à siffloter *Sweet Georgia Brown*, tandis que Sammy se rongeait les ongles. Ce dernier descendit place Saint-Michel, tandis que l'auto prenait le chemin de la gare du Nord.

9

Chaque arrivée d'un train grande ligne, face à la verrière de la gare du Nord, mettait en branle le ballet des employés. Le personnel de l'octroi en costume vert rivalisait de célérité avec les interprètes à casquette galonnée d'or et les porteurs en blouse grise. Dans cette chorégraphie millimétrée se glissaient des passagers trop complaisants pour être honnêtes. Profitant de la bousculade, certains d'entre eux se hissaient dans un des wagons bondés en attente d'une locomotive afin d'y commettre leurs larcins.

Sous les vitrages brumeux, Jeremy se revoyait cinq ans plus tôt, en 1921, comparant la vie à une gare de triage, où se produisaient des arrivées, des départs, des retrouvailles.

Pendant la guerre, en 1917, naïvement enthousiasmé par le discours du président des États-Unis d'Amérique, Woodrow Wilson, qui avait déclaré : « L'Amérique doit donner son sang pour les principes qui l'ont fait naître », il s'était porté volontaire, mais, à sa profonde déception, les recruteurs l'avaient affecté à un poste de traducteur en Angleterre. Il avait ainsi échappé au carnage dévastateur responsable de millions de morts et de handicapés.

En 1919, il avait traversé la Manche et pris le train jusqu'à Paris avec en tête un plan personnel bien arrêté, qu'il avait réussi à mener à terme.

Et voici que, dans le même lieu, il guettait l'arrivée de Camille, de retour de Londres.

Le hall de la gare grouillait de voyageurs qui se pressaient devant les guichets. Une foule bruyante déboulait des escaliers.

« La transhumance quotidienne », pensa-t-il, en fendant la piétaille.

Il se mit en quête du panneau d'affichage des arrivées et se heurta à une troupe d'adolescents déguisés en militaires : chaussettes à pompon, chapeau quatre-bosses, bâton, foulard, culotte bleue au-dessus du genou, chemise kaki constellée d'insignes. Il évita l'essaim de scouts, échappa de justesse à une théorie de chariots croulant sous des malles, s'emmêla les pieds dans les courroies d'un sac et s'affala sur une montagne de valises. On l'aida à se remettre d'aplomb. Il n'eut pas le temps de remercier, une petite lampe venait de clignoter au-dessus de son crâne. *Boje moï !* Il consulta sa montre, l'horloge suspendue, sa montre. Dieu merci, il était largement en avance. Dénicher un siège à l'écart, vite, vite, noter les idées qui déferlaient plus rapidement que des doubles croches.

Il avisa un banc près des toilettes, scruta l'espace avant de se risquer à le rejoindre. Des centaines de pieds foulaient le carrelage de la salle des pas perdus, des pieds nerveux, des pieds fatigués, sanglés dans des bottines, des escarpins, des galoches. Les propriétaires de ces pieds se frayaient un passage parmi des émigrants d'Allemagne, d'Europe de l'Est, de Russie, en attente d'un parent déjà établi en France. Regroupés en famille, ils avaient élu domicile sur des journaux étalés par terre. Une jeune femme distribuait le repas du soir à ses trois petits garçons calés contre des ballots mal ficelés. Sur une serviette tendue en travers de leurs genoux, elle déposa trois pommes de terre en robe des champs, trois harengs saurs décharnés, une bouteille de bortsch froid à la betterave, trois tranches de pain noir. Les gamins mordaient la chair blanche, s'en barbouillaient les joues, crachaient les arêtes et riaient.

Jeremy éprouva une nostalgie soudaine. L'espace d'un instant, il se crut replongé dans l'univers de ses premières années et fut envahi du regret de la cuisine maternelle. Cette tradition culinaire juive de Russie se répétait de façon presque identique dans tous les pays de la dispersion, même dans la banlieue de Los Angeles, lorsque sa mère, Doucia, était en vie.

Il refoula sa mélancolie pour se consacrer à l'étude de la liste des noms des patients du Dr Gilbert. Il releva plusieurs fois le patronyme de Fleury, souffleur à la Comédie-Française. Cet homme participait à présent aux galas créés en 1919 par Raphaël Karsenty.

Jeremy avait fréquenté ces tournées à l'origine d'un changement notable des habitudes théâtrales, avec la suppression du souffleur.

Fleury mentait. À quel titre serait-il allé sur les tréteaux de Toulouse, Lyon, Saint-Étienne, Grenoble ?

L'idée de commencer une enquête avivait les couleurs du décor dans lequel se mouvait Jeremy. Le quotidien s'imprégnait d'une saveur acidulée qui le stimulait.

Deux trains de banlieue démarrèrent, l'un pour Ermont-Eaubonne, l'autre pour Pontoise. Puis une voix nasillarde annonça l'arrivée de l'express de Londres.

Les portières s'ouvrirent. Parmi les silhouettes emplissant peu à peu le quai, Jeremy finit par distinguer celle d'une mince jeune femme aux cheveux bruns, vêtue d'un costume tailleur à veste longue, d'un chapeau cloche sans fioritures, d'escarpins à brides, l'épaule tirée par une valise de cuir fauve. Il se précipita vers elle, l'enlaça. Elle atteignait à peine son épaule.

— C'est toujours si bon de te retrouver, lui murmura-t-il à l'oreille, tandis que les gens maugréaient et les heurtaient de leurs bagages.

Ils prirent un taxi jusqu'à la rue de Seine. Camille pépiait : Londres, les concerts, la famille Legris.

— Kenji a de plus en plus de mal à marcher. Il s'est acheté une deuxième canne, le pommeau est une tête de cygne noir à l'œil rouge.

Jeremy se taisait, gardant pour lui son début d'enquête et la composition musicale de *La Voile noire*.

Ils s'empressèrent de monter chez eux, mis en appétit par l'odeur de pain chaud d'un fournil.

— Tu sais de quoi j'ai envie ? De bortsch et de harengs, dit Jeremy.

— Et moi d'un steak frites ! Ta famille est de plus en plus végétarienne.

Il tourna la clé dans la serrure.

— Tu te contenteras de poulet rôti et de spaghettis à la napolitaine.

Elle jeta sa valise dans un coin et courut vers la cuisine.

— Des tartes aux framboises ! l'entendit-il crier.

Il se hâta de la rejoindre avant qu'elle fasse un sort aux gâteaux dont elle s'emplissait déjà la bouche.

Délicatement, il éloigna l'assiette où ils étaient disposés et plaqua contre ses lèvres un baiser qui s'imprégna de l'odeur douce et sucrée. Elle s'abandonna, sans plus songer aux friandises, et ne résista pas aux mains qui s'introduisaient sous sa blouse de soie.

10

Dimanche 14 mars 1926

Tandis que Camille jouissait de sa grasse matinée, Jeremy décida de se rendre de nouveau boulevard Saint-Marcel. Un autobus le déposa au Jardin des Plantes, qu'il prit plaisir à traverser, bien qu'il y eût encore peu de fleurs, puis, non loin de l'Institut d'électroradiologie, il enjamba une flaque de confettis mêlés de boue, souvenir de la Mi-Carême, et s'arrêta devant le 61.

Dédaignant l'accès réservé aux livreurs, représentants et domestiques, Jeremy s'engagea dans l'escalier principal à tapis rouge et barres de cuivre, prêt à se mesurer à Mme Gilbert.

Une exclamation aiguë le fit sursauter.

— Pas de représentants ! s'écria la concierge.

Elle l'examina de plus près.

— Ah, c'est vous, excusez-moi, monsieur, je ne vous avais pas reconnu.

— Je viens présenter mes condoléances à Mme Hélène Gilbert.

— Vous remercierez encore votre ami pour les *Je sais tout* !

Il sonna à plusieurs reprises avant qu'Antoinette, traînant la savate, entrebâille la porte.

Elle sourit à Jeremy.

— Je voudrais présenter mes condoléances à l'épouse du Dr Gilbert. Tout s'est bien passé ? Avez-vous alerté la police à propos du feu ? demanda-t-il un ton au-dessous.

— Personne n'a pointé le bout de son nez.

— Vous êtes têtue.

— J'n'ai pas besoin de garde-chiourme. Y a pas moyen de parler avec Madame : elle est liquéfiée de chagrin, elle pleure tout ce qu'elle sait et ne reçoit personne.

Un cri suivi de gémissements les fit courir jusqu'à la pièce aux volets clos. Hélène Gilbert était allongée sur le lit à deux places et haletait.

— Antoinette, mes sels, vite, j'étouffe.

La petite bonne se précipita vers la salle de bains et souffla à Jeremy :

— S'il vous plaît, il y a un plateau dans la cuisine, avec une théière prête, il manque une tasse et du sucre.

Il s'exécuta. À l'entrée de la cuisine, il dérapa, se retint *in extremis* au chambranle de la porte. Derrière les battants, il mit le pied dans un tas de confettis amassés devant une pelle et une balayette. Il pesta contre la négligence de la petite bonne, se remit d'aplomb, à la recherche de la théière. Dans le désordre qui régnait sur le plan de travail, où se cachait donc le sucrier ? Il déplaça un pot contenant du café en grains, un autre empli de haricots blancs, puis plusieurs boîtes de conserve, derrière lesquelles il mit la main sur un bol plein de cassonade, qu'il plaça sur le plateau, y ajoutant une tasse qui séchait sur l'égouttoir et un paquet de biscuits entamé.

Il retourna dans la chambre où Antoinette s'efforçait de réconforter la veuve, la tête appuyée contre deux oreillers.

— Excusez-moi, je me suis pris les pieds dans un tas de confettis. Je les sème sur le tapis. C'était beau, le carnaval ?

— Vous êtes pire que le commissaire Trucmuche ! gronda Antoinette. Madame et moi ne sommes pas sorties. Trop de chahut, trop de bruit, trop de monde. Faut-il vous le chanter ? De plus, vous voyez bien dans quel état de santé elle est ! Et la mort de Monsieur n'arrange rien ! Quant à moi, mes petits petons, j'évite qu'on me les écrase !

Hélène Gilbert examinait Jeremy de ses yeux gonflés. En dépit de son chagrin, elle était plutôt séduisante, avec son fin visage au menton aussi pointu que celui d'une Vierge de la peinture flamande.

— Qui êtes-vous, monsieur ?

— Un ami de votre époux et de M. Eidelmann.

Elle ébaucha un sourire peu amène.

— Ah oui, ce blanc-bec qui s'employait à extorquer de l'argent à Étienne pour adapter à la scène le texte écrit par son cousin.

— M. Eidelmann est un jeune homme sérieux. Si vous acceptez de lui avancer une modeste somme, il vous signera une reconnaissance de dette devant notaire. Je m'en porterai garant.

— Pourquoi vous accorderais-je ma confiance ? Je ne vous ai jamais rencontré.

— J'étais à l'étranger, en tournée.

— En tournée ? Vous êtes comédien ?

— Non, madame, je suis pianiste de jazz. Je compose également des opérettes et je commence à jouir d'une certaine notoriété.

— Eh bien, avancez-les vous-même, ces espèces !

— La réputation, hélas, n'entraîne pas forcément la fortune.

— Je vois. En quelque sorte, vous tirez le diable par la queue. Mon époux était l'un de vos amis ?

— J'ai rencontré le docteur l'année dernière, à la rédaction de *Comoedia*, et nous avons sympathisé. Lorsque j'ai appris son décès, j'ai sauté dans le train Bruxelles-Paris pour vous proposer mon aide, dit-il en ébauchant un sourire séducteur.

— Votre aide ? Pas pécuniaire, en tout cas.

Elle venait de s'apercevoir que son interlocuteur avait un visage attirant, surtout lorsqu'il s'efforçait de la rouler.

Quel âge avait-il ? Vingt-cinq, trente ans ? Jusqu'ici il ne s'en tirait pas trop mal, un mensonge ne faisait de tort à personne. Si elle refusait, il renoncerait, elle en était sûre. Elle le considéra avec une attention accrue

— Je vous remercie, monsieur... Je n'ai pas saisi votre nom.

— Jeremy Nelson. Mon épouse est également musicienne, elle a été l'élève de Camille Saint-Saëns.

— C'est tout à fait de circonstance, monsieur, de me citer le compositeur de *La Danse macabre*. Vous possédez un bien curieux goût du lapsus.

Il devint écarlate et se redressa.

— Mille pardons, madame, je ne voulais pas... Je suis navré de vous avoir importunée.

— Restez, jeune homme ! J'ai besoin de compagnie. Antoinette ! Je sais que tu vas coller ton oreille à la porte, mais rends-toi utile et rapporte le plateau.

— Madame, buvez au moins un peu de thé, il faut reprendre des forces !

Hélène Gilbert avala une gorgée de la tasse emplie par Jeremy, puis, d'un geste, donna congé à Antoinette.

— J'ai du mal à supporter sa mort, je l'aimais...

Jeremy se pencha spontanément vers elle et, sans réfléchir à l'ambiguïté de la situation, la prit dans ses bras. Elle se blottit contre lui, secouée de sanglots.

Elle se calma peu à peu et il l'aida à se recoucher.

— Je ne comprends pas pourquoi il était accoutré de cette façon ridicule. Et cette blessure au cœur...

— D'après ce que m'a conté Sammy, Gaëtan Bardin et votre mari avaient échangé leurs costumes

— Alors... c'est peut-être réellement Gaga le Ténébreux qui était visé, murmura Hélène Gilbert.

— Qui donc ?

— Gaëtan.

— Je n'y avais pas pensé, je suis étranger à cette affaire, je n'ai accepté de me rendre au commissariat que parce que Sammy avait besoin que je confirme avoir travaillé avec lui le jour du meurtre. Qui aurait pu en vouloir à votre cousin, selon vous ?

Hélène Gilbert émit un soupir et serra les paupières.

Il se demanda si elle n'était pas une de ces saintes-nitouches qui embobinent leurs interlocuteurs.

— Je n'en ai aucune idée. Gaëtan est un homme charmant, mais peut-être nourrit-il des vices cachés. En tout cas, je ne lui connais pas d'ennemis. Pas plus qu'à mon mari. Quelle mort affreuse ! Le cœur…

Elle se remit à pleurer.

— Croyez-vous que la police soit sur une piste ?

Jeremy chuchotait comme s'il redoutait de l'inquiéter.

— Le commissaire soupçonne toute la troupe, et peut-être moi-même. Cependant il ne possède pas le moindre indice lui permettant d'incriminer qui que ce soit. Sans l'arme du crime, sans empreintes, sans témoins, sa perspicacité est mise à rude épreuve. Écoutez, dites à votre ami Sammy que j'accepte sa requête, qu'il me téléphone. Après tout, Étienne s'était engagé à soutenir son projet et, par amour pour lui, je tiendrai ses promesses, y compris envers Gaëtan.

Son souffle se fit plus régulier, Jeremy comprit qu'elle avait sombré dans le sommeil, probablement sous l'effet d'un calmant. Il éteignit l'applique et quitta silencieusement la chambre.

— Votre maîtresse s'est endormie, dit-il à Antoinette qui attendait dans le salon, après s'être débarrassée du plateau sur un guéridon.

La petite bonne le reconduisit à la porte, chantonnant :

— *Elle avait de très petits tétons que je tâtais à tâtons, ton ton ton taine…*

— Ce n'est pas « très », mais « tout petits tétons ». Maurice Chevalier est une vedette, hein, évitez d'écorcher ses chansons ! observa Jeremy.

— Pourvu que Madame reprenne du poil de la bête ! Elle ne mange presque rien.

— Préparez-lui des bouillons de volaille. Croyez-vous que Gaëtan Bardin ait une aventure avec Mme Gilbert ?

— Non, elle est trop prude. Mais il a dû réviser son comportement après le meurtre, par intérêt, dans l'espoir d'extorquer à Mme Gilbert le maximum d'argent. C'est la préoccupation essentielle de ce type.

Elle se mordilla les lèvres.

— Un fainéant. Il n'a jamais travaillé de sa vie. Le Dr Étienne pourvoyait à son quotidien. Qui sait si Gaëtan Bardin ne trempe pas dans des activités malhonnêtes ? Mme Gilbert adorait son mari, ils ne se disputaient jamais, elle insistait pour que je lui prépare de bons petits plats.

— Et vous ?

— Moi, je suis pure comme un agneau.

— Je ne crois pas en la pureté absolue. Tout être humain a ses points faibles.

— Et quels sont les vôtres, monsieur le beau parleur ?

— La curiosité et l'envie de fouiller dans la vie de mon prochain.

— Comme on décortique des arachides.

Dans l'entrée, Jeremy tomba en arrêt devant un tableautin à l'huile, un peu maladroit, représentant une fillette coiffée d'anglaises, vêtue d'un corsage plissé vert et d'une jupe à volants jaune paille. Elle se préparait à exécuter une révérence l'obligeant à tenir à deux mains les bords de sa toilette et à plier les genoux. Le peintre n'avait pas le compas dans l'œil, la jambe la plus tendue était de toute évidence beaucoup trop longue.

— Pauvre Héloïse ! Un drame affreux, interdiction de l'évoquer en présence de Mme Hélène. La petite s'est étouffée tandis qu'elle mangeait de la purée, il y a deux ans. Ça n'a pris que quelques secondes. Le docteur a tout tenté pour la sauver, mais, hélas, impossible. Depuis ce jour, Madame ne sort plus de ses pénates, elle est apathique, rongée de chagrin. J'ai toute la maison sur le dos, maintenant. Qu'est-ce que vous cherchez en vous tortillant comme un asticot ?

— Le nom de l'artiste. Son prénom, c'est bien... Clovis ? Comme celui qui a cabossé le vase de Soissons ?

Antoinette renifla d'un air dédaigneux et, sans ménagement, poussa Jeremy vers la sortie de service.

— Je ne l'apprécie guère, ce type, il n'a pas gâté la gamine. Excusez-moi, j'ai du travail. Au revoir, couina-t-elle en le refoulant vers le palier.

— Quelle engeance, cet Ostrogoth ! Pire que de la glu ! marmonna-t-elle après avoir refermé.

11

On toquait sans répit chez Gaëtan. Miranda se dissimula promptement à l'abri d'un paravent pour observer la scène. Ce n'était sûrement pas le facteur. Gaëtan entrebâilla sa porte, un bras se tendit comme un ressort dans l'ouverture, un papier entre les doigts. Avant de disparaître.

Gaëtan s'enferma à double tour dans la salle de bains. Penché sur les W-C, il lut :

Signal urgent. Ce soir, minuit, premier avertissement, 31, rue de Seine.

Il prit le temps de mémoriser les instructions, déchira méticuleusement le mot apporté par le gardien de l'immeuble, puis jeta le papier dans la cuvette des W-C. L'eau jaillit en trombe avant d'être emportée dans les égouts parisiens.

Miranda, goguenarde, se moqua de lui quand il la rejoignit.

— Qui était-ce ? Mme de Sévigné ? demanda-t-elle. Elle a fait court, cette fois-ci. Une ancienne ou une nouvelle amante, gros coquin ?

— Oh, tu sais parfaitement que je ne comprends pas tes allusions. Viens, ma petite chatte, on va étudier l'anatomie.

Quand l'angoisse et la neurasthénie terrassaient Gaëtan, un seul remède se révélait susceptible de l'apaiser : la copulation. Il possédait un appartement confortable doté d'une baignoire, rue de Malte, à côté d'un music-hall fermé depuis l'année précédente pour cause d'incendie. C'est dans ses coulisses qu'il avait rencontré Miranda Marquez.

Heureuse circonstance, elle louait depuis quelques mois une bonbonnière à l'entresol du même immeuble. Elle était brune, mince et, sans être une beauté, dégageait un charme envoûtant. Sa silhouette tout en courbes, ses cheveux de nuit, ses yeux verts, son goût pour le flamenco l'apparentaient à une Andalouse, alors qu'elle était née à Lille et que ses parents étaient tous deux originaires de Tourcoing. Au cours de la soirée où Gaëtan l'avait rencontrée, une attirance purement physique s'était nouée entre eux. Ils supportaient de passer plusieurs jours loin l'un de l'autre, mais, en fin de semaine, rattrapaient leur retard et, sans échanger de discours, s'adonnaient au rituel de l'union charnelle.

Ils se rejoignaient chez elle ou chez lui le samedi soir et passaient la nuit ensemble. Après leurs étreintes, ils allaient déguster des huîtres au champagne, puis ils remontaient poursuivre leurs ébats érotiques. Le dimanche, ils s'offraient le cinéma ou le théâtre, parfois ils retrouvaient des amis. C'est ainsi que Gaëtan, ardent défenseur des Lettres et des Arts, l'avait présentée à un trentenaire, dessinateur de mode : Clovis Trouille.

Cet homme se définissait comme anarchiste, athée et antimilitariste. Il avait été embauché l'année précédente dans l'atelier de fabrique de mannequins publicitaires de Pierre Imans, au 10, rue de Crussol.

Les créations grandeur nature de Pierre Imans mettaient admirablement en valeur les tendances nouvelles de l'habillement. Les vitrines des magasins se disputaient ces hommes, femmes et enfants qui semblaient prêts à s'animer.

Miranda avait éprouvé d'emblée une forte sympathie envers Clovis Trouille.

« Ton ami est très plaisant, avait-elle dit à Gaëtan. Il pourrait m'enseigner des astuces de maquillage.

— Oui, avait-il approuvé. Il rêvait d'être peintre. Il a même remporté le premier prix de la Ville d'Amiens. Hélas, il a loupé le coche d'une belle carrière. Il a accompli son service militaire de 1910 à 1912 et a rempilé de 1914 à 1919. Imans lui a confié la pose d'yeux en verre et de dentures sur les mannequins publicitaires, ensuite on l'a affecté aux fards. Il est très doué, mais je crains que ce boulot lui pèse un peu.

— Et moi, alors ! J'en ai marre de me tourner les pouces. *L'Alhambra* est fermé, je touche un maigre salaire, ça promet de s'éterniser. Tiens, écoute, j'ai gardé la coupure de presse de *Comoedia* en souvenir, j'en frissonne encore tellement j'ai eu peur :

> *Dans la nuit du 20 au 25 avril 1925, à quatre heures du matin, un incendie a ravagé la scène de* L'Alhambra, *un music-hall situé 50, rue de Malte. Après les longs efforts de trois casernes de pompiers, le feu a été maîtrisé. La salle a peu souffert, mais la fosse d'orchestre et tous les pupitres des musiciens sont détruits ainsi que les balustrades de séparation avec le public, les premiers rangs de fauteuils et les deux avant-scènes. Le plateau n'est plus qu'un puits à ciel ouvert. Les causes du sinistre sont inconnues. On déblaie. Hélas, le personnel et les artistes seront victimes d'un chômage forcé.*

— Veux-tu que je te fasse graver ces bonnes nouvelles dans le marbre ? avait répliqué Gaëtan avec ironie.

— Oh, ça va, hein ! J'ai été engagée chez Imans… Grâce à toi, mon cher. Je suis lasse des danses serpentines en tenue légère sur des planches poussiéreuses. Ah, devenir actrice, une vraie ! Et ne plus jamais danser, ni vendre mon corps, comme je l'ai longtemps fait.

— Si c'est une question d'argent, avait murmuré Gaëtan, tu sais que…

— Oui, seulement vivent l'indépendance et la liberté.

— Fais attention. Clovis Trouille n'aborde jamais le sujet, mais il peint toujours, même s'il refuse de vendre ses toiles. S'il te prie de poser pour lui, défile-toi. Ses œuvres attirent les voyeurs, la brigade des mœurs et la police en général. Ne perds pas de vue qu'il est célibataire. »

Elle avait haussé les épaules.

« Tu ne vas pas te mettre à être jaloux ? »

Jaloux, Gaëtan ? Non ! Possessif ? Oui ! Cette Miranda, il l'avait dans la peau et, pour la garder, il était prêt à tout. Il avait alors rédigé *La Voile noire* afin que sa belle interprète le rôle de l'héroïne : Ariane. L'actrice en herbe s'avérant incapable de mémoriser un texte, et étant dotée d'une diction épouvantable, il avait coupé certaines répliques. Elle n'aurait donc que peu de texte, mais pourrait exhiber ses jambes et onduler de la croupe à l'envi sous sa courte tunique à la grecque.

En cette fin d'après-midi, au retour de leur escapade contre la soif, Miranda jeta au sol son manteau, son ample robe Paul Poiret et, simplement vêtue de ses dessous en soie, ses bottines et un chapeau turban, tournoya au son saccadé d'une musique radiophonique. Gaëtan l'attrapa au passage et l'écrasa contre sa poitrine alors que la mélodie s'interrompait sur une publicité : « Contre le refroidissement et le mal de dos, les Pilules Foster il vous faut. »

— Gaëtan, cloue le bec à cette saleté de poste ! hurla Miranda.

— On ne croirait pas que tu éprouves le moindre désir de « prénilimaires », grogna Gaëtan.

— Répète. « Prémilitaires » ?

— Moque-toi, jamais contente.

— Arrête de japper ! Vas-y, à la hussarde.

— Ah non, c'est fichu, les hommes aussi ont besoin de « prénilimaires ». Zut ! Ma langue a fourché… je voulais dire : de mise en condition.

— On recommencera après la dînette. Si on allait déguster des moules frites pour changer ? Oh, tu sais, ce soir, c'est la dernière des *Fiancées en folie*, de Buster Keaton, au Madeleine Cinéma.

— Ce soir, j'ai un rendez-vous important, le turbin.

— Oh, la barbe ! Il paraît que c'est d'un drôle, ce film !

— Eh bien, tu riras, vous rirez tous sans moi.

— Tu pars, là, illico ? Tu me laisses ? Qui va m'ausculter alors ?

— Désolé, c'est inattendu et primordial, pour le boulot, m'énerve pas…

— Bien, dans ces conditions, je pars aussi, mais moi, c'est pour la rigolade, mon cher.

Il alla fumer une cigarette sur le balcon. Il devait absolument se rendre chez Hélène et régler avec elle la cérémonie des obsèques qui auraient lieu au Père-Lachaise – Hélène avait les moyens. Lui ne pouvait participer que symboliquement aux funérailles, vu l'état de son compte en banque. Hélène ne l'en détesterait que davantage. Regrettable, cette mésentente, car il l'avait toujours jugée à son goût, l'épouse de son cousin, mais de toute évidence elle ne lui pardonnait pas certains événements dont il ne se sentait nullement responsable. En quoi était-il coupable de la faiblesse de caractère de ses congénères ? Enfin, peut-être Hélène accepterait-elle de nouer avec lui des relations moins agressives à présent qu'elle était seule ?

12

Lundi 16 mars 1926

Au sommet de l'immeuble sis au 124, rue de Provence, un vasistas fut soulevé, un visage d'homme mal réveillé contempla le ciel anthracite. L'air était d'une humidité pénétrante, mais il ne pleuvait pas, c'était déjà quelque chose.

Guillaume Fleury, locataire des lieux, descendit de la chaise sur laquelle il s'était perché et emplit une soucoupe de lait caillé vite lapé par Yorik, un chat noir et blanc qui sautait de la gouttière à l'aube pour réclamer son ordinaire.

Après avoir autorisé son bienfaiteur à le caresser sous le menton, il s'empressa de filer de nouveau sur les toits voisins, où il était maître et ignorait superbement l'univers des humains. Guillaume Fleury referma le vasistas.

Emplir une pièce de quinze mètres carrés de tous les ustensiles nécessaires au quotidien d'un célibataire, lit pliant, placards, chaise, y caser quelques étagères chargées de livres et de dossiers, cacher la misère d'un plancher mal raboté grâce à des morceaux de tapis ramassés dans une poubelle… c'était un tour de force dont il ne se sentait pas peu fier. Il occupait depuis cinq ans cette mansarde, après avoir déménagé de nombreuses fois dans les quartiers les plus sordides. Il était perché au dernier étage d'un immeuble peuplé de retraités désargentés et d'étudiants toujours entre trois dettes et deux emprunts.

Ayant à plusieurs reprises envisagé de se mettre en quête d'un deux pièces, il avait été freiné par la modicité de son loyer et la proximité des théâtres. Sans compter que le quartier regorgeait de commerces bon marché et de bistrots où boire un crème pour dix centimes.

— Dieu que j'ai mal dormi ! grogna-t-il, démêlant avec ses doigts sa tignasse blonde trop longue. Ces prostituées, elles me pourrissent les nuits, je vais finir par porter plainte !

L'hôtel particulier du prince Joachim Murat, au 122, belle bâtisse de trois étages, avait été vendu deux ans plus tôt à une certaine Fernande, rebaptisée Doriane, une ancienne du *Chabanais*. Son époux, Marcel Jamet, y avait installé trois péripatéticiennes. Des clients assidus commençaient à fréquenter ce qu'ils nommaient le *One-Two-Two* et affirmaient que cette institution était promise à un grand avenir.

Les insomnies de Guillaume Fleury n'étaient en réalité pas liées aux activités de ces dames, mais leurs gloussements perturbaient sa créativité nocturne. Il avait longtemps exercé le métier de souffleur à la Comédie-Française, d'où il avait été congédié fin 1924 après être arrivé en retard deux soirs de suite. Était-ce sa faute si un marchand de vins de la rue de Provence insistait pour offrir le coup de l'étrier à ses pratiques ?

Il avait pris l'habitude de se coucher au milieu de la nuit et, quand le sommeil le fuyait, ce qui était fréquent, il se livrait à l'activité destinée à subvenir à ses maigres besoins en attendant de se muer en acteur de génie.

Buvant son café au lait, il relut ce qu'il avait rédigé entre trois et quatre heures.

Petite Cécile, sous votre air gracile
Se cache une ardeur qui brûle le cœur
De votre promis le jeune érudit

Prénommé Henri.
Que de votre union...

— Que vont-ils en tirer ? grommela Guillaume Fleury en mordillant le bout de son crayon.

Des visions lubriques l'assaillaient, il les chassa en se concentrant sur son texte.

— Dans un premier temps, ils se feront de jolis câlins qui rendront infailliblement Mme Henri enceinte. Elle accouchera de jumeaux, et sa poitrine autrefois charmante se gonflera de lait et sera la propriété privée de deux bébés gloutons. M. Henri s'emparera d'un sein opulent, mais se lassera vite des braillements de sa progéniture et sera heureux de partir travailler au bureau. À l'heure de l'apéritif, il tiendra le plus longtemps possible compagnie à ses collègues réunis au *Bar des Amis*. Quand il regagnera ses pénates, à la nuit, éméché et rieur, il se heurtera au regard menaçant de la douce Cécile, munie de son rouleau à pâtisserie, prête à tout pour ne pas être violentée de nouveau. Leur couple évoluera, de naissance en naissance, vers un avenir peuplé de bistrots pour Henri et de ruminations emplies de regrets pour Cécile. Quand ils seront âgés et atrabilaires, et que leurs enfants inventeront mille prétextes pour fuir les repas de famille, ils songeront avec nostalgie à ce qu'aurait été leur vie s'ils ne s'étaient pas mariés.

Guillaume Fleury appartenait à l'espèce des asociaux immortalisés par Molière dans *Le Misanthrope*. Tel un Alceste moderne, il n'avait cessé d'être humilié au cours de ses cinquante ans d'existence. S'il avait renoncé à prendre sa revanche, il se serait épargné bien des nuits blanches.

Ses poèmes pour « noces et autres joyeuses circonstances », et les fantasmes qu'ils lui inspiraient, ruineraient sa santé physique et mentale si, très vite, il n'accédait pas à la gloire.

À force d'encaisser horions et brocards, il s'était forgé une philosophie personnelle. Enfant, il avait imaginé un monde empli d'amour, d'individus convaincus d'appartenir à une communauté universelle, ignorant l'anxiété et la médisance. Ils ne s'affrontaient pas en se dévisageant comme des chiens enragés. Dans cet univers, nul ne cherchait à dominer l'autre. Les habitants des faubourgs ne se complaisaient pas dans les insultes et les bagarres. Ceux qui n'avaient pas d'argent ne rêvaient pas de devenir riches, ceux qui étaient déjà très fortunés ne désiraient pas posséder davantage. Nul ne haïssait ceux qui étaient pourvus d'une apparence physique différente, que ce fût sous le rapport de la couleur de peau, de l'âge, du sexe. On ne vilipendait pas ceux qui exprimaient des opinions différentes de celles du commun des mortels. Surgis d'horizons multiples, hommes, femmes, enfants finissaient par devenir des amis compatissants faits du même bois. Son propre père, d'ailleurs, l'aidait à croire en ces fantasmes.

Le père Laurent, petit homme aux habits râpés, le front auréolé d'une couronne de cheveux blonds ébouriffés, exerçait le métier de souffleur, qu'il connaissait fort bien. Les acteurs se félicitaient d'être secourus par lui. Ils appréciaient que, pendant les scènes de séduction, il ajoutât des répliques de son propre cru, telles que : « Mon amour, tu es aussi séduisant qu'un bidet », ou : « Embrasse-moi mais pas sur la barbe ! »

Sa femme le trompait, mais il lui cherchait sans cesse des excuses. N'était-il pas répugnant ? Un incurable eczéma lui rongeait les mains, et il était victime d'un goût prononcé pour la dive bouteille.

Guillaume avait vieilli et s'était plongé dans la société qu'il redoutait de subir. La fréquentation de jolies femmes vaines et intéressées l'avait humilié.

Dans le quartier on le surnommait le Hibou, parce qu'il avait de gros yeux et affectionnait les promenades nocturnes. On se posait des questions sur lui. Il appartenait au monde théâtral, mais quel était son métier, au juste ? Acteur ? Metteur en scène ? Fabricant de décors ? Costumier ? Peut-être n'était-il qu'un simple caissier ou un sous-fifre chargé de placer les spectateurs... Ils ignoraient qu'il passait ses soirées dans un caisson, instrument de torture où il étouffait et contemplait à longueur de soirée des pieds d'acteurs. Ils ne savaient pas qu'il avait été le souffre-douleur des comédiennes et des comédiens d'un illustre théâtre où on ne cessait de lui répéter : « Mais ne haletez donc pas comme ça, c'est insupportable. »

Que n'avait-il eu la chance d'avoir auprès de lui une souffleuse, dont il aurait pu enserrer la taille et la poitrine au cours de scènes muettes !

Il était condamné à rester dans un trou, pauvre épave de l'art dramatique, homme des cavernes qui vivait le plus souvent dans le passé conçu par des auteurs incapables de s'imaginer que le futur ressemblerait à un pandémonium empli de voyous adonnés à la drogue. Il cochait rageusement au crayon rouge les manuscrits afin de se rappeler chaque dialogue et d'être capable de repêcher les acteurs oublieux de leur texte.

Il assistait aux répétitions, s'installait à l'avant-scène, écoutait les dialogues écorchés par des débutants, broyait à voix basse entre ses mâchoires la prose ou les vers clamés avec maladresse. Il remerciait le ciel de n'être pas bègue. Il était la cheville ouvrière des spectacles, mais tous s'en moquaient. Ensuite, enfoui dans son trou, il veillait au grain. Sans souffleur, pas de pièce, pas d'applaudissements, pas de succès.

La marchande de programmes l'admirait et tentait de flirter avec lui dès qu'il s'extrayait de sa cachette. Par malheur, elle était souvent laide.

Ce qu'on ignorait, c'est qu'il était le futur Frédérick Lemaître. Si on lui proposait un rôle charismatique, il leur montrerait ce qu'il avait dans le ventre, à ces abrutis de la corbeille et des loges ! Mais cet espoir était inutile. Qui donc miserait trois sous sur sa tête ? Il avait dépassé les cinquante ans, il était affligé d'un gros nez et d'une dentition déplorable, aucun directeur de théâtre ne lui laisserait le temps d'articuler le moindre mot sur les planches, ils éclateraient de rire et lui ordonneraient de quitter les lieux. Il ne pourrait se livrer aux obsessions qui harcelaient son imagination.

Pourtant il y avait place pour des individus peu gâtés par dame Nature ! Ce Michel Simon qui commençait à faire parler de lui à l'écran comme à la scène n'était-il pas très vilain ? Sa voix ne ressemblait-elle pas au bruit que font des gonds rouillés ? N'avait-il pas la bouche de travers ?

De quel crime s'était-il rendu coupable pour qu'on lui ferme toutes les portes au nez ? Le rôle d'Égée que lui avait accordé ce fat de Gaëtan Bardin, qui écrivait comme on se torche, ne comportait que quatre vers, et encore n'étaient-ils prononcés qu'au début de la pièce ! Et ce gamin de Sammy était plus à même de diriger un théâtre de Guignol qu'un tas d'amateurs !

Mon fils, quand de la Crète tu vogueras vers moi,
Hisse une voile blanche au-dessus du bateau.
Ainsi serai-je sûr qu'il s'agit bien de toi,
Et que tu as tué ce monstrueux taureau.

Avec si peu de mots, sous prétexte que sa voix était presque inaudible, quel critique le remarquerait et écrirait une ligne sur lui ?

Il serait condamné à figurer dans des œuvres consacrées aux assassins et aux pauvres hères, tel ces *Bas-fonds* de Maxime Gorki que la troupe de Ludmilla et Georges Pitoëff interprétait avec succès à Paris depuis quatre ans.

Ou bien il ferait de la figuration dans l'*Horace* de Corneille, dans *Richard III* de Shakespeare ou *Les Brigands* de Schiller. À moins qu'on ne lui attribue un rôle dans un drame d'Euripide ou d'Eschyle, grâce à son costume antique dans *La Voile noire*.

Pensif, il se rongea un ongle puis roula son crayon sous la paume de sa main gauche. Que de boniments il devrait rédiger s'il voulait de nouveau boucler son mois ! Ces couples en extase attendaient ses œuvres pour échanger un « Oui, jusqu'à ce que la mort nous sépare ». Mais une bonne partie d'entre eux seraient brisés avant d'avoir pu dire ouf.

— À quand le mariage ? Quelques mois avant le divorce, maugréa-t-il à l'intention du chat Yorik, le dévisageant à travers le vasistas.

Bah, l'essentiel était qu'il soit payé, même par des pingres, pour ses écrits. Il recula le moment de s'attaquer au sirupeux quatrain suivant, rinça sa tasse et troqua son pyjama contre un tricot et un caleçon vite recouverts d'une chemise et d'un pantalon froissés.

Il replia le lit après l'avoir retapé et contempla pour la dix millième fois la devise calligraphiée en bleu sur un des murs gris : « Souffler n'est pas jouer. »

Comme d'habitude, ces mots évoquèrent en lui un garçon de sept ans venu voir un vieil oncle interpréter un docteur dans *Le Malade imaginaire* de Molière, à la Comédie-Française. Ce qui l'avait le plus impressionné, ce n'étaient pas les acteurs déclamant leurs tirades avec force roulements de « r », c'était une sorte de boîte, sur le devant de la scène, où, lui avait plus tard expliqué son père, se dissimulait le souffleur, celui qui ravivait la mémoire des acteurs quand elle les fuyait. Pour cela, le souffleur devait être à même de citer le moindre morceau de réplique oublié. Ce n'était pas un écrivain, mais son rôle était essentiel au bon déroulement du spectacle. Si souffler n'était pas jouer, cela était indispensable au jeu.

Ainsi avait pensé Guillaume Fleury à sept ans, et ainsi pensait-il toujours après tant d'années consacrées à ce qu'il avait considéré comme un sacerdoce.

Mais, ces derniers temps, il était devenu las de pallier les défaillances de cabotins moins doués que ne le proclamait leur réputation, et il éprouvait le désir de prendre leur place.

Il avait fait la connaissance d'un certain Julien Sarde vingt ans plus tôt, lorsque, inquiet de ne pas survivre avec sa seule paie de souffleur, il s'était inscrit comme lui au syndicat des casquettiers, 25, rue Vieille-du-Temple.

Ils s'étaient rencontrés par hasard deux mois plus tôt près des Halles. Lorsque Julien Sarde avait évoqué une pièce intitulée *La Voile noire* et lui avait appris que l'auteur recrutait des passionnés de théâtre, sans pouvoir leur promettre un salaire mirobolant, Guillaume Fleury n'avait pas hésité. Il fallait savoir attraper l'occasion aux cheveux. Tout barman qu'il fût, Julien Sarde était lui aussi titillé par le regret de ne pas avoir appris l'art de déclamer, regret attisé par la fugacité de la vie.

« Tu te rappelles, quand on était au syndicat : on rêvait de devenir les égaux de Mounet-Sully ! Il n'est peut-être pas trop tard. J'ai vu la pièce d'un débutant, un certain Marcel Pagnol, en avril dernier, au théâtre de la Madeleine, elle s'intitule *Les Marchands de gloire*. Ce gars-là ira loin. Eh bien, Gaëtan Bardin aussi. J'ai lu sa pièce, ça peut marcher. Le metteur en scène est certes un jeunot, un assistant régisseur, mais il a travaillé avec Louis Jouvet. Le plus dur, ce sera d'être engagés dans une salle. En attendant, on répétera dans un local qu'on louera une bouchée de pain, avait promis Julien Sarde. Tu seras le roi Égée, et moi, ton fils Thésée.

— À l'époque de la casquette, je voulais plutôt ressembler à Lucien Guitry, les cheveux courts, glabre, un peu à l'américaine. Je me voyais dans un bel appartement, rue de l'Odéon. Toi, tu as réussi à décrocher la timbale, un trois pièces rue du Temple.

— Grâce à Jean Cocteau, qui m'a filé un sérieux coup de main.

— Moi, je vis perché dans un trou à rat.

— Eh bien, justement, devenir enfin professionnel pourrait te tirer de cette cage. »

Cette conversation avait eu lieu bien avant la mort du docteur. Qu'allait-il arriver, à présent ? Gaëtan affirmait que la veuve, Hélène Gilbert, continuerait de financer le projet. Affaire à suivre.

Il saisit un volume contenant la trilogie de Beaumarchais. Une page était cornée, celle-là même que répétait la troupe de la Comédie-Française quand il avait pris ses cliques et ses claques. Il lut à voix haute :

— Figaro : *Diable ! C'est une belle langue que l'anglais, il en faut peu pour que vous alliez loin. Avec "*Goddam*", en Angleterre, on ne manque de rien nulle part...* »

Il rejeta le livre et s'endormit. Quand il s'éveilla, le crépuscule grignotait le ciel. On tambourinait à la porte depuis un bon moment sans doute, car le bruit s'était introduit dans un songe où il voyait un pivert heurter du bec un lampadaire. Il entrouvrit.

— Toi ? Tu es folle. C'est que j'ai du pain sur la planche, je dois être en forme demain pour rejoindre mes nouveaux comparses rue Lèchevin.

— S'il te plaît, supplia une voix grêle. Je me sens tellement seule et j'ai peur, tout le temps. La police...

— Bon, entre, accepta Guillaume Fleury avec un soupir. Mais pas plus d'une heure. Je vais nous acheter quelque chose à manger.

Il aimait s'occuper de ses courses le soir, juste avant la fermeture des commerces de bouche, évitant au maximum de se frotter à ses concitoyens qu'il tenait en si peu d'estime, puis rentrait se boucler dans sa chambre.

Ce soir-là il fut accueilli par un baiser fougueux et, après un dîner froid vite expédié, un doux corps féminin lui tint compagnie plus tard que de coutume. Avec un désir expéditif, il lui arracha des cris que ne durent guère apprécier les voisins. C'était sa revanche sur le lupanar mitoyen.

13

Mardi 16 mars 1926

Le lendemain, Guillaume Fleury arriva en retard rue Lèchevin. Sammy lui servit une leçon de morale sur la ponctualité, et Catherine Cognat se plaignit de ce que le sexe féminin fût taillable et corvéable à merci. Emmaillotée dans une blouse qui eût pu contenir deux autres personnes, elle plongeait à intervalles réguliers une éponge dans un seau plein d'eau noire et nettoyait les murs de ce qui allait devenir salle de spectacle, un quadrilatère où Hector Lavergne avait fait empiler dans un coin quelques chaises et une estrade ayant appartenu à un décor de cinéma. Sammy, Julien Sarde et Gaëtan Bardin, en chemise et pantalon délavé, frottaient eux aussi les parois enduites de crasse, qui retrouvaient peu à peu leur blancheur originelle.

À grands coups de balai, Miranda Marquez soulevait des nuages sur le plancher, provoquant des rafales d'éternuements et des chapelets d'injures. Un jeune homme aux épais cheveux raides, encadrant son visage à la manière d'une perruque, essuyait de son mouchoir son nez retroussé, ne s'interrompant que pour arracher avec des tenailles des clous profondément enfoncés dans le plâtre.

— Tu es malade, Tom ? demanda Guillaume Fleury, se changeant pour enfiler une tenue rapiécée et se munir d'une balayette et d'une pelle.

— Non, je suis allergique à la poussière, expliqua avec une pointe d'accent britannique celui qui se battait avec les clous.

— Les amis, il faudrait qu'on ait terminé vers dix heures, comme ça on pourra faire une lecture de la pièce de Gaëtan à voix haute, histoire de se familiariser avec le texte, proposa Sammy.

La porte du local s'ouvrit et la silhouette longiligne de Jeremy se profila dans l'encadrement.

— Eh bien, elle n'est pas facile à trouver, votre rue Lèchevin !

Sammy fit les présentations. Certains se rappelaient avoir vu le pianiste devant le commissariat le vendredi précédent. Le jeune homme à l'accent anglais s'avança.

— Tom Brighton.

— Vous êtes acteur ? demanda Jeremy.

— Je rêve de le devenir. Je travaille dans une bibliothèque pour subvenir à mes besoins quotidiens. Je ne crois pas m'enrichir avec *La Voile noire*.

— Tu es un pessimiste-né, Tom ! s'écria Gaëtan Bardin. Moi, je te prédis le succès, et puis tu gagneras un peu d'argent.

— Mais c'est que j'ai des goûts de luxe ! rétorqua l'Anglais en riant.

Quand il eut salué l'ensemble de la troupe, Jeremy enleva son veston pour seconder Catherine Cognat.

— Vous avez une autre éponge ?

— Attention de ne pas vous salir, vous n'êtes pas équipé pour vous protéger !

— Accueille-le sous ta blouse, il y a encore de la place ! lança Miranda Marquez.

— Oh ben toi alors, bafouilla Catherine Cognat.

Elle sourit en minaudant. Si elle aimait les femmes, les hommes ne la laissaient pas indifférente.

— Ce n'est pas sur toi qu'elle jetterait son dévolu, remarqua Sammy, ignorant ses pensées secrètes.

Elle le rabroua.

— Mêlez-vous de votre jardin avant de lancer des pierres dans celui de la voisine ! Moi, j'apprécie les musiciens, et les pianistes en particulier. Ils savent mettre les doigts sur les bonnes touches !

Mais le regard de Catherine Cognat obliqua à ce moment vers la croupe de Miranda Marquez qui, à quatre pattes, bataillait contre une tache rebelle incrustée dans le plancher. Et elle oublia incontinent Jeremy pour s'intéresser aux évolutions de cette souple créature.

À côté d'elle, Tom Brighton tirait en s'arc-boutant sur un long clou recourbé et l'arracha du mur d'un geste si brutal que ses souliers furent saupoudrés de plâtre.

— Eh ! Ne casse pas la baraque ! cria Gaëtan, plus enclin à superviser le travail des autres qu'à se démener lui-même.

— Bon, stop, assez pour l'instant, lança Sammy, on fignolera la prochaine fois. Prenez des chaises et rapprochez-vous les uns des autres avec vos feuillets, on va démarrer. Thésée, à toi !

Julien Sarde nettoya son siège de la paume, s'installa, jambes croisées, se racla la gorge et commença :

Cher public adulé, je suis bien honoré
De vous conter céans l'histoire de Thésée
Par moi-même joué en ce lieu parisien
En compagnie d'amis peu connus mais malins !

Lorsque chacun eut fini de débiter ses répliques, Sammy et Gaëtan s'entre-regardèrent. Le résultat était plutôt médiocre, il restait bien des progrès à effectuer côté diction. Miranda n'avait vraiment aucun talent, Tom

Brighton s'agitait comme s'il avait un train à prendre, Guillaume Fleury n'avait par chance que quatre vers à dire. Gaëtan se jugeait lui-même un Minotaure honorable bien qu'il ne fît la plupart du temps que pousser des grognements. Les vedettes en revanche étaient sans conteste Thésée, c'est-à-dire Julien Sarde, rouquin à la voix vibrante, et Catherine Cognat, qui, eût-on ignoré qui elle était en réalité, eût pu sans difficulté passer pour un dieu nommé Dionysos.

Tous se congratulaient et Sammy dut taper plusieurs fois dans ses mains afin de rétablir le silence.

— Vous êtes lamentables, ce local est un désastre, et mon ami Jeremy, musicien ici présent, n'a pas écrit la moindre note pour accompagner ce spectacle qui, faute de moyens, se passera de décors et se jouera devant trois paravents chinois prêtés par le propriétaire, Hector Lavergne. En dépit de tous ces aléas, j'espère que nous parviendrons à tirer quelque chose de tout ce gâchis, et que nous pourrons déjà donner une quinzaine de représentations entre mai et juillet.

Il fut applaudi.

— Demain auront lieu les obsèques du Dr Gilbert au Père-Lachaise, à quinze heures, sans fleurs ni couronnes. Je propose que ceux qui peuvent venir se retrouvent à quatorze heures porte du Repos, au métro Philippe-Auguste. Hélène Gilbert nous y attendra avec le corbillard.

Ils hochèrent la tête, sauf Catherine Cognat et Tom Brighton. La première grommela :

— Je ne suis pas certaine que le directeur de l'hôtel accepte de me remplacer.

— Tu n'interviens que dans la dernière partie de la pièce, alors ta présence n'est pas indispensable, répliqua Gaëtan, plutôt réjoui à l'idée que Miranda fût à l'abri des simagrées de Dionysos.

Le second marmonna :

— J'ai un rendez-vous important.

— Tu peux le remettre, assura Gaëtan Bardin.

— Ce sera difficile…

Le regard de Jeremy croisa alors celui de Tom et, sans qu'il pût en comprendre la raison, le pianiste se sentit mal à l'aise.

14

Mercredi 17 mars 1926

Sur le boulevard des Capucines, vers onze heures du matin, une foule de curieux, maintenue à grand-peine par un cordon d'agents, examinait une toile masquant l'immeuble des Wagons-Lits, au numéro 14.

Au milieu des badauds, un homme aux cheveux argentés, enveloppé d'un imperméable en gabardine et coiffé d'un feutre mou, tenait devant lui un appareil photo compact Kodak, et guettait le moment où serait libérée la façade. Un « ah » de satisfaction générale accueillit la révélation d'une plaque commémorative.

« Ici, le 28 décembre 1895, eurent lieu les premières projections publiques de photographies animées à l'aide du cinématographe, appareil inventé par les frères Lumière. »

Des applaudissements et des hourras fusèrent. Les gens se félicitaient de ce que l'on attribue à la France et non aux États-Unis, ainsi que le réclamait Thomas Edison, la paternité de cette découverte.

« Trente et une années, songea Victor Legris, trente et une années que j'ai vu foncer sur moi une locomotive sur un écran plat et que, comme la plupart des assistants, je me suis levé pour fuir ! J'avais trente-cinq ans. J'en aurai bientôt soixante-sept. Les années ont filé comme une comète. »

Il se revit dans les sous-sols de cette maison, alors dépendante du *Grand Café*. Il avait serré la main de Louis et Auguste Lumière, persuadés que leur appareil était une simple curiosité scientifique sans aucun avenir artistique. Seul Georges Méliès avait deviné le parti qu'on pourrait tirer de ce bijou, mais il n'avait pu convaincre les Lumière de le lui vendre et avait dû fabriquer son propre modèle. Après quoi il avait inventé par un heureux hasard le truquage et un art, le septième, voué à la création de très courts récits interprétés par des acteurs filmés d'abord boulevard des Italiens, dans le théâtre Robert-Houdin, qui lui appartenait, puis en extérieur, ensuite dans son propre studio, à Montreuil, construit à partir de 1897 autour de la somptueuse villa qu'il avait achetée. Mais, hélas, malgré le succès de ses milliers de bandes, et le record d'audience du *Voyage dans la Lune* dans le monde entier, Méliès avait été contraint d'adhérer au trust d'Edison. Distancé par les firmes Pathé et Gaumont, boudé par le public, ruiné, il avait dû vendre sa propriété de Montreuil en 1914 et revenir au théâtre. Victor se promit de mener une enquête sur le destin de ce génie méconnu[1]. Il savait toutefois que le théâtre Robert-Houdin avait été détruit en 1923 pour la percée du boulevard Haussmann.

Depuis les premières saynètes de Georges Méliès, colorisées à la main, des changements importants s'étaient succédé. Victor avait abandonné sa librairie du 18, rue de Seine et son métier en 1900, puis choisi de retourner vivre à Londres, où il était né. Accompagné de son épouse, Tasha, de la mère de celle-ci, Djina, et

1. Georges Méliès finit par tenir dans le hall de la gare Montparnasse un kiosque où il vendait des jouets et des sucreries. Il s'éteignit à la maison de retraite du cinéma d'Orly en 1938.

de celui qu'elle avait épousé, Kenji Mori, père adoptif et associé de Victor, il se consacrait à la distribution de films, en majorité français, en Grande-Bretagne.

Tasha avait été comblée de faire la connaissance de Jeremy Nelson, son frère cadet, en 1921. Les années suivantes, de fréquents allers-retours Paris-Londres avaient consolidé des liens de famille ignorés de Jeremy lorsqu'il était arrivé à Paris après guerre.

Victor salua Louis Lumière, Léon Gaumont, René Clair, Germaine Dulac et nombre d'artistes. Tous se dirigeaient vers le vaste hall de l'immeuble, mais Victor se sauva. Il détestait les banquets et les discours et n'avait qu'une envie, se balader dans ce Paris qui lui manquait tant, parfois, quel que fût son bonheur de vivre à Londres.

Ce qu'il appréciait le plus dans son ancienne ville, c'étaient les troquets. Jamais les pubs anglais ne lui avaient procuré autant de joie. Se percher sur un tabouret au zinc, ou se caler dans une chaise cannée près d'une vitre, jouer les chats nonchalants qui, sous leur apparente somnolence, ne ratent pas une miette du spectacle de la rue, tout en buvant un café corsé et non de l'eau chaude baptisée thé, était un plaisir inégalé. Sans compter les propos parfois notés dans des carnets tant ils étaient amusants. Son ancien commis, Joseph Pignot, devenu son beau-frère, possédait ses propres calepins emplis d'articles de journaux relatant des faits étranges et inquiétants.

Une heure plus tard, il atteignait la rue de Seine et, la nostalgie au cœur, franchissait le porche du 31, l'immeuble où vivaient jadis Joseph et sa petite famille. Il savait que Jeanne, leur fille, pianiste émérite qui se faisait appeler Camille, y habitait désormais avec Jeremy Nelson. Qui eût cru que l'amour réunirait le frère cadet de Tasha et la fille de Joseph et Iris, demi-sœur de Victor ?

Il décida de tenter le coup et alla sonner à leur porte. La chance était avec lui, le couple niché au bercail l'accueillit avec chaleur.

— Quelle surprise ! Pourquoi ne pas nous avoir prévenus de votre arrivée ? s'exclama Camille.

— Parce que je suis parti sur une impulsion. J'ai été averti au dernier moment de la pose d'une plaque en l'honneur des frères Lumière et de la première projection cinématographique au salon indien du *Grand Café*. Je tenais à voir ça et à le photographier. Je vais en profiter pour visionner quelques nouveautés dans les salles obscures afin de les distribuer en Angleterre. Attendez... (Il extirpa un bout de papier froissé d'une de ses poches.) Vous a-t-on cité ces titres ? *Destinée*, d'Henry Roussel, au Marivaux ? *Knock ou le Triomphe de la médecine*, de René Hervil, avec Fernand Fabre, au Tivoli ? Ou *Le Château de la mort lente*, un film d'épouvante, projeté au Carillon ?

Ils secouèrent la tête.

— Et où logez-vous ? demanda Jeremy.

— Dans un petit hôtel près de la gare du Nord.

— Sûrement pas. Vous logez au 31, rue de Seine ! Vous ne voudriez pas que Camille et moi nous fâchions avec vous ? Allez chercher vos bagages en taxi, nous ne bougerons pas d'ici tant que vous ne serez pas revenu.

— Moi, je serai là. Mais toi, mon chéri, tu seras aux funérailles du Dr Gilbert.

— J'ai encore du temps devant moi.

— Des funérailles ?

— Je vous raconterai, Victor.

Ce dernier déclara :

— Je vous invite à déjeuner ! Mon petit doigt me souffle que vous êtes plongé dans une nouvelle mésaventure, et je serais ravi de vous entendre m'en révéler les détails. Nous irons à la brasserie *Au Père tranquille*, rue Pierre-Lescot. Je pose ma valise et en route !

15

Le temps était humide et pluvieux, mais Sammy avait décidé de gagner à pied le cimetière du Père-Lachaise. Au moment où il traversait le boulevard Richard-Lenoir, une berline Minerva verte et blanche flambant neuve accéléra et fonça sur lui avant de prendre la direction de la place de la Bastille.

Sammy n'eut que le temps de bondir en arrière. Il s'étala sur la chaussée. Des passants l'aidèrent à se relever.

— Vous n'êtes pas blessé ? demanda une femme à fichu.

— Ma parole, on jurerait que ce saligaud l'a fait exprès, affirma un homme en bleu de travail donnant la main à une petite fille.

— Papa, t'as dit un gros mot, nota celle-ci.

Sammy se frotta la nuque avant de se recoiffer de sa casquette coincée dans le caniveau.

— Abruti de chauffard, un peu plus il avait ma peau, grommela-t-il.

Il lui fallut vingt minutes et une longue incursion boulevard Beaumarchais puis place des Vosges pour calmer les tremblements nerveux qui l'agitaient au souvenir de ce qui venait d'avoir lieu.

Il s'assit sur un banc et regarda des enfants jouer au cerceau autour de la statue équestre de Louis XIII. Puis il reprit sa marche. Il s'engageait sur le carrefour de la rue des Francs-Bourgeois et de la rue des Archives quand la même berline réapparut et bondit de nouveau sur lui. Cette fois, il l'avait vue arriver et lui échappa sans peine en se ruant vers le trottoir opposé. La colère lui fit dresser le poing.

— Espèce de jean-foutre, je vais te la démolir, ta bagnole !

L'évidence d'une double tentative, non de le tuer mais de l'effrayer, s'imposait à lui et le secouait de la tête aux pieds. De nouveau, il dut s'asseoir sur la saillie d'un mur. Qui donc avait pu agir ainsi, et pourquoi ?

Le ciel versait des larmes incessantes sur la nécropole. Vêtu de son confortable costume Norfolk dont les coutures menaçaient de céder, Jeremy décida de gagner directement l'emplacement prévu pour l'inhumation du Dr Gilbert plutôt que d'attendre le corbillard porte du Repos.

La fosse, nouvellement creusée dans la 68e division, était proche du tombeau de Bizet édifié par Charles Garnier, surmonté d'un buste de bronze.

Jeremy regarda les dates du musicien : Alexandre-César-Léopold, dit Georges, 1838-1875. Il fit un calcul mental qui lui livra l'âge de trente-sept ans. Mort si jeune, rejeté par le public, auteur de l'opéra-comique le plus célèbre du monde, dont la première avait été un fiasco. Il avait quitté ce monde sans connaître la gloire qui lui était due, de même que le peintre van Gogh, le cinéaste d'animation Émile Cohl, la sculptrice Camille Claudel, le poète Arthur Rimbaud, pour n'en citer que quelques-uns, pied de nez du destin à des génies surgis ou disparus trop tôt dans un monde peu attentif. Il se dit que son sort était enviable. « Je ne suis pas un génie, il s'en faut de beaucoup, un simple exécutant qui fait de son mieux, aussi peut-être l'œil omniscient omettra-t-il de me discerner au milieu de la foule et m'autorisera-t-il à me promener davantage sur cette planète à demi folle… » Et puis son père était près de lui, il le devinait.

Le convoi arriva une demi-heure plus tard. Les dames descendirent du corbillard automobile qui transportait le cercueil. Les messieurs, qui avaient marché derrière, se regroupèrent autour de la tombe. Seuls les intimes étaient venus. Noyée sous une grande cape sombre, Hélène Gilbert cachait ses traits altérés sous une voilette de tulle.

Miranda Marquez avait opté pour une robe de crêpe myosotis qui découvrait sous le genou des jambes fines et des escarpins vernis. Son large chapeau s'ornait d'une rose, et elle s'était autorisé le port d'un rang de perles et d'une broche en améthyste. Elle s'empressa de se lover dans un paletot de lapin à bordure blanche et d'aller serrer la main de Jeremy, surpris d'être l'objet d'une telle démonstration. Collée à elle, Catherine Cognat, drapée d'une robe de velours qu'elle avait dû acheter quand elle était jeune et fine, et qui maintenant godait de tous côtés, éternua encore et encore, agressée par des poils volants. Elle finit par se détacher de Miranda et s'emmitoufla dans un manteau de loden qui avait connu des jours meilleurs, lorsqu'il appartenait à son père.

Jeremy salua des hommes aussi noirs que des ligots de charbon, excusa auprès de Gaëtan l'absence de Camille, qui répétait salle Gaveau. Sammy arriva en courant, attifé comme souvent d'habits trop larges, chemise effilochée s'échappant d'un pantalon dont la ceinture n'était pas assez serrée et veston destiné à un obèse.

— On a cherché à m'écraser deux fois, souffla-t-il à l'oreille de Jeremy qui posa un doigt sur sa bouche pour lui intimer le silence.

— Mais c'est vrai, je vous jure, une voiture verte et blanche, impossible de reconnaître qui…

— Plus tard, marmonna Jeremy entre ses dents.

Antoinette murmura quelque chose à l'oreille de Miranda.

— Vous auriez dû rester à l'appartement, rétorqua celle-ci.

— J'avais mal aux pieds mais j'ai réussi à enfiler des bottines convenables, et…

Un sanglot interrompit ses explications.

— J'ai oublié d'acheter un bouquet, remarqua Julien Sarde.

— Pas grave, répondit Gaëtan, tu n'écoutais pas quand Sammy a dit « sans fleurs ni couronnes » ? Chacun pourra jeter une rose quand les croque-morts descendront le cercueil.

Jeremy ne supportait pas qu'on affirme que naître impliquait de marcher vers la mort. Aussi se dissimula-t-il un long moment aux regards du groupe, écoutant chanter un oiseau qui lui affirmait qu'il n'était pas près de quitter la terre et que sa Camille bien-aimée demeurerait auprès de lui bien des années encore. Un détail le tourmentait. Ils étaient tous deux, ainsi que les autres êtres vivants, apparemment solides et ils emplissaient un espace sur la terre. Qu'adviendrait-il d'eux après leur décès ? Disparaîtraient-ils à jamais ?

Il plongea la main dans sa poche, en quête d'un mouchoir, et eut la surprise d'y trouver un papier roulé en boule. Il le déplia et lut ces mots écrits en lettres capitales romaines :

JE SUIS BLANCHE ET LÉGÈRE,
JE ME LAISSE INSPIRER
PAR CEUX DONT L'OREILLER
EST L'AMI PRÉFÉRÉ.
DEUX D'ENTRE NOUS M'ADORENT,
UN TROISIÈME EN EST MORT.
SAURAS-TU DEVINER
QUI GAGNE À ME LIVRER ?

— Eh bien, monsieur Nelson, vous ne vous joignez pas à nous ? lança Guillaume Fleury.

Jeremy sursauta puis fourra le papier dans son veston. Il choisit une rose parmi celles qui demeuraient au fond d'une corbeille et la jeta dans la tombe, offrande rouge qui rebondit sur le bois ciré, inutile selon lui à un homme sorti de ce monde.

Gaëtan Bardin proposa aux assistants de se consoler autour d'une consommation dans un café de l'avenue du Père-Lachaise. Hélène se plaignit d'une migraine et pria son cousin de lui héler un taxi. Les autres acceptèrent et se répartirent autour de plusieurs tables rondes assemblées pour n'en former qu'une.

Jeremy était coincé entre Catherine Cognat et Auguste Dorval. De temps en temps, il glissait la main sous son veston pour s'assurer qu'il n'avait pas perdu le papier, et, quand le serveur apporta les cafés, les verres de rhum et le vin chaud qui avaient été commandés, il en profita pour enfoncer le papier sous son mouchoir. Son geste n'échappa pas au commissaire.

— Un problème, monsieur Nelson ?

— Un début de rhume.

— Vous êtes fragile, vous êtes comme nous, vous ne vous remettez pas de la disparition du Dr Gilbert, observa Catherine Cognat, qui lampa la moitié de son rhum.

— Je ne le connaissais pas, affirma Jeremy.

— C'est vrai, ça, vous êtes le seul de l'assistance à ne l'avoir jamais rencontré. C'est louche, conclut Auguste Dorval.

— Pourquoi ? demanda Julien Sarde.

— Parce que cela fait de ce monsieur une exception, et que je n'aime pas les exceptions, elles bousculent mon sens de l'équilibre, car, notez-le, les forces du bien et du mal tendent à se compenser, mais il suffit d'un élément perturbateur pour que s'écroule un édifice de suppositions.

— Je ne pige rien à ce que vous racontez, grogna Sammy, déduisant que le commissaire avait absorbé trop de vin chaud. Mais je me pose une question : où est donc passé notre architecte ?

— Pardon ?

Auguste Dorval dépliait son mouchoir.

— Dédale, ou plutôt son interprète, Tom Brighton, précisa Sammy.

— Il a tenu parole, il est allé à son rendez-vous, marmotta Gaëtan, haussant les épaules.

Le commissaire repoussa sa chaise, se recoiffa du melon qu'il avait abandonné sur un tabouret, et salua la compagnie avec un sourire forcé.

— Peu importe où s'est rendu Tom Brighton, nous nous reverrons tous, vous et moi, bientôt, je vous attends au commissariat demain à partir de dix heures. L'enquête n'est pas close, ne quittez pas la ville.

— Mais on avait prévu de répéter demain matin ! protesta Sammy.

— Eh bien, répétez, et venez chacun votre tour.

— Vous vous imaginez que c'est facile ?

— Je ne suis pas payé pour imaginer, mais pour enquêter. Je vous salue.

Jeremy et Sammy patientèrent quelques minutes avant de prendre à leur tour congé de la compagnie.

— À demain, neuf heures, pour la répétition, lança Sammy.

— Je ne suis pas du tout certaine de pouvoir me libérer, annonça Miranda Marquez.

— Je prends acte, madame Ariane, répondit Sammy, qui courut derrière le pianiste déjà lancé vers la place Gambetta.

— Entrons quelques instants dans la mairie, j'ai quelque chose à te montrer, proposa Jeremy.

— Pourquoi pas dans un café ?
— J'ai oublié mon portefeuille.
— J'aurais pu payer ! s'écria Sammy.
Ils se dirigèrent vers un couloir et s'arrêtèrent devant la porte du bureau des passeports.
— Est-ce que je peux enfin vous raconter ce qu'il m'est arrivé tout à l'heure ? Deux fois de suite la même voiture a bondi vers moi et…
— On dirait que tu parles d'un animal.
— Autrement dit, vous doutez de moi ?
— Mais non, seulement il faut des indices. Tu as vu le conducteur ?
— Non, tout est allé trop vite, mais je suis sûr… C'était une Minerva.
— Peut-être louée. Peut-être une coïncidence, la personne au volant avait trop bu. Je te crois, mais avec ça, nous n'irons pas loin. Fais attention en traversant, si ça devait se reproduire.
— Vous êtes crispant. Si c'était vous, on en discuterait jusqu'à demain matin. Bon, restons-en là. Que désiriez-vous me montrer ?
Jeremy exhuma le papier roulé en boule et le montra à Sammy.
— Je suis nul pour les casse-tête. (Sourcils froncés, Sammy tournait et retournait le message.) Regardez ! Sous les mots « deux d'entre nous m'adorent » il y a une phrase imprimée à moitié effacée, quelque chose comme « Pas… ge… rady ».
Jeremy répéta plusieurs fois les fragments de texte à voix haute et claqua des doigts.
— Passage Brady ! J'y vais souvent, je me rends régulièrement au *Coq gaulois*, qui débite « tout ce qui se chante, tout ce qui se joue, tout ce qui se danse ». Un des vendeurs, Albert, me fournit en petits formats et en partitions. Mais… c'est bizarre, on m'a parlé de ce passage, récemment… C'était lié à *La Voile noire*.

— Ben, c'est moi, j'ai dû vous apprendre incidemment que les costumes ont été loués chez Sommier, il est assez réputé.

Jeremy regarda sa montre.

— Je vais y aller, je préviens Camille par téléphone, elle ne va pas être ravie, nous devions répéter ensemble à son retour. Tant pis, je te verrai demain rue Lèchevin. Nous tenons une piste, il n'y a pas de temps à gaspiller !

Sammy regarda Jeremy se hâter vers la sortie de la mairie.

« Il est tellement excité qu'il en frétille. Il a pourtant des occupations multiples, la musique, Camille… Il a chopé le virus de Victor Legris, jadis passionné d'enquêtes. Pourvu qu'il ne s'emmêle pas les pinceaux dans celle qu'il entreprend, ça ruinerait ma future carrière ! Je me demande ce qu'il fabrique en ce moment, son beau-frère… »

16

Quand Victor sortit du Marivaux, boulevard des Italiens, de gros nuages se bousculaient dans le ciel, annonciateurs d'un crépuscule pluvieux. Hébété, il regretta de ne pas avoir emporté un parapluie, objet qui, à Londres, ne le quittait jamais, et de s'être muni à la place d'une canne d'ébène empruntée à Kenji. Le film *Destinée*, consacré à l'épopée napoléonienne, l'avait tellement ennuyé qu'il s'était endormi cinq minutes après le début et eût été incapable de raconter de quoi il était question. C'était contrariant, cette perte de temps, il faudrait y retourner.

Il atteignit le boulevard des Capucines. Devançant une averse, il se réfugia au café *Napolitain* et s'offrit une omelette aux champignons et un verre de bordeaux. Il s'interrogeait au sujet de ce que lui avait raconté Jeremy sur la mort du Dr Gilbert. Il s'était montré très vague et ses explications trop rapides embrouillaient tout début de piste. Victor craignait que le pianiste ne se prenne les pieds dans le tapis, ainsi que cela lui était si souvent arrivé à lui-même au cours de ses enquêtes. Il lui faudrait essayer d'en apprendre davantage sur les membres de la troupe de théâtre, des amateurs pour la plupart, semblait-il. Jeremy était beaucoup trop impétueux, il risquait de mettre en danger sa vie et celle de Camille.

L'omelette était baveuse, saupoudrée de poivre et accompagnée d'une salade bien assaisonnée, ce qui, à Londres, était rare. Victor se régala et ne put résister à un éclair au café.

Dans le bus qui bringuebalait boulevard de la République, Jeremy tentait de rassembler ses pensées.

« "Blanche et légère"… Farine ? Levure ? Ridicule. C'est peut-être de drogue qu'il est question… Cocaïne ? On l'inspire… "Deux d'entre nous m'adorent"… Gaëtan Bardin participe-t-il à un trafic ? Qui est son complice ? Cognat ? Marquez ? Fleury ? Sarde ? Brighton ? "Un troisième en est mort." Ce ne peut quand même pas être le Dr Gilbert. Il n'aurait pas osé se suicider… Il a été tué, et l'assassin a emporté l'arme. Sa femme et la petite bonne en savent peut-être plus qu'elles ne l'ont dit. D'ailleurs, Antoinette m'a incité à soupçonner Bardin. »

Il descendit du véhicule bondé boulevard de Strasbourg et eut tôt fait de se rendre passage Brady.

Le loueur de costumes occupait un vaste magasin où l'on proposait une garde-robe de gladiateurs romains, de ballerines à tutu, de soldats de l'Empire, de corsaires à jambe de bois. Les marquises chères au Roi Soleil rivalisaient avec les mignons d'Henri III. Les prix dépendaient de la durée de la location, et on prévenait les clients qu'il leur faudrait laisser une caution avant d'emporter les vêtements sélectionnés. On leur indiquait aussi les tarifs d'éventuelles retouches.

Un jeune homme compassé en costume à rayures vint s'enquérir de ce qu'il recherchait.

— Je suis… euh, vous m'avez été recommandé par une relation qui a écrit une pièce sur le mythe de Thésée, expliqua Jeremy.

Le jeune homme lissa une fine moustache blonde et hocha le menton.

— Ah oui, je vois, j'ai eu affaire récemment à un de ses amis qui nous a loué une deuxième tenue de Minotaure après avoir intégralement remboursé la première parce qu'elle avait subi des dommages. Il a refusé un nouveau masque.

— Et… c'est tout ce que désirait cet ami ?

Le vendeur le fixa comme un cobra hypnotisant une souris.

— Qu'aurait-il pu souhaiter d'autre ?

— Je l'ignore. Il cherchait peut-être un remède à une mélancolie chronique en admirant vos habits multicolores.

— En ce cas, il aurait mieux fait d'aller chez un apothicaire, couina le vendeur en haussant les épaules.

Il s'éloigna vers le fond du magasin.

Jeremy s'apprêtait à partir quand une main se posa sur son épaule. Il fit volte-face et dévisagea un vendeur plus âgé, déguisé en Écossais, une pipe éteinte au coin des lèvres. Il fit signe à Jeremy de le suivre derrière un portant où s'alignaient des kilts de tartan appartenant à tous les clans des Highlands.

— Si cela vous intéresse, nous avons aussi des sporrans.

— Pardon ?

— Ce sont des sacoches qui pallient l'absence de poche. Je peux mettre ce que vous me commanderez à l'intérieur de l'un d'eux et, une fois que vous l'aurez vidé, vous y introduirez la somme habituelle.

— C'est étrange…

Méfiant, le vendeur aux épais favoris gris recula d'un pas.

— Vous n'êtes pas envoyé par M. Julien ?

Jeremy réfléchit à toute allure. Le seul Julien connu de lui était Julien Sarde.

— Sarde, souffla-t-il.

L'Écossais mit son index sur ses lèvres.

— D'accord. La quantité habituelle à mon domicile, demain, neuf heures du matin.

— Je ne serai pas libre si tôt.

— C'est contrariant. Alors on se retrouve avant midi. Au 25, rue des Petites-Écuries, escalier B, premier étage à droite, vous possédez sûrement l'adresse. Si le pipelet vous questionne, vous lui direz que vous êtes un copain d'Anatole.

— D'accord.

Jeremy s'empressa de filer, sans apercevoir la silhouette qui se profilait dans son dos.

17

Ainsi, Julien Sarde organisait un trafic douteux. De la cocaïne ? Agissait-il pour son propre compte ? Il travaillait au *Bœuf sur le Toit*, et plus d'un habitué devait consommer des substances variées qui les aidaient à garder le tonus. Le bruit courait que Jean Cocteau, fidèle de cet établissement, fumait de temps à autre de l'opium.

Jeremy profita de la proximité du *Coq gaulois* pour s'enquérir auprès d'Albert des nouveautés dans le domaine de la chanson.

— Monsieur Nelson ! Vous tombez à pic ! Je vous ai gardé les partitions de *Yes, Sir, that's My Baby*, de *The Man I Love* et de *A Yiddishe Mame*. Si vous avez un peu de *sem-sem gum*, ça fera l'affaire !

Jeremy songea que l'addiction d'Albert était moins dangereuse que celle des clients de Julien Sarde, mais qu'elle enrichissait les dentistes. Il se hâta vers l'arrêt d'autobus afin de rentrer au plus vite.

L'escalier résonnait des accents langoureux de Chopin. Ce compositeur ne figurait pas plus dans un prochain concert de Camille que dans le duo qu'elle préparait avec Jeremy. Ils auraient lieu tous deux salle Gaveau. Et, depuis qu'ils se connaissaient, elle avait toujours affirmé ne pas en raffoler. Qu'elle décide d'en jouer était un mauvais signe.

Quand il s'arrêta près du piano à queue, elle ne lui accorda pas un regard, plongée à présent dans la *Grande Valse brillante*, qu'elle interpréta avec brio.

Il alla grignoter des restes de salade et de charcuterie posés sur le fourneau éteint et l'entendit refermer le couvercle. Maintenant, elle se tenait sur le seuil et le considérait avec animosité.

Il traversa la cuisine pour affronter sa désapprobation.

— Je me suis hâtée de revenir dîner avec toi, mais, comme tu t'étais évaporé, je me suis fait deux œufs sur le plat.

— Je suis fautif, ma chérie. Après l'enterrement, Sammy a décrypté, sur un prospectus qu'on m'avait fourré dans la poche, des bribes de mots indiquant le passage Brady. Je m'y suis rendu et je suis entré chez le costumier à qui Gaëtan Bardin loue les oripeaux de la pièce, et je crois bien avoir découvert un trafic de drogue, de la cocaïne peut-être, auquel serait mêlé Julien Sarde.

— Le barman du *Bœuf sur le Toit* ?

— Lui-même.

Elle vint à lui et l'enlaça.

— Pardonne-moi, mon amour, murmura-t-il. Pour l'instant, le mieux est que j'agisse seul.

— Je suppose qu'il est inutile de te recommander d'être prudent.

— Oui, mais ça me fait très plaisir d'être un sujet d'inquiétude.

Malgré l'heure tardive, Sammy avait décidé de toquer chez Jeremy pour connaître le résultat de son incursion passage Brady. Il venait de franchir le seuil du 31, quand il entendit un bruit violent dans la cour et avisa deux ombres enchevêtrées. L'une d'elles galopa jusqu'au tilleul qui parut l'engloutir. L'autre hésita, tournant le visage en tous sens. Sammy s'efforçait vainement de distinguer ses traits. Le tilleul sembla recracher l'ombre, de taille moyenne, qui s'était tapie derrière son tronc. Tenant une canne avec laquelle elle effectuait des moulinets, elle bondit sur la première ombre, plus massive, et la jeta à terre.

Des gargouillements de colère se répondaient sur fond de Chopin.

— Hé là ! Arrêtez ! s'exclama Sammy.

L'ombre la plus haute se redressa et, dérivant vers lui, oiseau de proie volant dans les ténèbres, le plaqua contre les degrés d'un escalier menant au sous-sol. Une douleur aiguë arracha un cri à Sammy. Il banda ses forces pour repousser l'agresseur, dont il ne pouvait affirmer avec certitude s'il s'agissait d'un homme ou d'une femme.

L'ombre à la canne le délivra brusquement et, d'une violente secousse, expédia l'ennemi à terre. Une allumette fut craquée et jetée au visage de l'ombre à la canne, qui projeta la boîte de suédoises contre un mur. Tandis que l'ombre affalée se relevait avec difficulté, l'ombre à la canne fut à moitié assommée par un coup de poing et, voûtée sous le choc, eut de la peine à recouvrer l'équilibre. Mais, très vite, elle se remit debout pour marcher en direction de la grande ombre, qui, déconcertée, recula pas à pas jusqu'au porche avant de tourner casaque et de disparaître dans la rue de Seine.

L'ombre à la canne entraîna vers l'escalier Sammy, qui reconnut avec stupéfaction Victor, entrevu deux ou trois fois au cours des années précédentes.

— Vous ! Mais que fabriquez-vous là ? Et pourquoi cette bagarre ?

— Au moment où j'arrivais, quelqu'un montait l'escalier, je l'ai suivi, il s'est arrêté devant la porte de Jeremy et Camille, aux aguets. Désirait-il la crocheter ?

Je ne sais. Je me suis approché de lui, il a sursauté et m'a attaqué. Nous avons abouti dans la cour. Je n'ai aucune idée de l'identité de cet homme.

— Ne pouvait-il s'agir d'une femme ?

— Une rudement bien charpentée, alors. Votre joue droite est écorchée. Et vous avez le front couvert d'ecchymoses.

— Et vous, vous avez une écorchure à la tempe. Camille va nous désinfecter et nous appliquer de la pommade. Si elle n'est pas trop mal lunée… Inventons une histoire. Un pochard s'est jeté sur moi, vous m'avez défendu.

— On voit que vous avez l'habitude de calmer l'épouse de votre ami.

— Avez-vous dîné ?

— Oui, dans un bistrot. Et vous ?

— Oh, moi, répondit Sammy d'un ton enjoué, je me contenterai de café et de tartines, à moins que la dame un peu vive qui va nous accueillir n'ait eu la bonne idée de préparer un repas et ne nous en offre quelques miettes !

Ils furent reçus avec quelque acrimonie par Camille, qui reprocha à Victor de jouer les matamores à soixante-six ans. Jeremy gratifia chacun d'une assiette garnie de quelques feuilles de salade et de rondelles de saucisson. Camille arracha des cris aux deux blessés en leur tamponnant le visage d'alcool à 90° dont elle avait imbibé des morceaux de coton.

Pendant que Victor tissait des mensonges à l'intention de la jeune femme, Jeremy entraîna Sammy dans la cuisine afin de lui conter ce qu'il avait découvert passage Brady.

— À votre âge, vous colleter avec des ivrognes ! Et donnez-moi cette canne, elle est dégoûtante ! bougonna Camille.

Victor la salua et s'empressa de gagner sa chambre, perclus de douleur mais heureux comme un gamin qui a dérobé des sucreries dans un bocal posé sur la plus haute étagère d'une pâtisserie. Il se sentait redevenir un jeune homme passionné d'enquêtes policières.

18

Jeudi 18 mars 1926

Jeremy s'était calé dans un fauteuil bancal dont il avait coincé un des pieds avec un morceau de carton plié en quatre. S'il s'ennuyait trop, il aurait toujours la ressource de somnoler. La répétition serait courte, étant donné que Miranda Marquez manquait à l'appel à cause de ses obligations professionnelles.

Gaëtan Bardin avait été obligé de se rendre chez le commissaire Dorval.

Drapé dans une tunique blanche bordée de bleu, Julien Sarde-Thésée tourna un bon moment en rond avant de s'engager côté cour et de revenir côté jardin, sur les conseils de Sammy, qui avait tenté de recréer un labyrinthe avec le seul concours de quelques caisses vides disséminées sur la scène.

Julien Sarde se heurta au coin de l'une d'elles, étouffa un juron, puis déclama :

Me voici bel et bien piégé entre ces murs
Et bientôt confronté au taureau de Minos
À moins d'être sauvé tantôt à vive allure
Par un ami m'aidant à trouver une issue.

Il se figea en frottant son genou endolori et quêta en vain l'approbation de Sammy. Seul résonna le ronflement sonore de Jeremy.

L'homme aux chevaux pommadés, au bonnet d'aviateur et au costume de velours vert foncé qui se tenait face au commissaire Dorval lui était plutôt antipathique.

Il lui proposa un tabouret, sur lequel le cousin du Dr Gilbert s'assit à califourchon.

— Voyez-vous, monsieur Bardin, cette affaire m'intrigue au plus haut point. Avez-vous une idée des motifs qui auraient pu pousser quelqu'un à assassiner le Dr Gilbert ?

Gaëtan se gratta la joue.

— C'est lui qui tenait les cordons de la bourse. Je ne comprends pas pourquoi il a été tué. Serait-ce l'acte d'un fou ? J'ai songé un instant à un voleur, mais son portefeuille n'avait pas été délesté de son contenu, vous me l'avez affirmé. Ou bien c'est de moi qu'on voulait se débarrasser. Quelqu'un me visait et s'est trompé de victime.

— M. Eidelmann m'a glissé que vous deviez signer le bail de votre local à la place de votre cousin parce qu'il était affligé d'un tremblement de la main droite.

— Oui, c'est exact. Les nerfs. Une trop grande tension, trop d'émotion.

Le commissaire eut une expression dubitative.

— Mais enfin, pourquoi aurait-on désiré vous tuer ? Soupçonnez-vous quelqu'un ? Un créancier floué ? Une maîtresse abandonnée ? Un mari trompé ? Le bruit court que vous avez un certain succès auprès des femmes.

— On a une drôle d'opinion de moi ! s'écria Gaëtan Bardin.

— Oh, plaire aux dames n'est pas condamnable.

Auguste Dorval retint un bâillement. Il songeait de plus en plus fréquemment à sa retraite. Les époux cocufiés le tannaient au plus haut point. Il fit signe à Gaëtan de sortir.

Quand le sieur Bardin réapparut, Jeremy se réveillait à peine.

— Vous avez eu des idées musicales, monsieur Nelson ?

Jeremy agita un carnet.

— Je vais commencer par composer une introduction de style ragtime, ensuite il y aura un thème jazzy pour chaque personnage et, à chaque changement de scène, je collerai à l'action, qu'elle soit dramatique ou amusante, avec bien sûr une apothéose quand la voile noire du bateau sera hissée au mât.

— Tiens, elle m'avait échappé, celle-là ! Qui sait coudre parmi vous ? interrogea Sammy.

Catherine Cognat leva la main la première.

— Parfait. Alors fabrique-nous une voile noire d'assez belles dimensions pour la fin. Après tout, c'est elle qui donne son titre à la pièce ! Bon, à présent que Gaëtan est là, reprenons la scène du labyrinthe. Et, si je puis me permettre, Julien, marche parmi les caisses avec un peu plus de consternation, parce que tu es totalement perdu, ne l'oublie pas !

Gaëtan se couvrit le visage d'un masque de bovidé hostile surmonté de deux cornes et gratta du pied sur le sol recouvert d'un lino. Sammy bondit vers Julien Sarde et lui tendit une épée de bois. Contrefaisant sa voix pour imiter Ariane, il piailla :

Voici pour te défendre, courageux prince hellène,
Délivre-nous du mal et tue la bête immonde,
Après quoi grâce à moi et à ce fil de laine
Nous partirons d'ici pour courir vers le monde !

S'ensuivit une bagarre réglée comme un ballet, pareille à un film projeté au ralenti. Julien Sarde leva son épée et, d'estoc et de taille, visa le torse de Gaëtan qui se tordit d'un côté puis de l'autre afin d'échapper à la lame, baissa le front pour s'efforcer d'encorner son adversaire, puis entreprit de zigzaguer entre les caisses où, à son tour, il se cogna en jurant. Il finit par s'étaler sur le ventre, avalant une quantité de poussière qui prouvait que le nettoyage n'était pas achevé. Il bascula sur le dos d'une détente, en proie à une série de sternutations, pas assez vite cependant pour éviter l'épée de bois qui effleura son thorax.

— Touché coulé ! s'exclama Sammy. Tu es mort, Gaëtan. C'est épatant, on va garder cette nouvelle version.

— Mais je devais grimper sur une caisse, menacer cet abruti de mes cornes, lui foncer dessus et…

— C'est nettement mieux comme ça, même si ça change ma mise en scène. C'est plus direct, plus percutant !

— Ça, tu l'as dit : si je dois recommencer plusieurs fois, je vais me casser le nez. Quant au lino, je ne félicite pas celui ou celle qui l'a lessivé.

— On n'est jamais si bien servi que par soi-même, ronchonna Tom Brighton.

— Cherchons une astuce pour remplacer le sang, observa Sammy. Peut-être un ruban rouge que tu déroulerais quand tu serais blessé à mort, Gaëtan. Et puis, Jeremy, on laissera cette scène muette, mais, juste après, quand Ariane rejoindra Thésée et l'embrassera pour le féliciter de sa victoire, je vous suggère d'écrire un air à la fois romantique et rythmé.

— Miranda est supposée embrasser Julien ? grommela Gaëtan.

— Ben, ils s'aiment, non ? Enfin, à ce moment-là, ça roule encore entre eux, avant que Thésée se révèle un cavaleur ! clama Sammy. Houhou, Jeremy, vous m'avez entendu ?

Jeremy flottait au-dessus de New York. Les immeubles de brique d'où pointaient des gratte-ciel dessinaient l'échiquier de la plus vaste ville du monde. Pareilles à des bougies et à des tranches de gâteau géant, les excroissances de Manhattan, surgies du cerveau d'un fou, capturaient des milliers de destinées humaines bercées par les accords épileptiques du jazz. Jeremy rêvait de tout savoir de ces vies, de composer les multiples mélopées qui les mèneraient de la naissance à la mort. Tout ce qu'il fut capable de se rappeler fut *A Yiddishe Mame* et ce fut alors qu'il distingua, perdu sur le pont de Brooklyn, Jackie Coogan, le petit interprète du *Kid* de Charlie Chaplin, pleurant au milieu des voitures. La sensation d'être secoué le précipita dans un puits d'où il fut éjecté sur un fauteuil bancal.

— Ma parole, vous dormiez ! constata Sammy.

— Je me relaxais, excuse-moi, mais j'ai parfaitement perçu ta voix, tu parlais d'un cavalier.

— Un cavaleur !

— Je me détendais, je pensais à la musique. Il faudrait une mélodie romantique et rythmée.

Jeremy se passa la main sur les yeux, il lui semblait sentir une présence invisible. Son père, Pinkus, était près de lui, lui soufflait des idées. Délirait-il encore ? Sammy l'examinait.

— Vous ne pionciez pas ? Mince, j'ai vraiment cru que vous piquiez un roupillon !

— Pourquoi ne pas utiliser un air traditionnel irlandais, tel que *The Last Rose of Summer*, et en modifier peu à peu la cadence pour la moderniser ?

D'un ton éraillé, Jeremy chantonna la musique et, l'accélérant peu à peu, tapota les accoudoirs du fauteuil. Il se rendit compte que les acteurs paraissaient hypnotisés par ses paroles et haussa le ton.

— Mais ce n'est pas tout, poursuivit-il, je vais écrire une série de compositions éclectiques. Quand la voile noire se profilera sur scène, je plaquerai un accord dramatique.

Pendant cet exposé, Julien Sarde se changea le plus discrètement possible et tenta de gagner la sortie.

— Hé ! Où filez-vous ? lança Tom Brighton.

— Une livraison de whisky au *Bœuf sur le Toit*, répondit Julien Sarde.

— Pas très professionnel, tout ça ! observa Catherine Cognat.

Engoncée dans une blouse de peintre en bâtiment, elle grimpa sur l'estrade.

— Monsieur Thésée, avant que vous ne vous esquiviez, j'ai deux mots à vous dire ! Vous avez abandonné une bien jolie fillette sur l'île de Naxos, et j'ai la ferme intention d'en faire mon épouse !

Tom Brighton s'approcha lui aussi de Julien Sarde, prêt à en découdre.

Je serais très heureux de découvrir comment
De mon beau labyrinthe vous vous êtes sauvé.
Est-ce en jouant les rufians ou bien les Don Juan
Que de mes fausses pistes vous vous êtes moqué ?

Les poings sur les hanches, Tom Brighton attendait en vain une réponse.

— C'est pour aujourd'hui ou pour demain ?

Embarrassé, Julien Sarde avoua :

— Ma réplique s'est effacée de mes méninges, j'ai beaucoup turbiné ces derniers temps.

— Tu n'espères quand même pas me voir jouer les souffleurs ? C'est le boulot de M. Fleury !

Furieux de cette allusion à son métier, Guillaume Fleury grinçait des dents.

— Allons, je serai bon prince, ça débute par : « Tu as raison, Dédale… »

Julien Sarde se frappa le front.

Tu as raison, Dédale, j'ai séduit sans détour
Une fille téméraire et honnête en amour.
Elle a osé défier son père par sa bravoure
Et m'a fourni l'épée pour tuer ce balourd.

Il désigna Gaëtan le Minotaure.

— C'est mou, tout ça, ça hésite, ça cafouille ! Je suggère qu'on arrête là pour aujourd'hui et qu'on se retrouve demain matin pour une répétition qui pétarade ! proposa Sammy.

La troupe approuva.

Julien Sarde s'échappa le premier. Gaëtan enfila sa chemise et son pantalon, et rangea soigneusement la tunique du Minotaure. Il se détourna, gêné par le regard de Jeremy posé sur lui. Un jour, l'oncle Sean lui avait dit que ce qui en disait le plus sur un individu, c'étaient ses yeux. Certains vous lorgnent avec une fausse franchise, d'autres vous évitent par timidité, mais, quelle que soit leur orientation, ils expriment un langage intéressant à décoder et, s'ils contemplent un brouillard invisible lors d'un dialogue intime ou gênant, c'est qu'ils craignent de révéler une pensée destinée à demeurer voilée.

Jeremy sortit le dernier, ferma à clé et jeta la clé dans la boîte à lettres.

Sammy, qui marchait le premier, remarqua :

— Très bonne surprise, ce combat Thésée-Minotaure mené comme une scène de cinéma au ralenti. Mais finalement, plutôt que de le laisser se dérouler sans musique, pourquoi ne pas inventer un air comme ceux dont les accompagnateurs illustrent au piano les films de Charlot projetés dans les salles ? Ah, tiens, voilà Victor !

Ils s'installèrent tous trois au fond d'un café sombre que la masse noirâtre de l'église Saint-Ambroise contribuait à rendre lugubre.

— La vie de Dédale, ça vous parle ? demanda Sammy, une tasse de café à la main.

— C'est une devinette ? Il était architecte, c'est lui qui a conçu le labyrinthe de Cnossos, répliqua Victor.

— Oui, mais avant ? D'où a-t-il débarqué en Crète, et pourquoi ?

Jeremy haussa les épaules en portant à ses lèvres un verre de whisky, tandis que Victor dégustait un vermouth cassis.

Victor posa son verre pour répondre.

— Dédale était un fabuleux homme de science qui vivait à Athènes. Le fils de sa sœur, Talos, devenu son apprenti, finit par surpasser son maître. Follement jaloux, Dédale précipita du haut de l'Acropole son élève qui, protégé par Athéna, se changea en perdrix avant de s'écraser au sol. Condamné à l'exil, Dédale fut recueilli par le roi Minos. Il s'empressa de jeter un sortilège à Pasiphaé, la femme du roi, qui tomba amoureuse d'un taureau offert par le roi Minos. Afin qu'elle puisse s'accoupler avec lui, Dédale l'emprisonna dans une génisse en bois. De cette union naquit un monstre, le Minotaure, et c'est pour enfermer celui-ci que Dédale construisit le labyrinthe.

— Ma parole, vous connaissez la mythologie grecque comme votre poche, dit Jeremy d'un ton admiratif.

— Lorsqu'on est libraire pendant des années, on a le temps de se plonger dans toutes sortes de bouquins. Je dévore moins, mais j'ai une bonne mémoire, repartit Victor.

— Quand Gaëtan et moi avons engagé Tom Brighton, il était prévu qu'il interpréterait Thésée. Et puis il a insisté pour incarner Dédale, il a dit qu'il se sentait des affinités avec ce personnage. Un assassin…

— Cela n'en fait pas un meurtrier pour autant.

Jeremy avala son whisky d'un trait.

— Non, cela fait de lui un type assez bizarre. Vous êtes-vous aperçu que ses pupilles sont dilatées, que ses mains tremblent souvent et qu'il est constamment en mouvement ? Selon Catherine Cognat, ce sont des preuves d'addiction à une drogue. D'ailleurs, je la soupçonne d'en avoir tâté aussi, marmonna Sammy.

— Il faudrait en savoir davantage à son sujet, remarqua Jeremy.

— Vous n'allez pas me prier de le filer, j'espère ! J'ai assez joué à ce jeu pour vous l'année dernière, quand je pistais le passionné de films d'horreur.

— On devrait au moins aller voir comment il se comporte sur son lieu de travail. Il s'y rend l'après-midi, c'est une bibliothèque publique située rue Fessart, à côté des Buttes-Chaumont. Elle est ouverte de deux heures à sept heures, le soir de huit à dix.

— Comment le savez-vous ?

Sammy était très étonné.

— J'ai pris quelques renseignements auprès de Gaëtan.

— Je peux m'en charger, dit Victor.

— Il va flairer une entourloupe, avec son nez pareil à un fusil à deux coups ! Et puis supposons que ce soit lui votre coupable, il a dû vous identifier quand vous vous êtes battus dans la cour, hier soir !

Sammy fronçait les sourcils.

— Dans l'obscurité, il ne m'a pas vu, dit Victor.

— Et dans l'escalier ?

Victor rassura Jeremy d'un geste de la main.

— J'avais remonté mon col et baissé mon chapeau, je le tenais fermement par la main.

— Peu de chances qu'il vous reconnaisse, en effet, admit Jeremy. Imaginez une embrouille, camouflez votre voix, affirmez que Gaëtan a égaré son texte et s'imagine que Brighton l'a emporté par mégarde dans sa petite serviette de cuir.

Victor sourit : lui qui avait résolu nombre de mystères se passait de ce genre de conseils.

— C'est vrai, ça, il s'en sépare rarement, de sa serviette. Je serais curieux de découvrir ce qu'elle contient. J'ai une petite faim, pas vous ? Je mangerais volontiers deux œufs durs et un morceau de brie, articula Sammy au passage du garçon, un visage en porte de prison couronnant un individu au tablier sale.

Inquiet, Jeremy tâta sa poche, mais Victor posa son portefeuille en évidence sur la table.

19

La bibliothèque avait été créée en 1922 par un comité franco-américain, et cédée à la Ville de Paris en 1924. C'était une baraque aux murs de planches, où l'entrée n'était soumise à aucune inscription, et où les livres étaient à portée de main. Les curieux étaient libres de les feuilleter et de se documenter avant d'emprunter l'ouvrage en s'adressant aux trois bibliothécaires, deux femmes d'âge mûr et Tom Brighton.

Les enfants étaient les bienvenus, ils avaient leur coin, les contes et les albums illustrés étaient à leur hauteur et on n'exigeait d'eux qu'une chose : le silence. Tous les jeudis, à l'heure du goûter, on leur lisait une histoire. Fraîchement arrivé, un garçon aux cheveux en broussaille abandonna son cache-nez sur une chaise et se précipita vers l'étagère où étaient rangés les Jack London.

Victor eut l'impression de pénétrer dans un foyer où il était le bienvenu. Cela lui rappelait la librairie Elzévir, rue des Saints-Pères. Sur des tables de lecture étaient étalés des revues et des journaux, des vases emplis de fleurs surplombaient les rayons où s'alignaient romans, œuvres historiques ou scientifiques. Du plafond s'écoulait une lumière orangée dispensée par un globe électrique, et les lecteurs s'entretenaient à voix basse avec les bibliothécaires pour leur expliquer ce qu'ils recherchaient.

— Cela vous plaît, monsieur l'ami des arts ? chuchota Tom Brighton à Victor.

Celui-ci sursauta, prêt à forger un mensonge expliquant sa présence, mais il n'en eut pas le loisir.

— Je comprends votre curiosité, Gaëtan a dû vous parler de mon travail. Nous possédons beaucoup de biographies de grands compositeurs qui intéresseraient votre copain musicien, la *Revue musicale* et quatre cent soixante-dix partitions. Désirez-vous que je vous les montre ?

— Non, je vous remercie, je voudrais juste visiter cette caverne d'Ali Baba.

Rayonnant, Tom Brighton lui ouvrit le passage d'un grand geste de la main. Son attitude était étrange, à la fois accueillante et contrainte.

— Faites comme chez vous.

Un ouvrier vautré dans un fauteuil de rotin examinait les portraits d'actrices d'un numéro de *Comoedia.* Sur un canapé, un adolescent à lunettes se régalait d'une pile de *Miroir des sports*, tandis qu'une petite vieille emmitouflée de lainages, plongée dans *L'Illustration*, tâtait de temps en temps un panier posé à ses pieds, empli de légumes encerclant une bouteille de vin.

Victor chercha des yeux son guide. Poings sur les hanches, Tom Brighton admirait les rayonnages chargés de volumes.

— C'est moi qui suis chargé de la section des romans. Je couvre la plupart de papier brun, pour les protéger.

— On vous en emprunte beaucoup ?

— Oh oui, mais nous avons une règle qui veut que, sur deux livres emportés, un ne soit pas de la fiction.

— Et quels sont les auteurs favoris ?

— Hugo et Balzac caracolent en tête, puis arrivent Anatole France, Paul Bourget et Pierre Loti. Parmi les étrangers, Goethe, Dickens, Kipling, Tolstoï. Mais le préféré, c'est Dostoïevski, dont il m'a fallu commander l'œuvre complète. La poésie et le théâtre ont du succès. Et dans le domaine historique, Michelet, les mémoires et les livres anecdotiques comme ceux de Lenôtre. La lecture est pour les gens de ce quartier ce que l'eau est aux poissons. Ils n'ont pas fait d'études supérieures, ils ne se lancent pas dans des discussions compliquées, mais ils dévorent et même recopient des pages entières, cela les aide à vivre.

Pendant que Tom Brighton parlait en sautillant d'un pied sur l'autre, Victor scruta ses yeux et constata qu'il avait les pupilles dilatées. Ses mains qui brassaient l'air pour souligner ses propos rappelaient celles d'un homme qui a trop bu. Victor s'interrogea. Quelle substance pouvait bien absorber cet homme apparemment sympathique ? Morphine ? Cocaïne ? Ou bien était-il alcoolique ?

— Aimez-vous le théâtre ?

— Beaucoup, répondit Tom Brighton. J'ai passé ma jeunesse à Londres, je sortais tous les samedis soir du côté des grandes salles du West End, où j'assistais à des tas de spectacles. Je m'imaginais sur la scène en train d'interpréter une pièce d'Oscar Wilde ou de George Bernard Shaw. Ensuite, quand nous sommes allés vivre quelques années à Camden Town, lire me suffisait. Notre venue à Paris m'a permis de renouer avec mon amour des planches.

Victor allait lui poser des questions sur les différents quartiers de la capitale anglaise et sur ce « nous », mais un habitué de la bibliothèque, un très vieil ouvrier en quête du tome II des *Misérables*, mobilisa Tom Brighton, qui, dès qu'il eut repéré le bouquin mal relié, le confia au vieillard et alla servir d'autres nouveaux arrivants.

— Vous connaissez bien ce jeune homme ? dit Victor à l'ouvrier.

— Il est étrange. Un jour, il m'a parlé de sa jeunesse. Son père était un fou de Dieu, genre anglican. Il était importateur de thé, et un soir, après le repas, il a déclaré à sa femme et au petit Tom, âgé de trois ans : « La moralité de ce pays est en train de sombrer, les gens s'enlisent dans l'ennui du quotidien, le fog, les docks crasseux, le Tower Bridge, les petits pois trop verts, la jelly et le saindoux. Le vice et la violence envahissent les rues. Alors, prions ! »

— C'est courant dans beaucoup de pays, commenta Victor, qui lui aussi, à Londres, avait été victime dans sa jeunesse de messes vespérales imposées par monsieur son beau-père.

L'ouvrier continua.

— William Brighton a commencé à boire un peu trop de gin avant de se coucher, si bien que la direction s'est plainte qu'il livre des quantités de thé insuffisantes.

— Ah, le thé, quelle boisson insipide ! murmura Victor.

— Tom avait alors quatorze ans. La déchéance de son père a duré trois ans, puis il a fini par se pendre à une poutrelle métallique dans un entrepôt abandonné.

— Elle n'est guère joyeuse, votre histoire.

— Pas plus que certains passages des *Misérables*… marmotta l'ouvrier. La mère de Tom, Marion, née Dubillard, était danseuse de cabaret à Paris lorsqu'elle a rencontré William. Il l'a épousée et changée en lady respectable. Elle était sujette à de fréquents accès de violence. Tom la craignait. La mort de William les a poussés, elle et son fils, à traverser la Manche pour s'installer à Paris. Même si elle n'était plus de première jeunesse, Marion se débrouillait encore pas mal pour tricoter des gambettes. Mais elle a atterri dans une maison de passe, où elle a tôt fait de contracter la tuberculose. Tom a fréquenté ces dames. C'est lui qui me l'a dit.

— Eh bien, c'est un paroissien plutôt dévoyé, ce bibliothécaire !

— À dix-huit ans, il battait seul le pavé parisien, poursuivit le vieil homme. Pendant ses instants de loisir, il allait au théâtre où ses maigres revenus ne lui autorisaient que le poulailler, ce qui était déjà pour lui le comble du luxe. De petit boulot en petit boulot, il a été engagé dans cette bibliothèque, où il est mal payé mais s'instruit gratuitement. Il rêve de la quitter pour devenir un grand acteur parisien.

20

Un peu avant sept heures, le jeune homme sortit de la bibliothèque. Il rentrait dîner chez lui avant de reprendre son service de huit à dix heures.

Victor le suivait à bonne distance. Ils parcoururent la rue Fessart jusqu'à la rue de la Villette. Belleville avait changé. Ce qui, cinq ans plus tôt, était encore le royaume des mendigots et des marchands de bimbeloterie, s'embourgeoisait. En 1924, le funiculaire avait cessé de ferrailler au loin, les bohèmes n'attachaient plus leurs carrioles aux derniers omnibus à chevaux. Il y avait moins d'enfants sur les trottoirs, à cause des automobiles. Moins d'ombre en fin de journée, grâce aux réverbères. Davantage de bals et de cinémas. On circulait au milieu des lumières et des couleurs. Les rumeurs n'avaient rien d'inquiétant, elles annonçaient le plaisir et la bonne chère dans de nombreux restaurants.

Rue de la Villette, Tom Brighton poussa la porte d'une épicerie et reparut cinq minutes plus tard, une boîte de six œufs à la main. Victor, qui s'était rabattu sous un porche, reprit sa filature.

Les passants le regardaient en coin, il n'y avait plus de causeurs sur les pas des portes, de rares bouquets d'arbres frileux subsistaient, témoins d'une époque en voie de disparition. Tom Brighton s'engagea dans une allée bordée de pavillons agrémentés de jardinets, qui rappela à Victor son quartier londonien, Chelsea. Ils parcouraient la rue de Mouzaïa. Pas un bruit, si ce n'était l'aboiement lointain d'un roquet.

Tom Brighton poussa une grille rouillée ponctuée de traces de peinture verte et d'entrelacs de glycines encore dénudées. Victor se coula derrière un marronnier pour attendre que le bibliothécaire retourne rue Fessart. Il le vit traverser une pelouse mal entretenue puis grimper jusqu'à un perron et pénétrer dans une maison à un étage dont la porte n'était pas cadenassée.

Victor perçut une voix de femme qui bégaya un accueil amical.

Mme Robert, une solide quinquagénaire aux jambes gonflées de varices, accompagna son locataire jusqu'au bas de l'escalier aux marches couvertes de moquette à fleurs.

— Vous êtes certain de ne manquer de rien ? Il y a longtemps que vous n'avez pas fait de vraies courses, que des œufs, vous allez vous changer en gallinacé ! Un grand gaillard comme vous, faut entretenir la machine !

Tom Brighton toisa le visage fripé couvert d'un bonnet de dentelle et les yeux verts grossis par des bésicles.

— Ma parole, vous me surveillez !

— Oh, monsieur Tom, jamais je ne me permettrais ! C'est juste que je vous trouve un peu pâlichon ces derniers temps.

— L'absence de soleil n'y est pas étrangère. Eh bien, si vous insistez, vous pouvez me préparer des mouillettes beurrées, pour tremper dans mes œufs à la coque.

Ravie, Mme Robert trottina vers sa cuisine comme si Dieu venait de lui intimer un de ses commandements. Tom Brighton en profita pour rallier son domaine au premier.

Sa chambre, ascétique et impeccable, ne contenait que le strict nécessaire : table ronde, deux chaises, lit à une place, armoire, commode. Le seul luxe que s'autorisait son occupant était une bibliothèque d'acajou emplie des trésors de la littérature anglo-saxonne, depuis *Robinson Crusoé* jusqu'à Charles Dickens en passant par les œuvres complètes de Shakespeare et diverses anthologies poétiques. Tous les volumes étaient reliés en basane rouge. Une dizaine de porcelaines de Wedgwood s'alignaient dans une minuscule vitrine accrochée à un mur.

Tom Brighton s'encastra dans le recoin qui lui servait de cuisine et fit chauffer sur un réchaud à gaz une casserole d'eau où il disposa trois œufs.

Le temps que les œufs soient posés sur une assiette près d'un coquetier, Mme Robert frappa et entra, tenant un beurrier et un bol de mouillettes. Son locataire la remercia d'un hochement de tête et s'assit devant son festin, un journal à sa gauche.

Mme Robert descendit à pas prudents, fière de loger un savant aussi sympathique, qui avait passé son enfance à Londres, parlait couramment l'anglais comme le français et baragouinait même un peu d'allemand. Dommage qu'il ne pût s'empêcher d'extérioriser sa joie par un air langoureux issu d'une bouche incapable de mémoriser les notes de façon correcte. Il faudrait patienter jusqu'à la fin du dîner, mais cela serait de courte durée. La musique mettait de la vie dans cette maison plutôt triste depuis la mort de M. Robert.

Le chant retenu ce soir-là fut modulé quand elle commença sa vaisselle. Elle leva les yeux au plafond, soupira, et murmura :

— *Greensleeves*…

Elle se souvint du récit que lui avait fait son locataire un dimanche de janvier. Il était dans un état étrange, fébrile, surexcité, et elle se demandait si tout cela n'avait pas été pure invention de sa part. Lire trop de romans se révélait, selon elle, nocif à l'équilibre mental. La jeune fille qu'il adorait avait plongé dans la Tamise. Depuis cette affreuse journée de printemps, Tom Brighton éprouvait le besoin impérieux d'évoquer Cupidon grâce à une mélodie tendre qui le consolait de ce drame.

Tom Brighton endossa une veste de velours et se coiffa d'un chapeau informe. Un fracas provenant de l'étage inférieur lui apprit que sa logeuse avait de nouveau cassé un verre, après avoir bu le doigt de porto qui précédait son coucher.

Le bruit provoqua une succession d'images du passé dans son esprit. Un balai se dressa au-dessus d'une table pour s'abattre sur le repas de Noël, s'acharnant en particulier sur la dinde. Le croupion recracha les marrons dont elle était fourrée.

Puis le balai s'abattit sur la tête de William Brighton, contraint de s'enfuir vers le couloir d'entrée de l'étroite maison et de patauger dans l'allée tartinée de neige. Marion Brighton le poursuivait en poussant des cris gutturaux, et s'effaçait, remplacée par un infirmier en blouse maculée de sang, penché au-dessus de sa mère qui riait, brandissant le couteau lui ayant servi à se taillader un poignet sans qu'elle parvienne à se tuer. La tuberculose s'était chargée de terminer le travail.

Il se courba vers son lit et passa la main sous le matelas pour vérifier que le paquet était bien là, afin de ne pas perdre de temps le lendemain matin. Le rendez-vous avait été fixé à l'aube dans le quartier de la Nouvelle Athènes.

Pris de haut-le-cœur, la gorge envahie de bile, il crut qu'il allait vomir, mais la brûlure s'estompa. Il se tamponna le visage avec un torchon humide près de l'évier, puis se percha sur un tabouret afin de se saisir d'une boîte rangée dans un placard. Il manqua chuter, se rétablit au sol, s'assit sur le lit. Ouverte, la boîte révéla un bric-à-brac d'objets utilitaires, tels que ciseaux, tire-bouchon, cuiller à sauce, pince à sucre et, tout au fond, un poignard très effilé fabriqué à Tolède. Le manche était incrusté de pierres rouges. Il déplia la lame et la caressa de l'index. Cela le rassura. Il fourra le poignard dans sa sacoche à fermoir de cuivre.

Derrière la porte, l'œil plaqué au trou de la serrure, Mme Robert ne voyait que l'armoire. Elle entendit des pas se diriger vers elle et s'empressa de descendre l'escalier et de se barricader dans sa chambre.

Victor laissa s'écouler quelques minutes avant de filer le bibliothécaire dans l'autre sens. Il ne quittait pas des yeux la silhouette de Tom Brighton, qui devinait être l'objet d'une filature et s'abandonnait à un rêve éveillé. S'évader dans un songe interminable, loin de ce monde qui, de plus en plus souvent, le dégoûtait. Ce serait un tel délice ! Non, il redoutait les hallucinations.

Victor s'aperçut qu'un morceau de papier était collé sous la semelle de son soulier droit. Il s'arrêta, s'en empara, regarda brièvement de quoi il s'agissait à la lueur d'un réverbère. C'était une affichette du théâtre de Belleville vantant la reprise d'une pièce intitulée *Les Pirates de la savane*, drame en cinq actes de MM. Anicet Bourgeois et Ferdinand Dugué. « La première scène représente un coin de Paris, près des quais. Deux amis se chamaillent, avant de découvrir une enfant perdue qui va les entraîner jusqu'au Mexique… »

Victor se rappela les récits de Jeremy, sa vie aux États-Unis, notamment son séjour à Hollywood, avec son oncle Sean, qui s'efforçait d'assister au tournage d'un western. Des postulants à la figuration se bousculaient à la porte du studio. Deux d'entre eux s'étaient bagarrés. Des coups de poing avaient été échangés, un fouet avait surgi, des estafilades s'étaient imprimées sur les visages jusqu'à ce que la police soit alertée. Dispersés, les figurants avaient continué de s'insulter.

Quand cette vision s'évanouit, Tom Brighton marchait au loin. Avec un coup au cœur, Victor reconnut devant lui la silhouette affrontée dans la cour du 31, rue de Seine.

21

Profiter de la maigreur des réserves dans les placards de la cuisine était une excellente occasion d'inviter Camille à déguster une collation accompagnée d'une consommation au *Bœuf sur le Toit*.

Elle ne se fit pas prier et revêtit une robe en lamé platine et une cape de soie, se coiffa d'une toque de velours bleu et rejoignit Jeremy au bas de l'escalier. Dans son vieux complet-veston et son pardessus râpé, il hélait un taxi qui les emmena au 28, rue Boissy-d'Anglas.

Le bar-dancing tirait son nom d'une comédie-farce de Jean Cocteau, dont la musique avait été composée par Darius Milhaud, à son retour d'un voyage au Brésil en 1919. Baptisé *O Boi no Telhado*, le ballet créé par les deux compères avait connu un tel succès que le cabaret *La Gaya*, ouvert rue Duphot en février 1921 par Louis Moysès, avait été rebaptisé *Le Bœuf sur le Toit* à l'occasion de son déménagement.

Au fond de cette vaste salle aux murs couverts de carreaux de faïence, au-dessus d'un comptoir en acajou envahi de bouteilles, on avait accroché un grand collage dadaïste de Francis Picabia, *L'Œil cacodylate*, cet adjectif désignant le sel d'un acide organique de l'arsenic. Comme tous les soirs, le cabaret se consacrait à la musique.

Quand Camille et Jeremy arrivèrent, ils eurent du mal à se caser sur une banquette de moleskine pour écouter quelques chansons russes de Mme Efranova, suivies de fandangos esquissés par Lolita Osorio et des pas compliqués de Harry Willis, danseur et acrobate.

Vers dix heures, les jazzmen des divers clubs parisiens se rassemblaient pour jouer jusqu'au milieu de la nuit, et faisaient ce qu'on avait baptisé « un bœuf », rencontre informelle d'interprètes décontractés.

Pianistes, trombonistes, saxophonistes, frappeurs de caisse, de tambour, de cymbales se côtoyaient, se lançaient des notes au visage, récoltant des applaudissements et entraînant les convives dans des rondes effrénées.

Camille et Jeremy réussirent à se lever et à se frayer un chemin vers le bar. Ils eurent le plaisir de reconnaître Erik Satie et Francis Poulenc. Ils distinguèrent aussi Pablo Picasso, Blaise Cendrars, Georges Auric et d'autres membres du Groupe des six, ainsi que nombre de personnalités de l'intelligentsia parisienne.

La voix de Jean Cocteau, fascinante et charmeuse, parvenait parfois à chevroter plus fort que le brouhaha issu des admirateurs qui jadis avaient raffolé des Ballets russes.

Sans regarder son clavier, un roman policier posé sur son pupitre, le rondouillard Clément Doucet, ami et partenaire de Jean Wiener, interprétait avec brio des airs américains, *Dardanella*, de Felix Bernard, Johnny S. Black et Fred Fisher, *The Japanese Sandman*, de Richard A. Whiting, ou *Breezin' Along*, de Seattle Harmony Kings.

Une-deux, une-deux, le one-step. Marche en avant, en arrière, de côté, petit tour, piétinement, le fox-trot. Angle du buste avec les jambes, angle de la cheville avec le pied, jambes arquées, quatre temps syncopés, le charleston.

Le barman, un rouquin au front dégarni et aux joues piquetées de taches de son, agitait un shaker en sifflotant, les yeux baissés.

— Vous aimez mieux *Le Bœuf sur le Toit* ou un bœuf sur la langue, monsieur le pianiste ? s'enquit Julien Sarde.

— Votre deuxième activité facilite votre art oratoire. Que nous conseillez-vous ?

— Ma spécialité, le cocktail au champagne. Il est né au *Harry's New York Bar* de Paris, d'après la recette du cocktail French 75, vous savez, le fameux canon de 75 mm, le canon roi !

Il avait redressé la tête, examinant Camille d'un regard trouble exprimant la méfiance.

— Suis-je à ce point célèbre ? Désirez-vous un autographe ?

— Dommage que vous ayez déjà un petit ami, murmura-t-il avec un coup d'œil en biais vers Jeremy. Dans un shaker, versez 3 cl de gin, 1,5 cl de jus de citron et du sirop de sucre ; ajoutez huit à dix glaçons, remuez dix secondes, emplissez une flûte et complétez avec du champagne. Pour la déco, une cerise confite, souffla-t-il à Camille. Voilà ! conclut-il un ton au-dessus en poussant les deux flûtes vers le couple.

— Merci, Thésée. J'espère que vous avez pu honorer votre rendez-vous, mâchonna Jeremy.

— Ne vous inquiétez pas, je suis toujours fidèle à ceux qui ont besoin de mes services, grommela Julien Sarde en emplissant deux assiettes de viande froide, de cornichons, de saumon et de crème à l'aneth.

— Gaëtan n'avait pas l'air très content de vous voir filer sans lui.

— Ne craignez rien, c'est un type épatant, mon meilleur copain. Il rêve d'égaler Cocteau, dont il a entendu dire qu'il est en train d'écrire une pièce sur Orphée, alors il a jeté son dévolu sur le Minotaure et sur Thésée, votre serviteur. Il n'apprécie pas que je m'éloigne trop, je suis sa source d'inspiration. Et puis il compte sur ma protection depuis qu'il s'est enfoncé dans le crâne qu'on avait cherché à l'occire. Excusez-moi.

Il aligna une brochette de verres sur le zinc et les emplit de Bloody Mary.

— Il vous a fait part de son inquiétude ?

Jeremy était passé derrière le comptoir.

— Bien sûr. Il me confie tout. Ce n'est pas ce que vous croyez, nous sommes comme deux frères, nous avons des intérêts communs. Et puis je sais sur lui des secrets qui n'ont jamais été révélés à personne, pas même à Miranda Marquez.

Julien Sarde s'interrompit de nouveau afin de préparer quelques gins fizz pour des trompettistes. Quand il voulut reprendre la conversation avec Jeremy, celui-ci s'éloignait, Camille à son bras, après avoir déposé deux billets sous une carafe.

— Pas mal, sa poulette, je lui prêterais volontiers mon pageot pour qu'elle réchauffe les draps. Toujours se méfier des femmes, elles se taisent, vous épient et enregistrent vos paroles. Celle-là est trop jolie pour être honnête.

Cet adjectif le divertit, l'honnêteté n'était pas son fort.

Pendant que Jeremy et Camille sirotaient leur cocktail et grignotaient, un homme aux cheveux noirs et frisés leur lança :

— Qu'est-ce qui vaut moins cher droit que long ?

Ils écartèrent les mains en signe d'ignorance.

— Votre langue au chat ? Un piano !

— Qui est-ce ? marmonna Jeremy, tandis que s'écartait l'homme à l'accent slave.

— Arthur Rubinstein, un très célèbre pianiste. Tu ne l'as jamais entendu ? demanda Camille.

Jeremy alla déposer leurs flûtes sur le zinc. Julien Sarde esquissa un sourire dur. Dans son tablier, il tâtait un revolver et songeait : « La poulette ou le pianiste finiront sur un gril s'ils picorent mes plates-bandes… »

Victor parut, en sifflotant.

Il s'arrêta à la table où s'étaient installés Jeremy et Camille.

— Vous avez une triste mine, mes amis, vous devriez vous adonner à des boissons moins fortes.

22

Vendredi 19 mars 1926

Quand Jeremy arriva dans le local, rue Lèchevin, Gaëtan Bardin, son masque de Minotaure couvrant ses paroles, déclamait :

On me prétend cruel et dévoreur d'enfants
Mais on ignore tout de mes antécédents !
Mal aimé, car trop laid, par mes deux ascendants,
J'ai vécu en exil dans ce tunnel puant...

Sammy se boucha le nez et glapit :

— Plus fort, on dirait que tu mâches de la purée. Je sais bien que ce masque t'étouffe à moitié, mais tout l'art d'un acteur est de savoir détacher les syllabes même dans les pires conditions !

Gaëtan haussa les épaules et, baissant subrepticement son faciès taurin, continua :

Mais quand, plein d'espérance, je courais au-devant
D'inconnus débarqués de beaux navires géants,
Loin de moi ils fuyaient effarés en criant
Que je n'étais qu'un homme assoiffé de leur sang !

— Efforce-toi d'endosser la peau d'un ogre ! En parlant de peau, une vieille fourrure mitée dégotée aux puces serait sans doute plus appropriée que cette tunique.

— C'est la copie conforme du premier costume, conservé par la police comme pièce à conviction.

Jeremy se campa au milieu du local.

— Je suis allé chez Sommier, ils ont confirmé que Julien Sarde s'en était chargé, dit Jeremy d'un ton détaché pour dissimuler son mensonge.

— Vous m'espionnez ? marmotta le barman.

— Seul le masque cornu vous a été restitué par la police, ajouta Jeremy à l'adresse de Gaëtan.

— J'y tiens beaucoup. Mais Sammy a raison, Julien, tu dois me procurer un accoutrement plus adéquat. Où donc est Catherine ? Jamais à l'heure !

— Ne détournez pas la conversation, menaça Jeremy.

La porte s'ouvrit à la volée et Catherine Cognat se précipita dans la salle, un grand sac à la main.

— Une idée de dernière minute ! Un de mes oreillers. Mince, c'est vrai ce qu'on dit, un kilo de plumes c'est aussi lourd qu'un kilo de plomb, et cet oreiller-là, il pèse autant qu'une enclume, à tel point que j'ai dû ralentir l'allure dans le métro, bondé comme d'habitude !

— Mais enfin que fabriques-tu avec cet oreiller ?

Gaëtan tournait autour de Catherine comme un bœuf autour d'une meule de foin.

— J'ai réfléchi…

Tous s'esclaffèrent.

— Ce que vous êtes méchants ! Oui, j'ai réfléchi, et j'ai conclu que, si je veux interpréter un Dionysos crédible, je dois me rembourrer le ventre.

— Tu n'es pourtant pas maigre, souligna Miranda.

— Mais n'oublie pas, ma poupée, que je vais t'emporter dans mon antre et faire de toi mon épouse quand ce galapiat t'aura rejetée comme un vulgaire paquet ! s'écria Catherine en désignant Julien Sarde. Or, si j'en crois les images que j'ai trouvées dans une encyclopédie, le dieu du vin avait une brioche deux fois plus grosse que la mienne !

— Je t'interdis d'appeler Miranda « ma poupée » ! gronda Gaëtan.

— Pourquoi ? C'est gentil, une poupée, ça ne vous tousse pas à la figure comme un taureau ! Tu vas m'empaler sur tes cornes de carnaval ?

Il y eut un éclat de rire général. Jeremy s'imagina Catherine embrochée sur le masque de Gaëtan, une énorme boule sous sa tunique, gigotant comme un asticot géant tout en serrant dans ses bras une poupée aux cheveux coiffés en boucles anglaises.

— Puisque vous me jugez ridicule, demandez donc à Guillaume d'interpréter mon rôle en plus du sien. Il n'apparaît qu'au début de la pièce et vaguement à la fin ! rugit Catherine Cognat.

— Dans ce cas, il faudra me payer deux fois, observa le souffleur.

— Vous ne serez réglés que lorsque notre aventure rapportera de l'argent, repartit vertement Gaëtan.

— Excusez-moi, la compagnie, mais je dois vous quitter, annonça Tom Brighton. De toute façon Dédale n'est pas de la partie ce matin, et moi, j'ai à répertorier les livres qui n'ont pas été rapportés à la bibliothèque le mois dernier. À demain !

Sa serviette à la main, il tournait déjà la poignée de la porte du local.

— Pas de ça, Lisette, un jour c'est Julien, un autre c'est toi, quand ce n'est pas Dionysos qui se pointe en retard avec un oreiller ! brailla Gaëtan. Tout le monde reste encore une heure, et on la termine, cette répétition !

À la fin de la répétition, Jeremy vit Gaëtan Bardin et Julien Sarde échanger à voix basse des propos un peu vifs.

Il s'approcha pour surpendre le sujet de leur conversation.

— Tu n'aurais jamais dû me forcer à t'obéir ! disait Julien Sarde.

— Quoi ? Encore cette histoire qui date de Mathusalem ? Décidément tu es un sacré rancunier, mon ami.

— Ne te figure pas que je vais avoir le doigt sur la couture du pantalon chaque fois que tu auras besoin de mes services !

— Ne t'inquiète pas, je ne suis pas ton sosie, j'ai une merveilleuse faculté d'oublier, riposta Gaëtan Bardin.

— Oui, même ton propre texte ! s'exclama Julien Sarde.

Ils s'éloignèrent en poursuivant leur querelle à voix basse. Jeremy réfléchissait. De quoi s'agissait-il ? Pourquoi Gaëtan Bardin évoquait-il la rancune de Julien Sarde ? Cela avait-il un rapport avec le meurtre du Dr Gilbert ?

Il revint sur ses pas et, pensif, regarda Sammy s'amuser avec le masque du Minotaure.

23

À peine la troupe dispersée, Jeremy fit signe à Sammy, récalcitrant, de filer Tom Brighton. Lui-même avait promis à Camille de déjeuner avec elle et Victor afin de mettre au point un plan stratégique concernant ce qui était devenu leur enquête commune.

Sammy gardait ses distances, épuisé par la marche qui l'avait mené du boulevard Voltaire au boulevard de Sébastopol puis de la place du Châtelet à la rue du Louvre. S'il était vrai qu'on ne connaissait bien une ville qu'avec ses pieds, il était devenu un spécialiste de la capitale, au demeurant déjà souvent arpentée.

Tom Brighton traversa la rue de Rivoli et entra dans un bureau de tabac. Les vitrines étaient emplies de boîtes de cigares, dont certaines à vingt francs pièce, des cigares pour millionnaires.

Deux tourniquets emplis de cartes postales encadraient la porte. Un pavement de mosaïque bleu et blanc menait au comptoir d'acajou où Sammy entrevit une jeune fille rousse servant à Tom Brighton deux paquets de cigarettes orientales, après avoir vendu des timbres pour les États-Unis un franc pièce à un Américain en costume de tweed.

Sammy se demanda s'il rêvait ou si Tom Brighton et l'Américain avaient réellement échangé à toute allure un petit objet carré et un billet de banque. Tout était allé trop vite. Il regarda du coin de l'œil une affiche, punaisée sur un kiosque à journaux, annonçant la dernière matinée à l'Opéra du film *La Croisière noire*, relatant l'expédition Citroën Centre-Afrique.

Bondissant en arrière lorsque Tom Brighton reparut, Sammy enfila à sa suite les arcades de la rue de Rivoli, face au jardin des Tuileries. Tom Brighton vira sur la droite, rue de Castiglione, et, quelques mètres plus loin, s'engouffra dans un immeuble haussmannien.

Sammy hésita, peu désireux d'être repéré. Quand il entra à son tour dans le couloir, un ascenseur emportait Tom Brighton vers les étages. Deviner chez qui il se rendait étant impossible, Sammy hésita. Apercevant une vieille dame aux lèvres fines et au manteau gris perle, il demanda à tout hasard :

— Où diable a-t-il pu filer ?

— Qui donc, jeune homme ? souffla la dame derrière sa voilette.

— L'individu suspect que je surveillais.

— Vous êtes de la police ? Eh bien, je vous conseille une visite impromptue au troisième gauche. Ces dames n'apprécieront guère, leurs clients non plus, mais nous autres, propriétaires de ce qui fut jadis un immeuble respectable, dormirons enfin en paix !

Sammy se hâta de rejoindre le 31, rue de Seine, escalada l'escalier et frappa comme un fou à la porte de Jeremy. Celui-ci ouvrit, une partition à la main, partagé entre la curiosité d'apprendre ce qu'avait découvert Sammy et l'exaspération d'être interrompu au beau milieu du déchiffrage d'un charleston.

— Tu ne pourrais pas être plus discret ? Camille dort. Entre. Allons dans la cuisine.

— Et Victor ?

— Il est parti en vadrouille. Alors ?

Sammy raconta la filature de Tom Brighton, s'attardant sur des détails dont Jeremy se serait passé, tels que l'affiche de *La Croisière noire*.

— Ce type a de drôles d'activités. Qu'a-t-il bien pu vendre à l'Américain dans le tabac ? Et puis il fréquente les dames de petite vertu.

Camille parut dans l'encadrement de la porte, vêtue d'un déshabillé de soie grège, les cheveux emmêlés. Elle bâilla et réchauffa du café.

— Hé, ce n'est pas le matin, ma chérie, il est midi ! remarqua Jeremy. Tu ne veux pas attendre que je nous prépare une omelette ?

— C'est tellement bon de se laisser aller et de dormir sans contrainte. Où en êtes-vous de l'enquête ?

Sammy, qui pour sa part eût volontiers accepté une invitation à manger, relata pour la deuxième fois la promenade de Tom Brighton et le trafic louche auquel il se livrait.

— Ce serait de la drogue que ça ne m'étonnerait pas, conclut-il.

— Tout à l'heure, à la fin de la répétition, Julien Sarde et Gaëtan se sont entretenus à voix basse, dit Jeremy. J'ai cru comprendre que Gaëtan essayait de calmer son ami, en colère pour une raison inconnue. Cela aurait-il un lien avec Tom Brighton ? Tu sais où habite Julien Sarde ? demanda-t-il à Sammy.

— 62, rue du Temple.

— Tu es disponible pour le filer ? Il ne prend son service au *Bœuf sur le Toit* qu'en fin de journée.

— Certainement pas. Je dois aller dare-dare à la Comédie des Champs-Élysées.

— Et moi au Casino de Paris… Bon, il ne reste qu'une solution.

Leurs yeux se rivèrent sur Camille.

Quand Jeremy lui avait proposé de guetter Julien Sarde au bas de son domicile vers une heure de l'après-midi et de s'attacher à ses pas, Camille, mal réveillée, avait protesté pour la forme, ravie au fond de jouer ce rôle dans l'enquête. Elle n'aurait pas de mal à identifier le serveur rencontré la veille au *Bœuf sur le Toit*.

Elle se posta en bordure du porche du numéro 64, rue du Temple, près d'une quincaillerie. L'artère avait l'aspect d'un serpent zigzaguant à travers un vieux quartier peuplé de bijoutiers miteux, de fabricants de parures en toc, de marchands de ficelles, de débitants de guirlandes et de décorations en papier. Des brunisseuses à long tablier noir côtoyaient des ciseleurs et des doreurs, des tailleurs de verre pour instruments d'optique, jeunes et vieux, tous unis dans l'amour du travail manuel et dans l'apprentissage du travail en atelier.

À l'heure du déjeuner, un va-et-vient permanent agitait des groupes d'ouvrières pressant le pas vers les traiteurs ou cherchant une place sur un banc ou un bout de trottoir pour y manger un morceau de viande froide ou un quignon de pain apporté le matin dans un cabas.

Camille se contenta d'une pomme raflée au passage sur le panier d'un vendeur ambulant. Elle s'attendait à tout moment à ce qu'on crie : « Arrêtez-la ! »

Après quoi elle serait condamnée comme Jean Valjean à des travaux forcés, ce qui mettrait un terme à sa vie amoureuse et à sa carrière musicale.

Midi sonnait le coup de feu, une marée humaine assiégeait les spécialistes de pommes de terre frites insérés dans la moindre niche des façades avec leurs fourneaux et leurs chaudrons. Des relents de graisse fondue imprégnaient les vêtements. Les clients tendaient leur assiette vide qui s'emplissait d'une pitance fumant sous un bout de papier, et se dégageaient de la presse d'un déhanchement.

Des fruitières, des crémières proposaient un bon dessert pour quelques sous. On allait boire une chopine, un café, on fumait une cigarette en parlant politique. Camille avait l'impression d'avoir été transportée dans un souk où cornaient les rares véhicules dont les chauffeurs avaient été assez fous pour s'aventurer dans ce lacis de ruelles. Des journaux se dépliaient, on commentait la crise permanente qui prenait le peuple à la gorge, la baisse constante du franc, et on prévoyait pour les plus pauvres des lendemains lamentables.

Brusquement, Julien Sarde parut, au 62, un melon sur sa chevelure carotte, sa haute stature comprimée dans un costume de velours côtelé noir.

Camille le vit entrer chez un cordonnier et, à travers la vitre sale, devina qu'il se courbait vers un homme tassé sur un tabouret. Le gnaf, comme on le nommait en langage populaire, fumait un brûle-gueule en clouant des semelles. Il empocha prestement le sachet remis par le visiteur et, comme un prestidigitateur, produisit deux billets de banque tout aussi rapidement attrapés par le rouquin. Un merle prisonnier d'une cage commença de moduler des trilles. Camille n'eut que le temps de se rabattre dans l'anfractuosité d'un mur. Déjà, Julien Sarde poursuivait sa route.

Il avisa un violoniste qui bramait à tue-tête *Le Temps des cerises*, ouvrant si largement la bouche qu'on pouvait y compter les dents gâtées encore susceptibles de mâcher. Il proposait la complainte de Jean-Baptiste Clément et Antoine Renard imprimée en petits formats empilés sur une table pliante. Sans ralentir le mouvement de son bras, il s'approcha de Sarde. Celui-ci s'empara d'un feuillet à deux sous au milieu duquel il introduisit un sachet et plaça le tout dans l'étui du violon posé sur le pavé. Le musicien se décida à conclure sa ritournelle, et, tout en marmonnant aux badauds : « Passez la monnaie », paya de deux billets ce qui lui avait été procuré. Les curieux s'éloignèrent à regret quand il miaula le premier couplet de ce qui semblait bien être l'unique morceau de son répertoire.

Camille se fondit dans la foule de la rue Rambuteau et aperçut le chapeau melon tanguer en direction de la boutique d'un marchand de vins surmontée d'une enseigne représentant une bouteille verte et un verre jaune. Une fois de plus, elle observa l'intérieur à travers la vitrine. Julien Sarde se dirigea vers un billard où s'affrontaient deux joueurs entourés de spectateurs peu attentifs. L'un d'eux réceptionna discrètement un sachet en échange de deux billets et, aussi vite qu'il s'était faufilé à l'intérieur, Sarde reprit son chemin. Il retrouva d'un pas alerte la rue du Temple et s'orienta vers la rue de Rivoli. Sur son parcours, il échangea deux fois un paquet contre de l'argent, d'abord chez un relieur ployé en deux vers la presse qui torturait un ouvrage vêtu de basane rouge, ensuite chez un chapelier dont la boutique débordait de couvre-chefs et de formes de bois.

Ensuite, il n'y eut plus d'arrêt jusqu'à la place du Châtelet.

Camille se plaça le plus loin possible du serveur en empruntant l'escalier du métro. Ainsi qu'elle s'en doutait, il choisit la ligne 1 en direction de Pont de Neuilly.

Julien Sarde aimait détailler les femmes, aussi bien dans les transports en commun qu'au *Bœuf sur le Toit*. En dépit du béret beige que Camille s'était enfoncé sur le front, la mince silhouette, habillée d'une veste trois quarts et d'une jupe courte, campée à l'autre bout du compartiment, n'échappa pas à son attention. Il était certain de l'avoir déjà rencontrée. Il fouilla sa mémoire et n'eut pas à fournir beaucoup d'efforts pour se souvenir de Jeremy Nelson et de son incursion au *Bœuf sur le Toit*, le soir précédent, en compagnie de cette jolie créature.

Cette fouineuse était-elle là par hasard ou le surveillait-elle ? Il n'allait pas tarder à être fixé. Il descendit à la station Concorde, acheta un journal dans un kiosque et fit mine de le parcourir, à l'abri d'une colonne, sous le portique de l'hôtel Crillon. Derrière les pages froissées, il surveilla les marches du métro. Camille les gravit et, incertaine, observa les alentours. Sarde replia le journal, l'abandonna sur une poubelle publique et se coula le long de l'hôtel Crillon jusqu'à la rue Boissy-d'Anglas. Il caressa son revolver transféré de son tablier à la poche de son veston.

Si elle devenait dangereuse, il se débarrasserait de cette mijaurée. Il était prêt à tuer tous les gêneurs, s'il le fallait. Puis il se souvint des conseils prodigués par le seul homme à qui il faisait confiance. Ne pas écouter ses instincts violents. Maîtriser ses nerfs comme bien des années plus tôt, quand il n'était qu'un collégien et son ami, un condisciple. Il s'éloigna à la manière d'un chat, décidé à obtenir le secours de celui qui lui avait évité le pire, dans leur jeunesse.

Camille l'avait perdu de vue. Elle décida de retourner rue de Seine. Il avait dû la repérer, il se méfiait, inutile de s'acharner. Tout conter à Jeremy était pour l'instant le choix le plus approprié.

24

Julien Sarde revécut la scène semblable à une hallucination. La pharmacie se dressait non loin du *Procope*, le premier café de Paris, ouvert à la fin du XVIIe siècle et transformé depuis en bouillon puis en restaurant. Après avoir été le lieu de réunion des encyclopédistes puis de certains chefs révolutionnaires, il n'attirait plus que des habitués et des curieux. À quinze ans, ce lieu était pour lui un musée gratuit.

Un jour, il avait avisé le buste de Diderot et le bicorne de Napoléon. Il avait eu un étourdissement, avait cru entendre des cris guerriers et distinguer une bousculade, tandis qu'une voix murmurait à son oreille : « Soldat Sarde, la patrie sera fière de vous. »

« Vous désirez un siège ? demanda un garçon soupçonneux.

— Non, euh, je regarde, j'attends un camarade. »

Une main s'abattit sur son épaule. C'était lui.

« Eh bien, qu'est-ce que tu fabriques, tu veux que tout le monde nous remarque ? Viens, on va boire un coup et examiner la boutique.

— C'est que… Je n'ai pas un sou, répliqua Julien, cramoisi.

— T'inquiète, des picaillons, j'en ai. »

Ils commandèrent deux martinis blancs, pour jouer les hommes, mais ce fut à peine si Julien trempa les lèvres dans le sien, tandis que son copain avalait une gorgée en grimaçant.

« Tu es toujours partant ?

— Bien sûr, affirma-t-il, hochant le menton avec un peu plus d'énergie que de coutume.

— On a de la chance que la pharmacie soit de garde ce dimanche. Tu as bien pigé ce que tu dois dire au potard ?

— Oui, c'est inscrit là, j'ai répété toute la nuit, répondit Julien en pointant l'index vers son front.

— Il va falloir attendre qu'il n'y ait aucun client et aller très vite. Si on se fait pincer, c'est la maison de correction.

— T'inquiète, je suis Nathanaël, le dernier des Mohicans.

— Et moi Geronimo, trompeta son vis-à-vis, plus inquiet qu'il ne le laissait paraître. (Il regarda autour de lui afin de vérifier que personne n'était à l'écoute et jeta quelques pièces sur la table.) On y va. »

La pharmacie était vide. Julien s'avança vers un grand sexagénaire aux cheveux gris mangés par un calot sombre et portant une longue blouse blanche. Il maniait une minuscule balance sur laquelle il pesait un cornet contenant du tilleul séché.

« Que vous arrive-t-il, jeune homme ? Vous êtes pâle et chancelant : souffrez-vous d'un malaise ? Asseyez-vous sur la banquette, je vais vous chercher un cordial, proposa-t-il d'un ton docte. Un peu d'alcool de menthe suffira », assura-t-il, enfournant un sucre dans la bouche de Julien.

Dans un premier temps, celui-ci se régala, mais bientôt sa langue se colla à son palais et il ne put émettre un son. En quête d'un secours, il leva les yeux vers une succession d'étagères chargées de bocaux en porcelaine alignés à la parade. Des flacons emplis de liquides bleus, rouges ou jaunes altéraient les visages des passants mués en spectres d'opérette, derrière la devanture.

Le pharmacien se frappa le front.

« Excusez-moi, je dois me hâter de livrer ce médicament. »

Il courut verser le cornet de tilleul séché dans un mortier et l'écrasa de toutes ses forces avant d'en emplir une petite boîte qu'il enveloppa de papier.

L'ami de Julien était grimpé sur une balance occupant un coin du magasin et avait glissé une pièce dans la fente. Il lut le ticket éjecté.

« Mazette ! 62 kg ! Ma parole, j'ai grossi, je ne marche plus assez. Il va falloir me mettre au régime, je file un mauvais coton !

— Puis-je vous prier de garder la boutique pendant cinq minutes ?

— Bien sûr, rétorqua Julien, la bouche enfin libérée du sucre.

— Vous vous sentez mieux ? »

Julien Sarde opina avec conviction. Il avait envie de vomir.

La porte tinta. Son coéquipier s'empara d'une bouteille d'huile de foie de morue posée dans un casier et en versa le contenu sur la tommette couvrant le sol.

« Quelle mouche te pique ? » s'écria Julien.

La porte se rouvrit, le pharmacien voulut regagner son comptoir et glissa en beauté sur le sol enduit de graisse. Il atterrit sur le postérieur en poussant un cri guttural. Julien se précipita vers lui et pointa un bout de bois dans le dos de l'homme en blouse.

« Pas un geste ou je tire ! »

Tout en menaçant l'homme à terre, il fut envahi d'une rage inexpliquée et martela les épaules du pharmacien de son poing gauche fermé, fort, de plus en plus fort, comme s'il espérait le tuer.

« Stop, Julien, tu deviens fou ! Calme-toi, marmonna l'autre garçon.

— Petit voyou, arrête ! Je souffre déjà le martyre, j'ai dû me fracturer la jambe », gémit l'apothicaire, les bras croisés au-dessus de sa tête.

Il ignorait encore qu'il boiterait sa vie entière à cause de sa mauvaise chute.

« Qu'espérez-vous, chenapans ? Il n'y a que vingt-trois francs dans la caisse ! »

Julien lança un coup d'œil à son ami, qui s'était noué une écharpe autour de la bouche et cherchait en vain un trésor. Il lui fit signe de le rejoindre en vitesse, et les deux collégiens se sauvèrent à toute allure.

« Je vous retrouverai ! » brama le pharmacien.

Il regrettait amèrement d'avoir une fois de plus oublié de chausser ses lunettes et de ne pas être en mesure d'identifier qui que ce soit. Quant aux voix des adolescents qui l'avaient agressé, difficile de les identifier.

« Ont-ils volé les vingt-trois francs ? » grommela-t-il.

Oui, ils les avaient pris. Après tout, c'était mieux que rien. Mais jamais plus ils ne devaient cambrioler de nouveau un commerçant. Des années plus tard, quand leurs trajectoires se croiseraient une nouvelle fois, ils se livreraient à des activités plus lucratives, au cours desquelles Julien Sarde s'efforcerait de dompter la colère qui sommeillait en lui.

25

Camille fit à Jeremy le récit détaillé des activités de Julien Sarde et s'excusa d'avoir perdu sa trace.

— Ma pauvre chérie, c'est moi qui devrais te demander pardon de t'entraîner dans de telles mésaventures. Viens, je vais te servir un repas.

Camille le devança dans la cuisine, résolue à échapper à l'omelette ou aux œufs miroir qu'il ne manquerait pas de lui préparer. Elle se rappelait avoir acheté la veille des escalopes panées qu'elle comptait bien accompagner de spaghettis.

— Victor n'est pas là ?

— Il est allé baguenauder sur les boulevards. Il m'a expliqué que, lorsqu'il reste trop longtemps au même endroit, il s'ennuie à mourir.

— C'est pour ça qu'il passe sa vie au cinéma !

Heureux comme un gamin qui sèche l'école, Victor était allé au studio des Ursulines. La matinée de 14 h 45 lui avait permis de voir *Entr'acte*, de René Clair, et *La Rue sans joie*, de Georg Wilhelm Pabst, avec Asta Nielsen et Greta Garbo.

Auparavant, il s'était offert un steak au poivre derrière la place du Panthéon, dans un troquet qu'il avait souvent fréquenté quand il était libraire rue des Saints-Pères. Il éprouvait une vague culpabilité à l'idée de manger de la viande, mais après tout il n'avait pas juré à sa famille de ne plus absorber que des légumes.

Quand il regagna la rue, le crépuscule chapeautait Paris. Il n'avait guère songé à l'imbroglio dans lequel s'était fourré Jeremy, mais, de temps en temps, une pointe d'inquiétude lui pinçait le cœur et il s'interrogeait au sujet de la mort du Dr Gilbert. Il n'approuvait pas que son jeune beau-frère se soit laissé entraîner dans ce micmac dont les protagonistes lui paraissaient tous suspects, à l'exception de Sammy.

Il allait traverser la rue de Médicis, quand il aperçut une Minerva verte et blanche garée le long du trottoir opposé. Il admira la carrosserie étincelante. Il crut reconnaître une silhouette arrivant à pied en sens inverse. N'était-ce pas Camille ?

Au moment où la jeune femme passait à la hauteur de la voiture, une portière s'ouvrit brusquement et la passante fut happée dans le véhicule qui démarra en trombe. Victor courut un instant derrière l'automobile en criant, mais fut vite distancé. Il avisa un taxi en maraude, le héla, se rua à l'intérieur et enjoignit au chauffeur de suivre la Minerva.

D'opulentes villas commençaient à coloniser l'île Fanac, où de jeunes gens testaient leur force musculaire grâce à des anneaux accrochés à un portique. Quelques barques dérivaient, chargées de rares passagers transis mais satisfaits.

La Minerva fonça en direction de *Chez Gégène* où une file de randonneurs à chaussures cloutées disputait l'espace à un orchestre ambulant, avec chanteuse à mégaphone, accordéoniste et banjo, interprétant avec conviction le succès de Georges Milton écrit et composé par Vincent Scotto, *Le Trompette en bois*.

Une camionnette faillit percuter un groupe de cyclistes, l'un d'eux montra le poing aux musiciens, l'attroupement grossit, si bien que le taxi dut s'arrêter, alors que la Minerva, déjà envolée, se muait en voiture fantôme.

Victor sortit du taxi et claqua la portière.

— Hé ! Le compteur tourne ! cria le chauffeur, qui se gara.

Victor fit l'inventaire de son portefeuille et préféra régler la note. Il en serait quitte pour un retour à pied s'il retrouvait ceux qui avaient enlevé Camille.

26

Bousculée, malmenée, tirée d'un côté puis de l'autre, Camille, un bandeau sur les yeux, trébuchait à chaque pas sans comprendre ce qui lui arrivait. Dès son enlèvement, elle s'était retrouvée les mains liées et attachée au siège, dont elle n'aurait pu dire s'il était à l'avant ou à l'arrière. Combien étaient-ils dans la voiture ? Que lui voulait-on ? Son cœur s'affolait, elle se trémoussait pour se libérer, mais impossible de remuer ne serait-ce que d'un centimètre tant les liens étaient serrés.

Tout à coup, elle sentit une main lui caresser la cuisse, du côté droit, malaxer la chair mal protégée d'un bas de soie, monter, monter encore, comme une bête obstinée, monter plus haut. Elle gémit, se tortilla, n'obtint qu'un rire pour toute réponse. Des doigts se faufilèrent à l'intérieur de son pantalon de crêpe coupé court.

— On va bien s'amuser, ma gazelle ! Ce n'est qu'un début. Quand nous serons arrivés, j'irai plus loin, pour l'instant je redoute de choquer mon camarade, articula une voix déformée par un tissu.

— Arrête, grogna une autre voix déguisée. Tu auras tout le temps là où nous allons.

— J'ai un excellent programme auquel tu pourras participer, si ça te tente, répondit l'autre.

Camille n'avait jamais eu aussi peur de sa vie. Mais elle essayait de demeurer vigilante et d'identifier les deux personnes auprès d'elle. Les foulards dont les kidnappeurs avaient dû ceindre leur bouche l'en empêchaient. La main de son agresseur s'était immobilisée. Elle demeurait dans l'abri où elle s'était lovée, et, de temps en temps, se rappelait à la mémoire de Camille par un léger frôlement.

La voiture se gara, la portière s'ouvrit, Camille fut brutalement éjectée par celui qui menaçait de la violer. Il l'entraîna sur un chemin caillouteux et, après qu'il eut ouvert une porte qui grinça, elle fut à demi traînée contre ce qui semblait être une paroi.

— J'ai des trucs à terminer, souffla le comparse, je prends la voiture et, dès mon retour, on en termine avec elle.

— Mais avant, je peux m'amuser tant que je veux ?

— Du moment qu'elle n'ameute pas le quartier par ses cris, tu es libre. J'y vais.

— Tu entends, ma jolie, on va passer d'excellents moments ensemble. Évidemment tu n'auras peut-être pas toujours que du plaisir, mais ce sera une expérience passionnante pour moi, ça je te l'affirme !

Elle sentit que de nouveau des mains se glissaient sous ses vêtements et, désespérée, se cabra, ce qui lui valut une claque.

— Sage, ma pouliche, je vais te dresser, moi, alors tu as intérêt à obéir, souffla la voix de l'homme.

Il reprit avec de plus en plus d'insistance ses explorations sous le jupon de dentelle, remonta vers le corsage, l'entrebâilla et agrippa un sein qu'il pressa comme un fruit.

— Tu m'excites…

Elle se rappela soudain un geste d'autodéfense que lui avait appris Jeremy quand ils s'étaient connus et qu'il avait peur qu'elle ne fût victime d'un rôdeur les soirs où elle rentrait tard du cinéma où, grimée en garçon, elle était « tapeur ».

Il fallait se détendre, prétendre accepter tout ce qu'on promettait de lui faire subir, reculer d'un pas et, brusquement, relever un genou pour en frapper le plus fort possible la mâchoire inférieure de son ennemi.

Le coup fut tellement rude que l'homme émit un son guttural et manqua de trébucher. Camille en profita pour attraper le premier objet qui s'offrait à elle, une bêche appuyée contre une cloison de terre battue. Elle en assomma son agresseur, qui s'écroula. Persuadée de l'avoir tué, elle se jeta contre la porte, bien sûr cadenassée, et ne parvint qu'à se meurtrir l'épaule. La douleur irradia dans son bras. Elle aperçut une fenêtre, trop haute pour qu'elle l'atteigne sans l'aide d'un tabouret à trois pieds posé contre le mur. Munie de la bêche, elle s'y percha, la tête protégée par le bandeau imposé dans la voiture. Les carreaux volèrent en éclats.

Elle ôta l'un après l'autre les morceaux de verre demeurés plantés dans le chambranle, et, se débarrassant du bandeau, se risqua à enjamber le bord inférieur. À la lueur du crépuscule, elle distingua un carré d'herbes folles. Elle jeta ses chaussures, s'assit à l'extérieur de la fenêtre et sauta, sans crainte de se blesser une jambe ou une cheville. Elle atterrit sur les talons. Sur sa droite, elle distingua un pont, probablement celui de Joinville.

Elle enfila ses souliers et, malgré les crampes qui la tenaillaient, courut plus qu'elle ne marcha.

27

Victor avait décidé de s'accorder une pause. Il était épuisé et la faim exigeait qu'il se nourrisse un peu. Il s'installa dans une guinguette et commanda une portion de moules frites accompagnées d'un verre de chablis. Il se sentait coupable d'abandonner ses recherches, mais il lui fallait récupérer.

Deux violonistes moulinaient des valses. Sur la terrasse couverte entourée d'une balustrade ajourée, des couples se formèrent. Les chapeaux cloches s'empilèrent sur une console près des feutres mous pendant que, blotties dans les bras de leurs partenaires, leurs propriétaires esquissaient des pas plus ou moins réussis. Quand les musiciens se turent quelques minutes, les danseurs allèrent se désaltérer. Une java leur intima l'ordre de se remettre au travail. Elle fut suivie d'un one-step et d'un charleston. Le plancher, ébranlé par les semelles de crêpe et les talons hauts, évoquait une embarcation sur le point de chavirer.

Victor profita de ce charivari pour exhumer de son portefeuille une photo cornée représentant, quelques années plus tôt, Joseph Pignot, sa femme Iris, demi-sœur de Victor Legris, et leurs enfants, Arthur et Camille, qui en ce temps-là se prénommait encore Jeanne.

Il se dirigea vers le réduit où la plantureuse cuisinière à savates et tablier gras préparait les moules marinières et les frites à 1 franc le cornet.

Il dut crier afin d'être remarqué.

— Cette jeune fille ne vous rappelle personne ?

La cuisinière délaissa un instant sa marmite et regarda la photo.

Elle était perplexe.

— Jamais vue. Vous n'allez pas nous accuser de recevoir des pierreuses, des maquereaux et leur progéniture ?

Un des garçons, serviette sur le bras, s'approcha et se pencha par-dessus son épaule.

— Il me semble me souvenir d'avoir croisé ce garçon et sa sœur le jour où un gamin s'est noyé juste en face, un été. La fille a sauté dans la Marne pour le repêcher. On a alerté les secours, mais c'était déjà trop tard, le mioche était mort. Même qu'on en a parlé dans les journaux. Vraiment, cela ne vous parle pas ? Vous étiez peut-être absente ce jour-là ?

La cuisinière quitta un instant son fourneau et détailla la photo.

— Ouais, peut-être, dans *Le Petit Parisien*. Fichtre, les visages étaient mal dessinés, mais y a bien un gringalet qui a calanché dans la flotte, d'après la couverture. On avait représenté les pompiers rappliquant dare-dare, quel pataquès !

— Les parents étaient là ?

— Ils avaient dû boire un peu trop, vu la chaleur, répondit le garçon. Ils dormaient à moitié sur des chaises longues, le père avait du mal à tenir debout. M'est avis que le môme a été victime d'une syncope. Ou alors on lui avait fait absorber du vin, ou bien il s'est risqué à plonger en apnée.

— Tout ce que je peux vous affirmer, déclama la cuisinière, c'est que notre pinard est léger et n'a jamais étouffé personne. Un des infirmiers qui portaient le corps sur le brancard a zyeuté la fille et a hoché le menton en marmonnant qu'elle avait plus de vigueur qu'il n'y paraissait.

Victor confirma, la fille de Joseph adorait lire les faits divers amoncelés dans les carnets de son père et rêvait de ressembler aux rats d'hôtel qui écumaient les établissements chics de la Riviera. Elle s'entraînait à les imiter, quand elle ne répétait pas ses leçons de piano. Elle préférait les gammes aux exercices violents, mais se battait contre Arthur à la première occasion, prête à chahuter avec lui et à lui prouver que les demoiselles n'étaient pas de faibles créatures.

Tout à coup, un danseur pointa du doigt une silhouette trébuchant sur la rive. Victor accourut, suivi d'une partie des clients, de la cuisinière et du garçon qui l'avait renseigné.

— Camille ! Qui t'a attaquée ? Où étais-tu ?

Elle vacilla.

— Je l'ignore. Ils étaient deux, l'un d'eux m'a malmenée dans la voiture, ensuite ils m'ont obligée à entrer dans une espèce de cabanon, je ne serais pas fichue de dire avec exactitude où il se situe. Là-bas, plus loin.

— Qui étaient ces types ?

— Ils m'ont noué un bandeau sur les yeux, impossible de les décrire. Leurs voix étaient confuses, ils avaient certainement un bâillon. L'un des deux est reparti presque aussitôt. L'autre…

— L'autre ? répéta Victor.

Elle se détourna, gênée.

— L'autre était brutal. J'ai dû me défendre. J'ai saisi une bêche, je lui en ai assené un grand coup sur la tête, je redoute de l'avoir occis.

— Le cabanon, ce doit être celui du père François, un jardinier qui y entrepose du matériel, suggéra le garçon. Inutile de prévenir la police, parce qu'ils seraient capables d'accuser la demoiselle d'être une… enfin, vous me suivez, une de ces donzelles qui vivent de leurs charmes. Je vais aller voir si le bonhomme respire encore.

— D'ici à son retour, installez-vous à l'intérieur, je vous sers un remontant, proposa la cuisinière.

— Auriez-vous le téléphone ? interrogea Victor.

— Oui, au fond de la salle, près des toilettes.

Il tapota le bras de Camille, conscient de son émotion mais jugeant préférable de garder le silence.

Il composa le numéro de Jeremy. Au bout d'un long moment, l'opératrice lui dit que personne ne répondait. Il retourna s'asseoir face à Camille, trop sonnée pour tremper les lèvres dans son verre de cognac.

— Cela vous fera du bien, assura-t-il.

Elle consentit à goûter au cordial, grimaça, se forçant à déglutir.

— Allez, encore un peu, conseilla Victor qui, lui-même, vida son verre d'un trait.

Le garçon réapparut, accompagné des quelques personnes qui l'avaient escorté.

— Il n'y avait personne. Vous n'avez pas dû frapper avec autant de vigueur que vous le pensiez, mademoiselle. Le bonhomme a dû reprendre connaissance. Soit il avait la clé, soit son comparse est venu le chercher, en tout cas le cabanon était vide. Il y avait juste une trace de sang dans la poussière.

Camille hésitait entre la joie de se savoir innocente d'un crime et la peur de subir un nouvel enlèvement.

— Serait-il possible de nous appeler un taxi ? interrogea Victor.

— Pas de problème, je m'en charge, décréta le garçon. C'est pour aller à Paris ?

— Oui, rue de Seine.

Quand ils montèrent dans la Citroën, Camille frissonna. Elle revivait l'instant où elle avait été enlevée.

— Vous seriez capable de décrire la marque ? dit-elle à Victor.

— Une Minerva verte et blanche. Sammy a failli être écrasé par un véhicule identique le jour de l'enterrement du Dr Gilbert.

— À qui peut-elle appartenir ?

Il demeura muet. Il réfléchissait. Des inconnus ? Mais pourquoi auraient-ils enlevé Camille ? Il n'osa lui confier ses suppositions. Il s'agissait peut-être de membres de la troupe. Lesquels ?

Le taxi dépassa un pêcheur assis sur un pliant et feuilletant *Le Temps* à la lumière d'une lampe à pétrole, prêtant peu d'attention à son flotteur qui oscillait mollement au bout de sa ligne. Victor lorgna un pot contenant les asticots et, dégoûté, se détourna.

Des gamins jouaient sur le pont de l'île Fanac. Camille se rappela ce que Jeremy lui avait conté. Penser que Mme Gilbert avait eu une fillette qu'elle adorait, avait joué avec elle, l'avait élevée, emmenée au spectacle, lui avait imaginé un avenir glorieux, tout cela pour en arriver à une mort stupide, étouffée par de la purée ! Cela la renforça dans son désir de ne jamais être mère.

Une noce tardive s'alignait sur un trottoir. Ils allaient tous participer à un festin arrosé au champagne. Si la clarté avait été suffisante, un photographe aurait immortalisé la scène, le petit oiseau se serait envolé dès que l'homme aurait eu la tête enfouie sous un voile sombre. Les mariés et leurs invités se seraient pressés les uns contre les autres, la bouche crispée en un sourire que leurs petits-enfants auraient raillé un jour en consultant des albums aux pages jaunies, songea Camille.

Ils longèrent un square face à la gare. Posé sur un banc, un gramophone distillait des rengaines de Mistinguett, pendant qu'un couple âgé livré au plaisir d'un tendre piétinement s'interrompait parfois pour tourner la manivelle.

Jeremy et elle tangueraient-ils eux aussi dans un lointain avenir au son d'une chanson populaire ? Ou la vie les séparerait-elle avant qu'ils vieillissent ensemble ?

28

L'esprit titillé depuis des heures par un détail relevé dans le cabinet du Dr Gilbert, Jeremy errait dans l'appartement sans parvenir à se remémorer ce dont il s'agissait. Camille et Victor avaient dû décider de passer la soirée ensemble. Il allait profiter de leur absence et gagner le boulevard Saint-Marcel pour retrouver ce qui le tarabustait.

Mme Dupré, la concierge, était en pleine discussion avec une locataire échevelée qui se plaignait d'être constamment dérangée par des démarcheurs. Au vif soulagement de Jeremy, elle ne lui prêta aucune attention. Il en profita pour gagner l'appartement des Gilbert et toquer discrètement, au cas où Hélène dormirait.

Antoinette entrebâilla la porte avant de l'ouvrir en grand. Cet Américain lui plaisait de plus en plus. Elle s'apprêtait à l'inviter à s'avancer quand il lui murmura :

— J'aimerais examiner de nouveau le registre de rendez-vous du Dr Gilbert, la concierge a enlevé les scellés.

— Quoi ? Du sel ?

— Non, des scellés, c'est un cachet de cire empêchant les curieux de s'aventurer dans un lieu surveillé.

— Ils ont rien mis du tout, ni sucre ni sel. Ça tombe bien, parce que les clés, c'est moi qui les ai. Je vous accompagne.

Contrarié d'avoir à subir la présence de la jeune fille, il regagna le premier étage. Comme s'il n'espérait que lui, le carnet de rendez-vous était sur la table. Jeremy tourna les pages sans trop savoir ce qu'il cherchait. Il se remémora les paroles que lui serinait l'oncle Sean : « Tu dois être dans l'instant présent, ni avant ni après. Sinon, tu ne mettras jamais la main sur ce que tu désires. »

Pendant des années, Jeremy avait tenté de comprendre ce que signifiait ce concept. Il l'avait sans cesse combattu, horripilé par les souvenirs qui s'imposaient à lui et les projets qu'il rejetait avec force.

Un miracle se produisit, une étincelle qui, comme le rayon vert lancé par le dernier feu du soleil dans un ciel sans brume, clignota brièvement le temps d'un soupir. Il pointa la bonne page, celle où avaient été notées les adresses de Gaëtan Bardin et de Miranda Marquez. Le même immeuble ! 54, rue de Malte. Elle vivait à l'entresol. Et lui ?

Antoinette toussota dans son dos, il s'avisa de sa présence.

— Excusez-moi, une idée qui me trottait dans les méninges, j'ai vérifié.

— Vous n'allez pas lever le camp tout de suite ?

C'était pourtant bien ce que désirait Jeremy. Il était tard, Camille et Victor allaient sûrement s'inquiéter.

— Madame sera tellement déçue : elle est seule et, à part moi, elle n'a reçu personne aujourd'hui, sinon ce bouledogue de commissaire.

À contrecœur, il la suivit, et frappa à la chambre d'Hélène Gilbert. Elle s'éveilla en sursaut, se redressa dans le lit, s'enveloppa d'un châle au crochet avant de crier :

— C'est vous, Antoinette ?

Jeremy entrebâilla la porte.

— Non, c'est moi. J'espère que je ne vous dérange pas, votre bonne m'a assuré que...

Elle lui fit signe d'approcher. Ce jeune homme la troublait, elle se culpabilisait de l'émotion qu'elle ressentait en sa présence, mais qui aurait osé juger une veuve plus âgée que son visiteur ?

— Je suis venu vous présenter mes hommages...

Jeremy refusait de s'avouer que cette figure alanguie exerçait sur lui un certain charme.

D'un baiser, il effleura sa main et recula sur-le-champ.

— Vous restez ? proposa-t-elle d'une voix qui s'efforçait à l'indifférence.

— Impossible, je vais dîner au restaurant avec ma compagne et mon beau-frère récemment arrivé de Londres. Je passais dans votre quartier, c'est pourquoi... Rien de nouveau concernant l'enquête ?

Peinée, elle laissa retomber son bras.

— Le commissaire est passé en coup de vent ce matin, pour m'apprendre que l'investigation continuait. Il paraissait profondément dégoûté de toute cette histoire et ne parlait que de ses cors aux pieds, de son envie de retraite et du ciel capricieux. Mais j'ai senti qu'il éludait des détails concernant la mort de mon mari.

Jeremy la salua de loin, pressé de la quitter. Antoinette le guettait, et fit son possible pour l'inciter à boire un verre et à grignoter une tartine, car elle le trouvait réellement à son goût. Puis elle lui confia que, l'avant-veille, en effectuant des rangements, elle avait découvert un sac de toile contenant un costume d'Arlequin dans la chambre de Madame, et qu'elle ne comprenait pas pourquoi il se trouvait là. Jeremy voulut le voir, questionna la jeune fille au sujet de la Mi-Carême, et fut surpris lui aussi de savoir que, dans cet appartement voué à la tristesse, quelqu'un avait dissimulé un vêtement aussi excentrique. Antoinette en profita pour se coller à lui, il recula et s'échappa comme un animal qu'on cherche à encager. Elle haussa les épaules. Après tout, il y avait l'autre, et puis, si l'autre se lassait d'elle, il y en aurait de nouveaux.

29

Quand il atteignit le 31, rue de Seine, Jeremy était épuisé par la marche et par les questions qu'il se posait au sujet du costume. De plus, il était affamé. En un clin d'œil, il atteignit le palier, saisit sa clé et pénétra dans l'appartement. Quelle ne fut pas sa surprise de trouver Victor, assis sur une chaise dans la cuisine, s'efforçant vainement de consoler Camille, lovée contre lui, en larmes.

— Un accident ? s'écria-t-il en s'agenouillant devant elle.

— Des chenapans en voiture, répondit Victor.

— Quoi ? Ne me dites pas qu'on l'a... ?

— J'ai assisté à la scène par hasard, j'ai sauté dans un taxi pour rattraper les kidnappeurs, en vain. Ils m'ont échappé à Joinville-le-Pont. J'ai cherché autant que j'ai pu.

Victor s'abstint d'évoquer sa pause dans la guinguette.

Maîtrisant ses sanglots, Camille articula quelques paroles.

— Ils m'ont bâillonnée, je n'ai pas réussi à émettre un son. Ils portaient probablement un masque. Ils m'ont...

Elle hésitait à mentionner les attouchements dont elle avait été victime. C'était au-dessus de ses forces. Elle jugea préférable d'omettre ce point.

— Ils m'ont enfermée dans un endroit que je ne saurais te décrire.

— Ils t'ont... ?

— Juste injuriée. L'un d'eux est reparti, l'autre m'a menacée, j'ai eu très peur mais j'ai réussi à mettre en pratique le coup que tu m'as enseigné, frapper sous le menton, et j'ai profité de sa douleur pour arracher le bandeau qui m'aveuglait, saisir une bêche et ratatiner cet odieux personnage. J'ai cru l'avoir trucidé. J'ai cassé un carreau, je me suis évadée, et... Victor n'était pas loin, heureusement.

Jeremy serra l'épaule de son beau-frère, devinant que Camille avait vécu des instants périlleux.

— Merci, souffla-t-il.

— Je suis heureux de cette succession d'événements fortuits. C'est une coïncidence si j'ai été témoin de ce kidnapping. La voiture était une Minerva verte et blanche.

— Bizarre, il me semble que Sammy a conté avoir manqué être écrasé par le même modèle d'automobile le jour de l'enterrement du Dr Gilbert.

— Reste à prouver qu'il s'agit du même véhicule, répliqua Victor.

— Viens, ma chérie, il faut que tu te calmes et que tu dormes.

— Voulez-vous que nous tentions d'épingler ces bandits cette nuit ? demanda Victor.

— Non, il vaut mieux nous reposer, nous sommes trop éreintés, et puis il est tard, répondit Jeremy.

— Prévenir la police ?

— J'aime mieux tenir Auguste Dorval à l'écart de cette histoire, il serait fichu de suspecter l'un de nous deux.

Les deux hommes échangèrent un regard inquiet et soulagé et, tandis que le couple gagnait sa chambre, l'ex-libraire descendit fumer une cigarette dans la cour.

Il avait promis à Tasha de renoncer au tabac, mais ce soir-là, il avait besoin de cette béquille.

Lorsque Jeremy ouvrit les yeux, il était transi. Camille s'était enroulée dans les couvertures, et il n'avait pour protection que son pyjama. Le poêle à charbon destiné à chauffer leur chambre était éteint. Jeremy n'aimait pas le laisser fonctionner pendant leur sommeil.

Grelottant, il s'empressa de le rallumer, puis courut à la fenêtre. Il avait gelé, la cour était saupoudrée d'une fine couche semblable à du sucre.

Il découvrirait plus tard la première édition des journaux. On annonçait que les vergers avaient été frappés cette nuit-là par un froid polaire coupable d'importants dégâts.

Victor frappa. Il apportait un petit déjeuner disposé sur un plateau. Jeremy lui fut reconnaissant de sa prévenance.

— Avez-vous réussi à dormir ?

— Moi, à peu près, mais j'ai entendu Camille gémir.

Elle ouvrit les yeux et les dévisagea sans comprendre où elle était. Peu à peu les souvenirs surgissaient. Elle émit un soupir et porta une tasse emplie de café noir à ses lèvres. Incapable d'avouer les caresses auxquelles elle avait été soumise dans la Minerva, elle éprouvait la honte de n'avoir pas résisté davantage.

— Je dois absolument m'exercer aujourd'hui. Et vous, qu'allez-vous décider ?

Victor s'installa dans un fauteuil à bascule.

— Vous avez une répétition ce matin ? dit-il à Jeremy.

— Non. Gaëtan et Julien sont indisponibles. Sammy les a entendus se disputer à voix basse, il a eu l'impression que Gaëtan essayait de calmer son ami remonté contre lui. Je vais aller chez Gaëtan, il habite 54, rue de Malte. J'en profiterai pour m'entretenir avec Miranda Marquez. Vous saviez qu'en réalité elle est née Pioche ?

Victor secoua la tête.

— En ce cas, je vous propose d'aller me renseigner rue de Mouzaïa sur Tom Brighton.

— Si vous ne le dégotez pas, allez passage Brady, dans le 10e. Je le soupçonne d'avoir des démêlés avec Julien Sarde, qui lui-même est impliqué dans un trafic douteux qui rapporte pas mal d'argent. Qui sait s'ils ne sont pas rivaux ? Enquérez-vous d'Anatole, il travaille dans le magasin d'un loueur de costumes dont le nom m'échappe, on y propose des toges romaines aussi bien que des habits de petits marquis.

Victor tâta sa poche, rassuré d'y deviner le contour d'un paquet de cigarettes. Il réfléchissait à l'enquête que menait Jeremy. Comment l'aider ? Il envisagea diverses tactiques. Il y avait beaucoup de suspects, mais il ne parvenait pas à se forger une opinion.

— Quand vous en aurez fini avec Gaëtan et Miranda, vous devriez aller toquer chez Julien Sarde.

— Jurez-moi que vous serez prudents ! implora Camille.

Ils levèrent chacun la main droite, et elle se sentit rassurée.

Elle tituba vers la chambre à coucher et s'affala sur le lit. Elle espérait dormir sans cauchemars.

30

Samedi 20 mars 1926

La maison où habitait le bibliothécaire était encore plus charmante en plein jour que de nuit. Des jonquilles couchées par le froid dansaient sur une pelouse où les herbes folles dessinaient des motifs complexes et promettaient la naissance printanière de primevères et de pissenlits.

Lorsque les glycines allaient éclore, les grilles rouillées disparaîtraient sous des grappes mauves ou blanches. Victor grimpa les trois marches menant au perron et frappa.

— C'est pour quoi ? demanda une voix de rogomme.

— Je suis un ami de M. Brighton, j'habite Londres et je suis de passage à Paris.

Sans qu'aucune clé n'ait été actionnée, la porte s'ouvrit. Une femme massive, entre deux âges, plantée sur de larges jambes enflées de veines bleues, se tenait devant lui. Elle n'était pas grande mais on sentait qu'elle était vigoureuse et que mieux valait ne pas s'en prendre à elle.

— M. Tom est parti de très bonne heure pour la bibliothèque. Je parie qu'un chenapan y a encore chapardé des bouquins. C'est déjà arrivé plusieurs fois, vous savez, et ce pauvre monsieur, on essaie de lui faire porter le chapeau !

Comme pour illustrer ces paroles, Victor souleva son feutre et s'éloigna. Il commençait à regretter d'avoir proposé son aide à Jeremy. Il eût volontiers assisté à une projection du *Château de la mort lente*, film au titre alléchant mais aux origines inconnues, projeté au Carillon, mais serait-il disponible à temps ?

Au lieu de quoi il lui fallait traverser la moitié de la capitale pour gagner un passage dont il n'avait pas le souvenir et s'enquérir de Tom Brighton. L'Anglais avait-il participé à l'enlèvement de Camille ? Il décida de s'offrir un taxi, malgré l'augmentation des tarifs. Le chauffeur, qui débarquait à peine d'Italie, se perdit et le déposa boulevard Magenta. Il fut gratifié d'un maigre pourboire.

Victor en profita pour examiner de près le restaurant Véry où, le 30 mars 1892, le garçon Lhérot avait causé l'arrestation de Ravachol. Les admirateurs de l'anarchiste, voulant le venger la veille de sa comparution devant les Assises, avaient fait exploser dans ce restaurant des bombes, responsables de la mort de deux personnes, dont le patron, et des blessures de trois autres.

Victor s'engagea sans enthousiasme dans l'étroit passage où, à cette heure matinale, ne flânochaient que des bambocheurs incapables de marcher droit.

Le magasin du loueur de costumes était vide. Il déambula devant des danseuses à chaussons roses, des grognards de l'Empire, des courtisans du Roi Soleil couverts de rubans, mais aussi des cow-boys à lasso et des chasseurs de baleines munis de harpons. Il soupçonnait des Indiens de s'être embusqués dans les profondeurs de la boutique.

Un vendeur à l'air snob se dressa devant lui. Son costume lui donnait l'apparence d'un employé de la Samaritaine. Il commença par prévenir Victor que, s'il souhaitait une tenue excentrique, il serait prié de déposer une caution, qu'on lui proposerait des retouches payantes s'il en avait besoin, et que le tarif était lié au nombre de jours pendant lesquels il garderait la tenue emportée.

— Vous êtes français ? demanda-t-il.

— Oui, mais je suis né à Londres, et j'y habite depuis plus de vingt ans.

— Je me disais bien, aussi, cette distinction, ce maintien... Aimeriez-vous devenir Richard III ou Macbeth ?

— Je vous remercie, mais je préfère des personnages plus pacifiques, et puis, pour tout vous avouer, me déguiser n'est pas ce qui m'attire chez vous. En réalité je suis à la recherche d'un certain Anatole, qui a promis de répondre à quelques-unes de mes questions.

Le vendeur s'écarta d'un air méfiant.

— Vous ne seriez pas policier, par hasard ?

— Je déteste ces messieurs de la Grande Maison, je suis journaliste, et je me renseigne dans le but de rédiger des articles dont les thèmes abordent la vie contemporaine. Mais en aucun cas je ne révèle les noms de ceux qui me renseignent, l'anonymat de chacun est respecté. Je ne me sens pas de goût pour les règlements de comptes, encore moins pour les procès, et puis le directeur du canard me flanquerait à la porte si je ne respectais pas mes engagements.

L'homme se massa le cuir chevelu, visiblement embarrassé.

— J'accepte de vous croire. Le hic, c'est que le père Anatole n'est pas venu travailler. Il nous a écrit un mot déposé par un gosse, il est soi-disant malade et il a de la fièvre. Je penche plutôt pour une de ces cuites dont il est coutumier. Voulez-vous que je vous note son adresse ?

Bien que la connaissant grâce à Jeremy, Victor opina du chef.

— Et, bien sûr, ne me mêlez en rien à vos affaires, vous n'aurez qu'à prétendre avoir appris son lieu de résidence par l'entremise d'une relation commune.

Ce qui, d'ailleurs n'était pas un mensonge, songea Victor en empochant le papier sur lequel était griffonné : *25, rue des Petites-Écuries*, et en glissant dans la main du jeune homme un billet froissé de dix francs.

Un remerciement discret lui fut murmuré tandis qu'il gagnait à longues enjambées la porte ouvrant sur le passage Brady.

31

Le père Anatole habitait dans une mansarde voisine de celle où, d'après une plaque apposée dans la rue, était mort chez son fils, en 1809, un célèbre brasseur nommé Santerre.

Le locataire ouvrit prudemment sa porte en entendant toquer. Une bouilloire à la main, il s'apprêtait à verser dans une tasse emplie de graines de l'eau dont la fumée embrumait ses épais favoris gris.

Le nez bouché, il marmonna :

— Excusez-moi, je suis malade, la gorge, une enflure soudaine. C'est l'atmosphère de cette ville enfumée, ça me prend comme ça, sans crier gare. Alors, je puise dans mon sac de bouillon blanc et je me concocte une infusion à laquelle je mélange du miel d'eucalyptus. À la boutique, ils prétendent que je raconte des craques et que je suis en réalité bourré. Ils ne savent pas que j'ai une allergie à la poussière et à l'air confiné. Je m'en tamponne le coquillard de leurs médisances, parce que je suis comme je suis. Au fait, c'est pour quoi ?

Victor songea que l'homme n'était guère méfiant ni curieux. Il pénétra dans une chambre où des piles de vêtements et des morceaux de tartan s'entassaient sur des revues chiffonnées et des épluchures de fruits. Il réussit à dégager une chaise paillée pour y prendre place.

— Un de mes amis est en rapport avec deux copains qui se procurent chez vous une poudre blanche et légère qu'ils adorent. Une autre de mes relations semble s'approvisionner en solitaire chez vous. Comme moi-même je suis friand de cette camelote, et qu'ils m'ont confié votre adresse…

— Ils ont des sobriquets, vos copains ? demanda le père Anatole, le front plissé de suspicion.

— L'un se fait appeler M. Julien, l'autre M. Gaëtan.

Le visage du père Anatole s'éclaira.

— Alors aucun problème, j'ai été livré aux aurores et j'ai de quoi les satisfaire, et vous aussi, monsieur… ?

— Dorval, énonça Victor, pensant au commissaire chargé de l'enquête.

— Le temps de boire ma potion et d'aller farfouiller dans la cuisine, je vous apporte la marchandise. J'espère que vous vous êtes muni de l'oseille.

— Quand l'argent parle, il dit souvent au revoir, remarqua Victor.

— C'est curieux quand même, ils m'avaient affirmé qu'ils feraient un saut dans la matinée.

— Ils ont un empêchement, à cause de la pièce sur le Minotaure que Gaëtan a écrite et qu'un ami est en train de monter.

— Ah, cette fameuse histoire. M'est avis que M. Bardin perd son temps et qu'il ferait mieux de consacrer son talent à l'Écosse. J'ai tous les costumes nécessaires.

Inquiet, Victor se demanda combien pouvait coûter la fameuse poudre blanche. Il enfonça sa main droite dans la poche de son pardessus.

— Vingt francs seront-ils suffisants ?

Le père Anatole éclata de rire.

— Si c'est une blague, elle est bien bonne. Avec ça, je ne peux vous vendre que le quart d'un paquet, or il vous en faut au moins vingt pour vos amis, et un pour vous.

Ou même deux, puisque vous m'avez cité un troisième individu, dont vous ne m'avez pas livré le nom, d'ailleurs.

— M. Nicolas.

— Inconnu au bataillon.

— Sa logeuse affirme pourtant qu'il vous a rendu visite. Il a pu vous fournir une autre identité. Brighton ? Bright ? Dédale ?

Le père Anatole claqua des doigts.

— Dédale, c'est cela ! Une pointure étriquée. Il m'a supplié de lui céder un sachet de trente grammes pour des demoiselles peu vertueuses et des touristes. Je ne ferai pas affaire avec lui plus d'une fois. Donc, un seul sac pour vous ?

— Maintenant que le chemin est tracé, je repasserai. Aujourd'hui je ne me charge que des commandes de M. Julien et de M. Gaëtan.

— Mettons que vos vingt francs seront un acompte, j'ai confiance en MM. Julien et Gaëtan, je les fournis depuis un bail et ils ont toujours été réglo.

Le père Anatole se gargarisa, cracha, se versa un nouveau verre de tisane qu'il avala. Il lança un quotidien à Victor.

— Attrapez, ça vous permettra d'attendre, comme chez le toubib. Il y a eu un procès tout à fait passionnant à la 10e chambre correctionnelle.

Victor déplia le journal et lut que, devant un public élégant et nombreux, un ex-pensionnaire de la Comédie-Française avait été poursuivi après avoir livré cinquante grammes de cocaïne à une dame qu'il comptait séduire. Il avait nié farouchement, mais la dame l'avait trahi, ce qui n'avait pas empêché le jury de la condamner à une amende de quatre mille francs, et son pourvoyeur à une de six mille francs. Victor songea un bref instant à Guillaume Fleury. Non, il ne semblait pas intéressé par ce genre de combine. Il se dit que ses vingt francs étaient en effet de la roupie de sansonnet, et qu'il allait se renseigner sur la valeur véritable de ce juteux trafic auquel il était bien malgré lui mêlé.

Le père Anatole traîna la jambe, un sac de toile à la main.

— Voilà, je l'ai empli des sachets pour vos copains.

Il eut un soudain accès de méfiance.

— C'est bien pour eux que vous travaillez, monsieur Dorval ?

Victor sortit de son portefeuille un vieux bristol de la librairie Elzévir et le montra au père Anatole en plaçant son pouce sur les noms des associés de l'époque, lui-même, Victor Legris, et Kenji Mori.

— Je suis libraire, au 18, rue des Saints-Pères. Aucune crainte à mon sujet, M. Gaëtan m'achète toute la documentation dont il a besoin.

Il compta ses pièces.

— Vous me donnez un reçu ? demanda-t-il, gêné.

— Pour quoi faire ? Je vous ai dit qu'on était comme cul et chemise, eux et moi. Ils me verseront le reste dès qu'ils en auront l'occasion, ni vu ni connu j't'embrouille.

Victor serra du bout des doigts la main aux ongles noircis et redescendit les étages jusqu'à la cour où des marmots jouaient à colin-maillard.

32

Accoudé à son balcon, au troisième étage de la rue de Malte, Gaëtan Bardin observait avec lassitude les allées et venues des rares passants pressés.

« Pourquoi s'agitent-ils comme des puces ? La vie n'est pas un marathon et, au bout de tout ça, on dégringole au fond d'un trou dont on ignore la raison d'être, alors autant ralentir et se détendre un peu quand on en a l'occasion, sinon on perd la boule et adieu la sérénité… »

Et pourtant, il était tout sauf serein. D'un naturel anxieux, il se rongeait les sangs pour sa pièce qu'il jugeait aussi médiocre que ses interprètes. La veille, il s'était violemment querellé avec Miranda Marquez, dont il était jaloux. Elle était partie en claquant la porte.

Dans son sommeil, il avait été tourmenté par un homme masqué qui le pourchassait, un revolver à la main, s'arrêtant parfois pour le viser.

Quand il s'était éveillé, à l'aube, il était demeuré pantelant, souhaitant vainement parvenir à se rendormir.

Un léger coup à la porte le détourna vivement du balcon. Figé par la peur, il hésitait à ouvrir. Il espérait que Miranda remontait l'embrasser. Il entrebâilla. La déception qui s'afficha sur son visage indiquait clairement que Jeremy Nelson n'était pas la personne qu'il rêvait d'accueillir.

À contrecœur il le pria d'entrer.

— Que désirez-vous de si bonne heure ?

— Je vous ai tiré du lit ? Je suis désolé. Ma... fiancée a été kidnappée hier en fin de journée. Par bonheur, elle a réussi à s'échapper de la cabane où on l'avait recluse à Joinville et où un homme au visage recouvert d'un bâillon la menaçait. Elle l'a assommé et a réussi à s'enfuir.

— En quoi cela me concerne-t-il ? Vous n'insinuez quand même pas que... ?

Ronds comme des soucoupes, les yeux de Gaëtan Bardin fixaient son interlocuteur. Un sourire acerbe déforma sa bouche.

— Ma chère Ariane, Miranda, m'a envoyé balader parce que je lui avais fait une innocente réflexion sur ses fréquentations. Elle a filé et regagné ses pénates à l'entresol. Moi, je me suis bouclé ici et j'ai passé une nuit abominable. J'avais rendez-vous avec Julien Sarde ce matin, mais je lui ai téléphoné pour le décommander. Je ne sais pas pourquoi je vous raconte ma vie, vous n'êtes pas policier !

— Non, et le commissaire n'a pas été alerté. Il s'agit de Camille, la femme que j'aime, et toute la troupe me paraît suspecte. Avez-vous des preuves de votre présence ici ?

— Et puis quoi ? Pas de preuves, il faudra me croire sur parole. Côté complications féminines, Miranda me suffit largement !

— Serait-il possible de lui parler ?

— Elle risque de ne pas répondre, elle était d'une humeur de chien quand elle m'a largué. Vous permettez que je boive un café ? Mon sommeil a été haché. Je vais aussi manger un peu, une biscotte tartinée de miel. Je vous en prépare une ?

Jeremy secoua la tête.

— Un café suffira, merci.

Gaëtan fila vers la cuisine.

Impatient, Jeremy s'empara d'un sulfure de Murano et l'étudia de près. Les filaments colorés emprisonnés dans la boule de verre soufflé lui paraissaient figurer les vies humaines enchaînées par leur destin, si heureux soit-il. Il reposa le sulfure sur une table basse encombrée de lettres. Une mélodie irlandaise de Reynaldo Hahn trottait dans sa mémoire.

Gaëtan revint, portant un plateau qu'il posa sur un guéridon. Jeremy but une gorgée du breuvage sans goût et réprima une grimace.

— J'ai été la proie d'un songe affreux qui contredisait la bienveillance de mon cousin, avoua Gaëtan. Il cherchait à me tuer avec un pistolet.

« Ma parole, il se croit dans un western », se dit Jeremy, qui écarta en catimini la tasse de café.

— Au fait, votre cousin et sa femme ont eu une petite fille…

Gaëtan éloigna lui aussi son breuvage.

— Oui, elle avait trois ans quand elle est morte, elle s'est étouffée en mangeant de la purée, une histoire terrible, Hélène ne s'en est jamais remise.

— Et votre cousin ?

— Gilbert n'a cessé de se reprocher cette mort, il évitait d'en parler, mais on se rendait bien compte qu'il était tourmenté en permanence par ce qui était arrivé. (Il porta les mains à ses paupières où brillaient des larmes.) Ne pleurez pas parce que c'est fini, mais souriez parce que c'est arrivé. Cette enfant aurait pu ne jamais exister.

Jeremy se releva, désigna la porte et suggéra :

— Croyez-vous que nous puissions avoir un entretien avec Mme Marquez ?

— Miranda ? Quel prénom ridicule, quand on songe qu'elle se nomme en réalité Géraldine Pioche !

Jeremy se garda bien d'avouer qu'il avait été informé du véritable patronyme de cette artiste.

Pendant ce temps, les yeux cernés, Miranda s'enduisait de fard à paupières. Elle aussi avait passé une nuit blanche. Elle s'était creusé les méninges pour donner à une de ses liaisons une importance qu'elle n'avait pas, afin que la jalousie de Gaëtan prenne des proportions telles que le quitter soit la seule option possible.

Très différentes étaient ses autres intrigues amoureuses. Catherine Cognat, dont elle avait fait la connaissance lors de la soirée de Noël 1925 à l'hôtel d'Orsay, l'attirait beaucoup, même si elles n'étaient encore que des amies. Miranda avait décroché pour elle le rôle de Dionysos dans la pièce que montait Gaëtan Bardin.

L'autre, l'amant au caractère instable, ne comptait que dans la mesure où, malgré la dureté de son tempérament, il se pliait à ses volontés et à ses caprices. Ils avaient des rendez-vous ponctuels, en fonction de leurs projets communs. Elle lui téléphonait fréquemment, sans que Gaëtan le sache, mais parfois, comme la veille, elle livrait des informations susceptibles de l'inquiéter quant à la fidélité de sa maîtresse, de manière à le tenir en bride.

Vêtue d'un peignoir de soie rose assez échancré, Miranda fut surprise de la venue de Jeremy, derrière lequel, penaud, tentait de se dissimuler Gaëtan.

— Que me vaut l'honneur de cette visite impromptue ? demanda-t-elle en s'effaçant pour leur laisser le passage.

Jeremy se casa non sans peine dans la petite chambre emplie de déshabillés, de boas de plumes, de bijoux en toc. Des confettis mouchetaient le sol, prouvant que la locataire était allée s'amuser à la Mi-Carême mais se souciait peu du ménage.

Gaëtan se glissa à sa suite, s'efforçant de ne pas trop se faire remarquer.

— Je n'avais qu'une question à vous poser, déclara Jeremy. Avez-vous par hasard croisé ma compagne, Camille, hier soir ?

— Il s'imagine que nous l'avons séquestrée ! ironisa Gaëtan.

— Hier soir, j'ai tenté de me coucher de bonne heure, rétorqua sèchement Miranda. Mais à peine étais-je ici que le gardien de l'atelier où je peins des visages de mannequins, rue de Crussol, m'a avertie qu'on s'était introduit chez Pierre Imans, juste après la fermeture. Il s'en est aperçu parce qu'il avait oublié sa musette. On a abîmé un personnage de cire, un pur acte de vandalisme. J'ai eu peur, je me suis bouclée à double tour et j'ai eu beaucoup de mal à me rendormir.

— Pourquoi n'es-tu pas remontée me raconter ça ? s'exclama Gaëtan.

— Après notre charmante conversation ? Je n'en avais guère envie, figure-toi.

Gêné, Jeremy toussota.

— Je vais me vêtir et aller constater les dégâts, ajouta Miranda. Du coup, je ne viendrai pas à la répétition car la police va sûrement fouiner.

Gaëtan exhala un soupir de lassitude.

— Il manque toujours un ou deux acteurs – si on peut appeler ça des acteurs ! Comment voulez-vous que nous achevions cette pièce ? C'est du sabotage ! Bon, eh bien, on annule, mais lundi on travaille sans faute !

— Oh, un autre point à élucider. Y a-t-il un personnage d'Arlequin dans la pièce ? interrogea Jeremy.

— Qu'est-ce qu'un Arlequin viendrait faire dans la légende du Minotaure ? grommela Gaëtan.

Jeremy n'émit aucun commentaire. Comment être certain que ces deux-là disaient la vérité ? Il allait devoir sonder les acteurs un par un et il ne savait comment l'annoncer à Camille, qui se plaignait de ce que la préparation de leur duo jazz-classique piétinait.

Ils n'étaient pas plus tôt partis que Miranda se précipita vers le téléphone.

33

La rue Mouffetard, qu'en argot on nommait la « Mouffe », abritait une population étrange, mélange de commerçants en boutique et de vendeurs à la sauvette. Des fruitiers, des fromagers, des bouchers avec pour enseigne une tête de cheval dorée, des crémiers occupaient les façades. L'étroite chaussée était le domaine des fleuristes, des marchandes de bottes d'ail, de bougies, de légumes cuits, de frites et de saucisses.

Antoinette, dont le plus long voyage avait jusqu'alors été Lille-Paris, adorait faire les courses dans ce souk évocateur de contrées exotiques.

« On peut apporter son manger », lisait-on sur les devantures des débits de boissons. Ils étaient plus de soixante à disputer les trottoirs aux épiciers et aux charcutiers, et ils attiraient une pègre assoiffée qui allait cuver son vin dans le square de l'église Saint-Médard.

À l'angle de la rue Jeanne-d'Arc prolongée et du boulevard Saint-Marcel était justement avachi sur le trottoir un vieux mendiant au visage mangé par des cheveux et des poils grisonnants. Antoinette n'était pas d'une nature généreuse, mais ce clochard à moitié ivre l'attendrissait, peut-être parce qu'il ressemblait vaguement à son père. Trois fois par semaine, elle lui donnait une pièce prélevée sur l'argent destiné aux courses.

Elle posa ses deux cabas débordants de légumes et jeta vingt sous dans le chapeau retourné sur le sol. Le vieillard mâchonna un « merci ! » léthargique. Une dame à pince-nez s'arrêta pour sermonner Antoinette.

— Il va le boire, votre argent ! Vous vous croyez charitable, mais vous encouragez son vice.

Révoltée, Antoinette s'écarta d'elle comme d'un serpent venimeux.

— Ah, vous me faites marrer, avec votre morale bien pensante ! Vous ne savez pas ce que c'est que de crever la dalle par terre sans que personne s'intéresse à vous ! Vous traitez les pauvres en pestiférés, et en plus vous les montrez du doigt s'ils essaient de se consoler autrement que par des patenôtres ! Vous me dégoûtez, tiens !

Outrée, la dame au pince-nez prit le large, tandis que le vieux clochard l'invectivait :

— Déguerpis, rombière ! Ainsi que l'affirme Courteline, la vérité est au fond du verre !

Il adressa un clin d'œil à Antoinette. Elle s'éloigna en se demandant qui pouvait être cette courte Line.

Lourdement chargée, elle s'accorda une pause sur le palier du premier étage. Bien qu'elle ne vît personne, elle devina qu'il y avait quelqu'un au-dessus d'elle. Un souffle, une ombre le lui suggéraient. Elle reprit son ascension avec une légère appréhension.

Quand elle découvrit qui l'attendait à l'orée du deuxième palier, la joie l'envahit. Elle s'apprêta à courir se jeter dans les bras de la silhouette campée comme un piquet sans manifester à sa vue de bonheur apparent. Bien au contraire, la silhouette descendit de son perchoir pour lui intimer le silence. Ses avertissements emplis de colère paralysèrent l'élan de la jeune fille.

Deux mains la repoussèrent brusquement vers l'arrière. Le coup était inattendu, brutal. Les cabas dégringolèrent les premiers en une pluie de poireaux, de pommes de terre, de carottes, de choux qui dévalèrent l'escalier, aussitôt accompagnés par un corps dont les bras battaient l'air sans réussir à s'accrocher à la rampe. Le choc fut violent.

Allongée sur le dos, Antoinette eut à peine le temps de distinguer la silhouette qui se penchait vers elle, sur le premier palier, avant que son regard s'embrume et qu'elle quitte à jamais l'escalier du 61, boulevard Saint-Marcel, Paris, le monde, et sa chétive existence. Une porte s'entrouvrit, une femme en camisole et savates poussa un hurlement en découvrant le cadavre et cria :

— Au secours, il faut appeler les pompiers, la police, vite !

Puis elle claqua sa porte.

Quelques minutes plus tard, la même femme, à présent décente, se hâta d'aller ramasser quelques légumes éparpillés sur les marches.

Quand, une demi-heure plus tard, le commissaire Dorval se courba vers la petite bonne inanimée, il constata :

— Le coup du lapin.

Le médecin légiste approuva et marmotta :

— Elle a été entraînée par ses provisions. Comme quoi un seul sac vaut mieux que deux, quand on va au ravitaillement.

— Fausse manœuvre, réellement ? bredouilla le commissaire. On pourrait l'avoir poussée.

— C'est envisageable, répondit le médecin, mais il va vous falloir le démontrer.

34

Camille s'était absentée pour la matinée, en quête de partitions. Victor avait rendez-vous avec le propriétaire d'un cinéma. Jeremy tira parti de sa liberté pour cueillir les vêtements disséminés sur les dossiers des chaises et le lit, les plier, les ranger dans les armoires fleurant bon le clou de girofle, arme antimite préférée de Camille.

Aussi le grelot de la sonnette le contraria-t-il. Un distributeur de prospectus ? Le facteur ?

Nez à nez avec Miranda Marquez, parée d'un ensemble jaune et d'un chapeau cloche bleu turquoise, il eut du mal à proférer une syllabe.

— Je vous effraie donc à ce point ? pépia-t-elle, pénétrant dans l'appartement sans en avoir été priée. Je suis porteuse d'une mauvaise nouvelle. Antoinette est tombée à la renverse dans l'escalier de l'immeuble, boulevard Saint-Marcel. Sa nuque a trinqué, elle est décédée sur le coup.

Il la contemplait d'un air stupide sans parvenir à croire que la petite bonne eût rendu l'âme. Il se calma, offrit un fauteuil où Miranda se laissa choir.

— Je subodore que la police a été alertée. Est-on convaincu qu'il ne s'agisse pas d'un crime ?

— Comment en serait-il question ? La sotte était lestée comme un bourricot. Elle a été entraînée par le poids de sa charge. Évidemment, quand une petiote s'amuse à ce genre de jeu… Asseyez-vous donc, vous êtes si grand que je me démanche le cou !

Qu'il était séduisant, ce grand échalas ! Elle allait de nouveau admirer son regard noir.

Jeremy s'installa sur un tabouret.

— Hélène est en partie responsable. Elle n'avait guère de considération envers la gamine. Antoinette trimait pire qu'une esclave.

Jeremy se garda d'objecter que la demoiselle ne lui avait pas donné l'impression d'être exploitée. En revanche, il cita sans crainte l'épisode des rideaux brûlés.

— J'ai constaté les dégâts, j'ai humé une odeur de pétrole, j'en ai déduit qu'Hélène Gilbert avait un ennemi.

Les yeux écarquillés, Miranda digéra cette nouvelle avant de chuchoter :

— Alors, je reviens sur ce que j'ai déclaré. Ce n'est probablement pas un déséquilibré qui l'a fait chavirer. Car, je le sais depuis peu, Gaëtan courtise cette hypocrite d'Hélène. Supposons qu'Antoinette les ait surpris, qu'une première fois ils aient tenté de la tuer et que, ce matin, ils y soient parvenus d'une façon quasiment naturelle… Aviez-vous alerté la police, à propos du feu ?

— J'avais conseillé à Antoinette de s'en charger, afin qu'un agent surveille la maison. Elle a préféré garder le silence, semble-t-il. Gaëtan a-t-il fait la cour à Hélène avant le meurtre de son cousin ?

Miranda eut un rire méprisant.

— Qui peut affirmer qu'Hélène et Gaëtan ne sont pas complices dans des activités illicites ?

— Et vous ? lança Jeremy. Et ce mannequin esquinté chez Pierre Imans ?

— Moi, je suis honnête, je vis de mon travail au côté de personnes dignes de confiance, comme Clovis Trouille.

Ils se turent un long moment. Jeremy devinait que Miranda eût été une proie consentante. Mais l'image de Camille se dessina en lui, l'empêchant de céder aux caprices de la chair.

— Une investigation est en cours, on me réclame à l'atelier afin de répondre aux questions d'un inspecteur, dit Miranda, avant de partir.

35

Cet après-midi-là, le commissariat de la rue aux Ours fut le théâtre d'une effervescence continue.

Après avoir répondu aux questions concernant l'affaire de la rue de Crussol, dont elle jurait tout ignorer, Miranda Marquez fut longuement interrogée au sujet d'Antoinette.

— Hélène Gilbert nous a appris que c'était votre cousine. Vous vous êtes bien gardée de le divulguer.

— Et pourquoi l'aurais-je claironné ? Nos relations étaient distantes, je l'avais simplement aidée à décrocher cette place chez les Gilbert parce qu'elle voulait fuir Lille, où elle habitait après avoir grandi à Tourcoing. Elle rêvait de vivre à Paris, ce que je n'avais aucun mal à concevoir, étant moi-même originaire du Nord.

— Comment avez-vous déniché cet emploi pour Antoinette ?

— Je fréquente Gaëtan Bardin depuis un bail, ne me répliquez pas que vous ne le saviez pas ! C'est lui qui m'a parlé du poste vacant chez les Gilbert. Je leur ai aussitôt rendu visite afin de vanter les mérites de ma cousine.

— Et vous vous entendiez avec elle ?

Miranda haussa les épaules.

— Nous n'avions guère l'occasion de prendre le thé ensemble, ce n'était qu'une petite oie. Cela dit, je l'aimais bien, et je suis navrée qu'elle soit décédée si tôt. Ses parents ont été prévenus ?

Auguste Dorval décida de rester sourd aux attaques de sa prostate et hocha la tête.

— Par télégramme. Vous êtes libre, je vous contacterai au cas où j'aurais besoin d'autres informations. Si vous croisez M. Eidelmann, dites-lui que je l'attends.

Miranda Marquez partit sans saluer, mâchonnant : « Ma parole, il me prend pour sa domestique ! »

Elle s'écarta et offrit le passage à l'agent Faisandier, porteur d'une enveloppe non timbrée. Elle avisa Sammy, planté sur le trottoir, l'air d'avoir avalé un essaim de guêpes.

Il était furibond. Voilà qu'on l'obligeait à quitter la Comédie des Champs-Élysées un samedi après-midi ! Il allait perdre son boulot, surtout si l'on découvrait que la police s'intéressait à lui !

Le bureau, imprégné d'une odeur de tabac froid, était vide. Le commissaire soulageait sa vessie dans les toilettes attenantes. Quand il réapparut, boutonnant sa braguette, Sammy arpentait la pièce miteuse en se forçant à ravaler les injures qui bouillonnaient en lui. Il eût volontiers traité Auguste Dorval de blatte répugnante ou d'enclume rouillée, et il était agité de secousses évoquant un haricot sauteur.

— Tout doux, monsieur Eidelmann, on jurerait que vous avez la rage.

— De quel droit envoyez-vous un agent me chercher au théâtre ? Grâce à votre convocation, mes collègues vont s'imaginer que j'ai commis un meurtre ! De quoi suis-je accusé ?

Le commissaire jugea plus prudent de se protéger d'une chaise.

— J'ai juste à vous demander, comme aux autres membres de la troupe, si vous avez été informé de la mort d'Antoinette Cozic.

— Oui, je suis peiné, elle était gentille, même si on disait que c'était une petite peste incapable de tenir une maison. Mme Gilbert lui imposait, à ce qu'on prétend, toutes sortes de courses, alors qu'elle mange comme un oiseau. C'est bête cette expression, d'ailleurs, étant donné que les oiseaux passent leur journée à boulotter, c'est un des mystères de la langue française, dire le contraire d'une chose pour affirmer une vérité, à moins que ce ne soit le contraire, qu'en pensez-vous, monsieur le commissaire ?

Auguste Dorval se passa la main sur les yeux, pressé d'être débarrassé de cette corvée. Ce garçon était un abruti. Peut-être même était-il carrément cinglé ? Comment pourrait-on confier la mise en scène d'une pièce à un tel énergumène ?

« En ce cas, je suis le roi de Prusse ou le pape », songea-t-il, tourmenté par l'envie de foncer vers les toilettes et par l'impossibilité de fumer.

— Où est le cadavre ?

— À la morgue. Pourquoi ? Vous cherchez de la figuration pour la pièce sur le Minotaure ?

— Vous vous moquez de moi, parce que je ne suis pas connu, mais vous verrez quand mon nom s'étalera partout entre les réclames pour les pilules orientales et pour le cirage Lion Noir. Remarquez, ce sera peut-être pour autre chose, parce que les seins de femme sont des bijoux qui rendent fou…

— Les mains de femme, monsieur Eidelmann, Félix Mayol chante les mains, non les seins…

— Et les chaussures qui brillent trop, moi je ne les prise guère, poursuivit Sammy, comme s'il n'avait rien entendu, souvent elles patinent et elles glissent sur la chaussée, alors on rêve de porter des semelles antidérapantes comme on en vend dans les magasins spécialisés, mais…

— Monsieur Eidelmann, vous me rendez fou. Les parents d'Antoinette sont en route. Ils viennent de Tourcoing, où ils travaillent dans les filatures. Heureusement, ils ont d'autres enfants. Mme Gilbert va faire imprimer une annonce dans les journaux pour dénicher une remplaçante. En attendant, la concierge s'occupe d'elle.

— Je la connais bien, Mme Dupré, nous lisons les mêmes revues, par exemple *Je sais tout*, c'est une revue scientifique, vous y apprenez des trucs palpitants…

— Lesquels ? demanda le commissaire

Il manipula un instant sa pipe éteinte avec nervosité, se racla la gorge. Il en avait assez, de ces histoires, elles lui donnaient envie de vomir, et pourtant il en avait mené, des enquêtes !

— Antoinette, c'est le genre de donzelle qui vous fait ingurgiter un maximum de légumes, et moi, je n'en raffole pas, des haricots verts, d'ailleurs ce n'est pas la saison, et je préfère les carottes aux navets dans le pota…

— Stop ! s'écria le commissaire Dorval, excédé. Vous me faites perdre la boule. Il n'y a pas que le meurtre d'Antoinette à résoudre, mais aussi le mannequin abîmé chez Pierre Imans !

— Alors là, je renonce, lança Sammy, mes collègues vont me plaindre si je leur rapporte que vous me soupçonnez de ce genre de truc !

— C'est vous qui allez vous plaindre si vous n'avez pas disparu dans une minute ! cria Auguste Dorval, à demi dressé sur sa chaise.

36

Catherine Cognat courait, essoufflée. Elle ne parvenait pas à digérer ce que le commissaire lui avait révélé. Antoinette, la mignonne petite Antoinette dont elle eût volontiers fait son quatre-heures, avait été assassinée.

Obtenir un congé d'une journée pour digérer cette nouvelle n'avait pas été simple. Le directeur de l'*Hôtel Terminus*, où elle travaillait en tant que réceptionniste, détestait que ses employés le prient de leur octroyer une journée de répit, et l'avait prévenue que cette récréation serait retenue sur son salaire.

Catherine Cognat manqua se prendre les pieds dans un tas de planchettes entreposées dans la cour de son immeuble en vue d'une réparation de volets.

Elle ne vit ni n'entendit personne et gagna le plus discrètement possible son appartement.

Elle ne ferma pas à clé derrière elle et gagna le salon qu'elle avait baptisé musée de la perpétuité afin de s'y plonger dans une méditation liée au destin d'Antoinette Cozic.

Elle s'approcha de ses perroquets.

— Blanche, Coco, vous ne devinerez jamais la raison de mon affliction. D'ailleurs, mieux vaut que vous ignoriez ce qui est arrivé, vous en feriez une jaunisse, enfin façon de parler parce que c'est une maladie que vous n'attraperez peut-être jamais... Les perroquets peuvent-ils avoir des troubles biliaires ? Pourquoi pas ? Ils ont un foie, comme nous, même s'il est plus petit, et je ne leur donne pas toujours des repas très équilibrés…

Les perroquets se contentèrent d'un duetto.

— *En avant 'arche, in di, in di !* brailla Blanche.

— *Les voyez-vous, Les hussards, les dragons, la garde*… repartit Coco.

— *À vos rangs, fixe, repos !* conclut Blanche.

Puis les volatiles fermèrent à demi les paupières et se balancèrent d'une patte sur l'autre, chacun piétinant son perchoir, selon leur habitude.

Assoiffée d'air pur, Catherine ouvrit les fenêtres de son musée. Elle admira une fois de plus le papier peint rouge qui évoquait le magasin de son père. Les pensées de Catherine dérivèrent vers le Doubs, où elle avait passé une enfance rude au pays du froid. Qu'avait pu devenir Yvette ?

Son regard fut attiré par un grand pot à moutarde en grès contenant depuis des années dix aiguilles métalliques provenant de comtoises abandonnées par leurs propriétaires, cadeau de son père horloger à Besançon et conservées depuis plus de vingt ans comme on garde des porte-plumes ou des signets. Elle ne les avait pas manipulées depuis plusieurs semaines. Cinq petites, pour les heures, et cinq moyennes, pour les minutes, très effilées, en forme de poire ou de flèche, noires ou dorées.

S'emparant des aiguilles, elle les compta. Il n'y en avait que neuf. Il manquait la dixième, fine et pointue, de dix centimètres de long, dont la disparition était facile à constater puisque c'était la plus grande du lot. L'avait-elle égarée ? Sa mémoire lui jouait des tours depuis quelque temps. Un visiteur s'en était-il emparé ? Elle n'avait reçu que les membres de la troupe lors d'une collation, et elle leur accordait sa confiance.

Elle décida de s'adresser à la personne qu'elle connaissait le mieux depuis son arrivée à Paris, et se félicita d'avoir le téléphone.

La voix qui lui répondit était sèche et plutôt réticente à écouter ses doléances de femme âgée. Elle raccrocha brusquement.

Elle essaya de se remémorer quelles personnes étaient présentes au goûter. En fin de compte, n'importe lequel des acteurs avait été susceptible de subtiliser l'aiguille sans que Catherine Cognat s'en doute. Si elle l'avait vraiment perdue, elle devenait amnésique !

Impossible de se souvenir de ses gestes des jours précédents, quand elle avait nettoyé et dépoussiéré le salon. Vieillir, ce n'était pas seulement sentir la déchéance de son corps, c'était vaciller et souffrir d'absences. Retrouver cette aiguille était de la plus haute importance, si elle ne voulait pas courir le risque de s'asseoir dessus.

Elle se cala dans une bergère et fut envahie par une somnolence où tous les événements marquants de sa vie se mélangeaient, courses dans les bois, premier baiser d'Yvette, l'anniversaire de sa mère un soir où il gelait, légendes contées par son père au coin de la cheminée, arrivée à Paris, cette ville tentaculaire dont elle ne sortirait sans doute jamais, à moins d'être enlevée par un prince charmant ou une princesse amoureuse.

L'escalier craqua, la porte grinça, une silhouette drapée d'une cape noire et chapeautée d'un feutre anthracite abattit sur l'occiput de Catherine Cognat une planchette de bois. La victime n'eut pas le loisir d'articuler un son. Elle s'écroula au fond de la bergère, aspirée par un tourbillon grisâtre où la réalité s'estompa de manière absolue.

La forme sombre fouilla dans un débarras d'où elle tira un escabeau, des ciseaux et une pelote de ficelle. Puis elle s'empara des perchoirs où s'agitaient en tous sens les perroquets indignés qu'elle emprisonna dans une grande cage dotée d'un anneau. Elle monta sur l'escabeau ouvert sous l'éclairage électrique. Elle attacha la cage à un crochet jadis destiné à une lampe à pétrole après avoir noué plusieurs fois un épais bout de ficelle autour de l'anneau.

La silhouette redescendit prestement au sol, s'empara du pot à moutarde empli d'aiguilles et s'esquiva dans l'entrée.

Quand, après un long évanouissement, Catherine Cognat revint à elle, elle vit l'escabeau. Ensuite elle perçut des battements d'ailes affolés et des criaillements. Levant les yeux, elle distingua la cage fixée au plafond.

— Mes chéris, Blanche, Coco, qui vous a traités de la sorte ? Pas le loisir de vous apaiser d'une berceuse, j'arrive à la rescousse !

La tête encore douloureuse, mal assurée sur ses jambes, elle grimpa afin de détacher la cage. La forme sombre surgit dans la pièce et secoua l'escabeau avec une telle violence que Catherine Cognat oscilla, chuta, émettant un long hurlement de douleur.

La silhouette se sauva, le pot à moutarde enfoui dans un sac. Elle roula en boule la cape noire au pied de l'escalier et jeta le feutre dans une poubelle.

37

Sur le coup de cinq heures du soir, le téléphone sonna chez Jeremy et Camille. Cette dernière, tirée d'une somnolence pendant laquelle un cauchemar l'avait assaillie, crut un instant revivre l'attaque perverse dont elle avait été la victime.

— Vous affirmez qu'elle est tombée d'un escabeau ? Elle appelait à l'aide ? Oui, vous avez eu raison d'alerter un médecin. L'hôpital de la Croix-Rouge ? Comment avez-vous eu mon numéro ? Oui, je suis un ami. Je vous remercie infiniment, madame... ?

Le nom prononcé était incompréhensible. Jeremy raccrocha, pensif. Il irait le lendemain.

— Un accident ? demanda Camille.

Sourcils froncés, Jeremy se grattait le menton.

— Apparemment, Catherine Cognat a voltigé d'un escabeau en essayant de récupérer la cage de ses perroquets nouée à un crochet au milieu du plafond. Si, comme elle semble le présumer, l'auteur de cette farce macabre est un criminel, il est au courant de ses habitudes. De qui peut-il s'agir ? Sammy est exclu, restent Gaëtan, Guillaume, Julien, Tom, Miranda.

Des pas résonnaient dans l'escalier, un trousseau de clés tintinnabulait. La porte résista, le bois était gonflé par l'humidité. Camille porta les mains à son visage.

Ils revenaient, *ils* avaient décidé de lui infliger le même sort, après l'avoir bâillonnée et assommé Jeremy.

Elle perçut un sifflotement familier, quelqu'un s'approcha.

— J'ai cru entendre des noms. De quoi parliez-vous ? demanda Victor.

— D'assassins potentiels.

— Et vous ? Vous êtes-vous cités ?

— Avez-vous vu un autre film ?

Jeremy ne fréquentait plus depuis longtemps les salles obscures, il était trop occupé par la musique composée pour la pièce de Gaëtan et par son futur numéro avec Camille.

— *L'Ange des ténèbres*, avec Ronald Colman et Vilma Banky, en avant-première au Madeleine Cinéma. J'aurais pu m'en dispenser.

— N'êtes-vous pas supposé visionner des films français ? demanda Camille.

— Si, mais depuis que j'ai assisté aux premières projections des *Katzenjammers Kids* – en français, *Pim Pam Poum* –, de Rudolph Dirks, une histoire en images publiée à partir de 1897 dans les journaux de William Randolph Hearst, j'ai l'âme d'un galopin. J'adorais leurs blagues, l'insupportable Adolphe, et le personnage du capitaine.

— J'en ai lu aussi, vous savez, quand je vivais aux États-Unis, dit Jeremy. Je raffolais de la tante Pim. En revanche, je détestais les fessées que récoltaient ces gamins.

— Et si on se penchait sur des problèmes d'adultes ? suggéra Camille.

38

Dimanche 21 mars 1926

L'infirmière en chef de l'hôpital de la Croix-Rouge, acariâtre et moustachue, n'était guère disposée à laisser Jeremy Nelson rendre visite à Catherine Cognat.

— Cette dame a échappé de peu à de graves séquelles, et sa cheville est en mauvais état, une entorse, mais on doit se méfier de ces incidents. Nous n'allons pas tarder à lui donner des soins. Revenez plus tard.

— Je suis à Paris pour quelques heures seulement. Je rentre tout à l'heure à New York, et ma tante serait navrée d'apprendre que son neveu préféré ne s'est pas inquiété d'elle.

Il insista tellement qu'il fut autorisé à parler à sa prétendue parente. Elle partageait une chambre avec deux autres femmes qui ronflaient comme des sonneurs.

Quand elle aperçut Jeremy, son visage marqué d'ecchymoses rayonna et elle lui adressa un signe de la main. Ses yeux sombres la fascinaient toujours autant.

— Comme c'est gentil à vous de vous être soucié de moi ! Ma voisine, Mme Marchal, est une perle, elle a tenu parole et vous a téléphoné. Heureusement qu'elle éprouve une passion pour mes perroquets.

— Savez-vous qui est responsable de cette dégringolade ? Vous auriez pu y passer.

Elle réprima une grimace, secouant la tête.

— J'ai dans l'idée que ce n'est pas une blague, je suppose que Mme Marchal vous l'a raconté. Jamais personne n'aurait eu l'idée saugrenue d'accrocher la cage de mes chéris au plafond.

— Souffrez-vous beaucoup ? On vous a sans doute proposé des sédatifs.

— J'ai fait semblant de les avaler, je n'en veux pas, de leurs cochonneries ! Vous savez, ma pauvre maman, Dieu ait son âme, n'a jamais pris un simple cachet d'aspirine de toute sa vie ! Elle a résisté à une ribambelle de microbes, et sa devise préférée était : « Contre ton médecin défends ta peau. »

— Les docteurs sont parfois fort utiles, répliqua Jeremy en désignant les bandages dont était enveloppée la cheville de Catherine Cognat.

— En tout cas, j'en ai subi d'autres, et je préfère les bonbons aux comprimés. Vous n'auriez pas un sucre d'orge, par hasard ?

Le sourire de Jeremy s'accentua, il secoua la tête.

— Dommage. En tout cas, quelqu'un m'a poussée, j'en suis presque certaine. Et cette idée de suspendre la cage en hauteur ! Tout ça après m'avoir assommée ! Une chose est sûre, le pot contenant des aiguilles d'horloge avait disparu quand j'ai repris mes esprits. Heureusement qu'on ne m'a pas trop cabossé le crâne. Cette affaire a-t-elle un rapport avec la mort de M. Gilbert ?

— Il se pourrait qu'il y ait un lien avec un trafic de stupéfiants. Mais ce sont des suppositions. Étienne Gilbert consommait sans doute de la cocaïne, de là à penser qu'il en vendait, il n'y a qu'un pas.

— Ne vous montez pas le bourrichon. Tout de même, celui ou celle qui a tenté de m'occire craignait-il que je me souvienne de sa physionomie ? Vous savez ce qui me manque le plus ? Mes perroquets !

Jeremy riait sous cape mais détourna le visage et se mangea l'intérieur des joues pour récupérer son sérieux.

— Vous savez, je ne devrais pas vous l'avouer, mais j'ai acheté deux ou trois sachets de cocaïne au Dr Gilbert pour calmer mes vieilles douleurs. Cette cheville esquintée ne va guère m'arranger, nul ne peut me dire quand je pourrai remarcher.

La vue d'une rose rouge étiolée dans un verre d'eau trouble induisit Jeremy à poser une question.

— Et Dionysos, qui va s'en charger ? Vous pourriez vous rembourrer le ventre avec cet oreiller de plume dont vous nous avez fait l'éloge, je n'ai pas oublié !

— Bonne idée. Comme ça, j'aurai le plaisir de palper la petite Miranda. Cette fille a un charme fou. Ce sera parfait. Sauf que je serai ridicule. Heureusement, je vais bientôt avoir le droit de me déplacer avec une canne.

L'infirmière en chef déboula, la moustache en bataille, un thermomètre à la main.

Catherine Cognat battit des paupières, excédée de ces visites à répétition. Elle marmonna :

— La vie est un songe, laissez-moi dormir, je vous en conjure, marmonna-t-elle.

Jeremy préféra battre en retraite.

Tandis qu'il arpentait les couloirs de l'hôpital, il s'interrogeait. Était-il plausible que le Dr Gilbert, son cousin Gaëtan et Julien Sarde soient unis par une même activité illicite ? Peut-être le Dr Gilbert rétribuait-il les deux hommes, dont il renflouait les finances, après avoir obtenu l'aide d'Hélène Gilbert ? Qu'en était-il de Tom Brighton ? Catherine Cognat était-elle honnête ? Et Miranda, quel était son rôle ? Le souffleur était-il fiable ?

Jeremy manqua de se perdre dans un labyrinthe de pensées et de corridors qui évoquaient l'œuvre de Gaëtan.

Trois personnes seulement étaient innocentes à ses yeux : Camille, Victor et Sammy. Mais s'il continuait à divaguer, il finirait par leur attribuer des personnalités suspectes. Il se hâta de chercher la sortie afin d'échapper à cette éventualité, et, quand il eut rejoint le monde extérieur, il poussa un énorme soupir de soulagement, heureux d'échapper à ces élucubrations.

À l'abri dans son lit à barreaux, Catherine Cognat se remémorait la soirée à l'hôtel d'Orsay au cours de la fête en l'honneur du jour de l'an 1926. C'était la veille des débuts de Miranda Marquez chez Pierre Imans. Catherine Cognat lui avait servi un chocolat chaud et lui avait glissé une invitation à la rejoindre dans une soupente de l'hôtel, après l'avoir priée de danser un fox-trot avec elle. Miranda Marquez avait eu l'air d'apprécier, et elle était montée sous les toits. En échange de quelques heures en compagnie de Catherine Cognat, elle avait proposé à celle-ci de devenir actrice quand son amant aurait trouvé des fonds et une salle.

Et voici qu'elle s'apprêtait à interpréter un dieu grec amoureux de cette même Miranda Marquez, un oreiller autour du ventre !

Quand Jeremy atteignit le local de la rue Lèchevin, Gaëtan Bardin déclamait, sous son masque de Minotaure qui étouffait ses paroles :

On me prétend cruel et dévoreur d'enfants,
Mais on ignore tout de mes antécédents !
Mal aimé, car trop laid, par mes deux ascendants,
J'ai vécu en exil dans ce tunnel puant...

— Le masque, c'est l'avenir de l'homme, murmura Sammy. On dirait qu'il mastique de la bouillie ! Tu ne ferais pas peur à un moucheron ! cria-t-il. Même si au fond tu es une bonne pâte, tu es anthropophage.

Outré, Gaëtan Bardin souleva son masque pour répondre.

— On étouffe avec ce truc. Ce machin cornu m'a été rendu par les policiers de la rue aux Ours. Ils auraient dû le garder pour éviter de respirer les miasmes de leur quartier. Mais j'y tiens beaucoup, je collectionne ces objets. Où est donc Catherine ? Décidément, jamais à l'heure !

— Vous n'êtes pas près de la voir ! Elle a été victime d'une mauvaise chute, hier, du haut d'un escabeau. Elle est à l'hôpital pour quelques jours. Elle s'en sort bien, une cheville froissée, il faudra rééduquer, mais elle se déplacera avec une canne, dit Jeremy.

— Elle est tombée toute seule ? demanda Miranda Marquez.

— Elle pense qu'on l'a peut-être aidée, sans en être entièrement convaincue.

— Mais alors... Dionysos ?

— Elle prévoit toujours de se rembourrer le ventre avec un oreiller.

Il y eut un éclat de rire général. Ils s'imaginaient Catherine Cognat, déjà bien rondouillarde, une boule sous sa tunique, comme une femme enceinte.

— Je me doute qu'elle aura l'air d'un clown, mais ce sera provisoire. Quand nous en serons aux premières représentations, elle aura retrouvé son apparence normale.

— Espérons que notre aventure rapportera de l'argent, soupira Sammy.

— Excusez-moi, la compagnie, mais je dois vous quitter, lança Tom Brighton.

Il actionnait déjà la poignée de la porte.

Julien Sarde, qui se méfiait de l'individu, tâta sa poche pour s'assurer que le revolver s'y trouvait toujours et courut aux trousses du bibliothécaire. Il l'aperçut à trois cents mètres – l'homme marchait d'un bon pas – et fit en sorte de le filer discrètement.

Victor Legris, qui lui aussi collait aux basques de Tom Brighton, gardait ses distances, s'efforçant de n'être aperçu ni de lui ni de Julien Sarde. Mais, sous les arcades de la rue de Rivoli, il fut accosté par Tom Brighton.

— Je vous remets, espèce de voleur, c'est vous qui avez chouravé *Les Travailleurs de la mer* dans la bibliothèque de Belleville l'autre jour !

Surpris, Victor se planta devant Tom Brighton qui prit son épaule en étau.

— Vous avez osé voler un livre dans *ma* bibliothèque ! De Hugo, en plus, brama Tom.

— J'admire Hugo mais pas au point de dérober ses œuvres ! Et puis cette bibliothèque ne vous appartient pas, elle est la propriété de tous ceux qui veulent s'instruire, c'est un outil pour les incultes qui souhaitent s'extraire de leur ignorance.

— Fournissez-moi la preuve que vous n'êtes pas un de ces cancrelats qui s'approprient les ouvrages que nous proposons au public. Vous êtes déjà venu rôder sur mon lieu de travail, vous m'espionnez, et votre jeune ami m'a filé une fois jusqu'à la rue de Castiglione. Me prendriez-vous pour un imbécile ?

Victor se débattit et tenta de se libérer de la poigne de Tom Brighton. Les quolibets de celui-ci ricochaient sur lui, les regards hostiles des badauds le transperçaient de leurs flèches.

Il se souvint de la boxe française, aussi appelée savate, qu'il avait apprise dans sa jeunesse. En quelques coups bien placés, il parvint à mettre son assaillant hors jeu. Il termina la leçon avec des ruades enseignées jadis par Kenji Mori, qui pratiquait une lutte japonaise traditionnelle.

S'avouant vaincu, Tom Brighton pénétra dans un immeuble.

Avisant un vieillard dignement vêtu, Victor lança :

— Qui habite ici ?

— Monsieur, je préfère ne pas nommer les créatures qui peuplent ces parages, elles essaiment comme des sauterelles et leur conduite est la honte du quartier.

Victor s'éloigna dans la rue.

Sa méfiance envers ce bibliothécaire débarqué d'Angleterre était donc fondée. Et si tout cela n'était qu'une habile mise en scène destinée à le déséquilibrer ?

Caché dans une encoignure du couloir, Julien Sarde réfléchissait. Il se disait que l'Anglais connaissait sans doute les liens qui les unissaient, Gaëtan Bardin et lui. Il avait dû le voir longer la rue Lèchevin.

Gaëtan avait plusieurs fois louangé les mérites de Victor Legris dans la pratique de sports de combat. Quand Sammy Eidelmann avait conté comment Victor Legris lui avait appris à se battre dans sa jeunesse, Gaëtan n'avait pas voulu le croire.

« Il semble pourtant bien maigrichon, votre copain américain.

— Ne vous fiez pas aux apparences. Quand il était jeune, il était capable de renverser toute une série de figurants dans les studios d'Edendale.

— Edendale ? C'est où ce bled ? En Finlande ?

— Non, c'est dans l'ouest des États-Unis, pas loin de San Francisco.

— Oh, tu sais, la géographie et moi, ça fait trois…

— Seulement deux. »

Un homme redescendait. Julien Sarde attendit. Les clientes habituelles de Tom Brighton n'étaient bien sûr pas dans cet immeuble.

Julien Sarde s'approcha de l'Anglais.

— Alors, on s'amuse à tenter de m'échapper ?

— Quoi ? Mais je cherchais à éviter l'autre, le Londonien.

— Oh, ça va, on ne me la fait pas. Il était bien au point, votre petit numéro, un gamin s'y serait laissé prendre, mais voilà, je ne suis pas un gamin, j'ai l'habitude de ce genre de combines.

— Je ne comprends rien à ce que vous insinuez, s'écria Tom Brighton en se précipitant vers l'extérieur.

La colère qui montait en Julien Sarde depuis un bon moment et qu'il s'efforçait de maîtriser l'envahit brusquement et il ne put se maîtriser plus longtemps. Il se jeta sur la silhouette qui lui tournait le dos, sortit son revolver de sa poche, eut le réflexe de tirer mais se retint. Avec la crosse de l'arme il porta un coup violent à la nuque du fuyard. Sans un mot, Tom Brighton s'effondra.

Était-il mort ? Julien Sarde ne s'en soucia pas. Il espérait n'avoir fait qu'assommer le bibliothécaire.

Voyant s'enfuir le compère de Gaëtan, Victor rentra dans l'immeuble et tomba sur le corps immobile. Il se pencha et lui prit le pouls. Tom Brighton vivait.

Une mise en scène ? Restait à le prouver.

39

Lundi 22 mars 1926

Sammy eut un mal fou à s'extraire de son lit. Il avait fallu annuler la répétition. Catherine Cognat interprétait ce jour-là un rôle important dans la scène où Dionysos s'éprenait d'Ariane. S'échiner en son absence aurait été du temps perdu car aucun acteur n'avait envie de prendre sa place, malgré les charmes de Miranda.

Sammy avala un petit déjeuner expéditif, afin de rejoindre au plus vite Jeremy au café, où ils devaient résumer les tenants et les aboutissants de cette affaire. Le commissaire Dorval le recevrait.

Sammy boutonna sa chemise de travers, enfila un pantalon qui s'obstinait à plisser sur ses jambes comme un accordéon, se lustra les cheveux avec une brillantine qui sentait le fromage et enfonça ses pieds dans des chaussures tellement racornies qu'elles semblaient avoir fait le tour de Paris.

Il évita de s'approcher du magasin de farces et attrapes rue de la Roquette, de manière à ne pas croiser Hector Lavergne. Il aurait bien aimé apercevoir Chloé, mais se doutait qu'à cette heure tardive elle était déjà partie à l'école en compagnie de sa sœur.

Il gagna la place de la Bastille et se mêla au flot des travailleurs en retard qui se bousculaient à qui mieux

mieux pour accéder à une station de métro ou à un arrêt d'autobus.

Sammy stationna devant un kiosque où les quotidiens du jour étaient étalés, annonçant les nouvelles les plus variées.

Il apprit ainsi qu'il était question d'incorporer la ligne Nord-Sud au chemin de fer métropolitain.

Mais ce qui l'inquiéta bien davantage fut que l'on évoquait la possibilité d'une nouvelle crise, et que le cabinet Briand y était mêlé.

Puis il lut, pêle-mêle, que Bao Daï, l'empereur d'Annam, arrivait à Paris, tandis que le navigateur Alain Gerbault séjournait à Tahiti.

— Il en a de la chance, ce particulier-là, grommela une voix derrière lui.

Sammy se retourna et avisa un éboueur qui nettoyait le caniveau avec son balai de bruyère.

— Remarquez, moi, je ne peux pas me plaindre, hier soir, j'ai eu un billet de faveur pour la « pièce écossaise ».

— La… quoi ?

— La pièce écossaise.

— Euh, de qui, cette pièce ?

— Casquespeare.

— Ah, vous voulez parler de Shakespeare. Alors c'est à *Macbeth* que vous faites allusion.

— Si vous l'affirmez… Moi, vous savez, je n'ai pas fait de grandes études, c'est pour ça que je piétine dans la gadoue, dit le boueux en traînant les pieds.

Sammy apprit encore que de faux billets de mille francs avaient probablement été distribués à Munich en 1924, qu'on allait fêter le 300e anniversaire de l'établissement de New York, ce qu'il se promit de rapporter à Jeremy, qu'à Drouot les livres anciens se vendaient de plus en plus cher, ce qui intéresserait peut-être Victor. On faisait des répétitions générales chez les couturières, il se promit d'en prévenir Gaëtan Bardin.

En proie à un vertige, il se précipita dans le métro pour gagner la comédie des Champs-Élysées, où il voulait inspecter un décor. Il était effrayé à l'idée que les transfusions de sang, liquide qui lui retournait le cœur, allaient devenir courantes.

« Qui aurait pu commettre cet acte de vandalisme ? » se demandait le commissaire, épuisé.

À deux ans de la retraite, il s'en voulait de s'être embarqué avec la fougue d'un débutant dans une affaire aux rebondissements permanents. Il lui aurait été possible de se décharger du tout sur un inspecteur plus qualifié que lui, mais, comme c'était la première et sans doute la dernière fois qu'une telle occasion de prouver sa perspicacité lui était offerte, il s'obstinait à demeurer disponible et à traquer la vérité. Il espérait battre de vitesse le pianiste américain.

On avait découvert des déprédations dans l'atelier de Pierre Imans. Un mannequin avait été esquinté, le choc avait été violent.

Le seul lien entre les deux affaires était Géraldine Pioche, *alias* Miranda Marquez. Mais elle prétendait avoir égaré ses clés. Le commissaire devrait interroger Clovis Trouille qui ne cessait de chanter les louanges de cette jeune femme. On interrogeait actuellement les autres membres de la fabrique.

— Jaspinet, cria-t-il, allez chercher Sammy Eidelmann, il fait peut-être le pied de grue dans la rue.

L'agent grinça des dents, furieux d'être traité en esclave, et manqua tamponner Faisandier, porteur d'une enveloppe vierge qu'il alla livrer à Auguste Dorval. Jaspinet sortit et aperçut le garçon filiforme aux cheveux frisés qui hésitait à pénétrer dans le poste de police et affichait une mine fort peu aimable, jetant des coups d'œil rageurs aux deux policiers qui le surveillaient.

Victime d'une envie pressante, le commissaire s'enferma dans les cabinets et déchira l'enveloppe. Il en sortit une feuille de papier pliée en quatre noircie d'un gribouillage presque illisible. Le commissaire eut toutes les peines du monde à déchiffrer le message qui lui était destiné.

Monsieur le commissaire,

J'ai eu peur de vous écrire plus tôt, car je redoute les assassins. J'ai vu, le 11 mars, un Arlequin pénétrer dans un immeuble de la rue des Lombards, en compagnie d'un homme déguisé en Minotaure. Plus tard, j'ai su que le Minotaure avait été retrouvé trépassé et qu'il s'agissait d'un certain Dr Gilbert. Je préfère ne pas divulguer mon identité, mais je jure sur l'honneur que ce que je vous relate est la vérité.

Auguste Dorval doutait que ce message ait une valeur aux yeux de la loi, car les témoignages non signés n'étaient pas recevables.

Sammy finit par s'avancer dans le bureau empestant le tabac froid et se cala sur une chaise inconfortable. Il était furibond. Voilà qu'on l'obligeait à quitter une seconde fois la Comédie des Champs-Élysées accompagné de policiers ! Auguste Dorval saisit un mouchoir sur lequel étaient brodés un G et un B.

— On l'a repêché dans la fabrique de Pierre Imans.

— Que me chantez-vous là ? Ce ne sont pas mes initiales.

— Je fais allusion à l'incident qui s'est produit chez M. Imans. Un mannequin a été victime d'une agression et on a ramassé ce mouchoir à ses pieds. Qui me dit qu'il n'appartient pas à un de vos amis ?

— Je l'ignore. Et qu'en est-il de la petite Antoinette Cozic ?

— Vous la fréquentiez ?

Sammy dressa la main droite et posa la gauche sur son cœur.

— Moi ? Jamais. J'ignore ce qu'elle fricotait pendant ses jours de congé. Je suis un garçon sérieux et… ne le répétez pas, je suis déjà fiancé.

— Donc vous ne connaissez aucun particulier qui aurait eu des raisons valables de la pousser dans un escalier ?

Sammy fronça les sourcils.

— Il me semble… Enfin, la rumeur raconte que les hommes lui couraient après.

— Vous songez à quelqu'un en particulier ?

— Elle avait l'air honnête et comme il faut, pas comme les pimbêches qui se bousculent au portillon.

— Vous esquivez ma question.

— J'ignore quelles étaient les fréquentations de cette jeune femme, on a parfois louché du côté de Tom Brighton et de Guillaume Fleury.

Le commissaire posa la lettre anonyme sous le nez de Sammy pour qu'il la lise.

— Vous n'avez aucun personnage costumé en Arlequin dans votre tragédie antique ?

Sammy éclata de rire.

— Aucun. Je vous signale que *La Voile noire* traite du mythe de Thésée et se situe chez les Grecs en tunique et cothurnes.

Vexé que Sammy sous-entende qu'il manquait de culture, Auguste Dorval l'interrogea d'un ton plus venimeux.

— Vous travaillez dans le monde théâtral, il vous serait donc loisible de vous procurer un tel déguisement.

Sammy secoua la tête.

— La *commedia dell'arte* est un domaine qui n'appartient pas pour l'instant à mon activité. N'importe qui aurait été capable de louer un habit d'Arlequin le jour de la Mi-Carême !

Le commissaire dut admettre que c'était vraisemblable et congédia Sammy d'un geste de la main, comme on se débarrasse d'une mouche.

Mais, avant que le garçon ait atteint la porte, il lui intima l'ordre de revenir.

— Signez-moi ce bout de papier, je veux un échantillon de votre écriture.

— Comment osez-vous ? Je me plaindrai !

— Et moi, dès que j'en aurai le temps, j'irai consulter un graphologue, qui examinera vos pleins et vos déliés, ainsi que ceux de tous vos collègues, acteurs, auteur et musicien, afin de déterminer si par hasard l'un d'eux ne serait pas le rédacteur de cette missive.

Sammy s'exécuta de très mauvaise grâce, renversa à demi l'encrier, se tacha les ongles et sema quelques pâtés, heureux de souiller le bureau du commissaire.

Puis il sortit en claquant la porte.

Auguste Dorval poussa un énorme soupir. Il était las. Le temps, quand l'aurait-il enfin ? Il ne serait à la retraite que dans deux ans et n'était pas près de regarder passer les trains en compagnie d'un troupeau de vaches.

Il songeait à la corvée qui l'attendait, recevoir les membres de la troupe, les interroger, exiger d'eux leur signature. Il lui faudrait aussi aller interroger Catherine Cognat à l'hôpital de la Croix-Rouge. Tiens, encore une qui avait été victime d'un vol plané. C'était une épidémie !

Il avait une terrible envie de tirer sur sa bouffarde, mais parvint à se dominer. Fermant les yeux, il sombra dans une semi-somnolence.

Il sursauta, frappé par une idée nouvelle. Guillaume Fleury avait côtoyé de nombreux comédiens à la Comédie-Française. Et si cet habit d'Arlequin lui appartenait ?

Allait-il faire part de ses soupçons à l'Américain ? Tout compte fait, ce pianiste de jazz possédait un réel talent pour les enquêtes policières.

On frappa doucement. Miranda Marquez ouvrit en grand la porte quand elle reconnut Jeremy. Gêné, celui-ci tournait son chapeau entre ses mains. Elle le pria d'entrer.

— C'est pour... Je désirais savoir si vous avez eu des ennuis, à propos de ce qui est arrivé chez Pierre Imans. On m'a convoqué pour m'interroger à propos d'Antoinette. Vous aussi ?

Elle émit un rire goguenard.

— Et c'est là ce qui vous préoccupe ? J'en ai vu d'autres, allez. Antoinette, je ne la connaissais guère, une petite oie. Cela dit, je l'aimais bien, et je suis navrée qu'elle ait fait si jeune ce saut mortel.

— Ses parents ont été prévenus ?

— Oui, ils sont en route, par le train. Mais asseyez-vous donc, c'est agaçant à la fin, de vous recevoir debout.

Jeremy allait prendre place sur le tabouret quand elle l'attira sur le canapé. Il tenta de s'écarter, mais elle l'inclina vers elle avec vigueur.

— Regardez-moi ça, c'est grand, c'est fort et c'est timide comme une communiante !

— Avouez que la cour assidue des hommes auprès d'Antoinette ne lui a guère porté chance.

— Et c'est pour m'épargner la poisse que vous vous éloignez ? Mais les hommes ne m'effraient pas, bien au contraire.

Jeremy gagna l'extrémité du canapé afin d'échapper à la vue de ce que révélait le peignoir déboutonné de Miranda où il aurait volontiers mené des fouilles approfondies.

— Que désirez-vous, à la fin ?

— Que vous éclairiez ma lanterne.

— Mais, mon chou, je suis prête à éclairer le monde et vos beaux yeux ! Nierez-vous que vous avez rougi ?

Jeremy, dont la visite avait pour but d'en savoir davantage au sujet de la mort du Dr Gilbert et de celle d'Antoinette, prit appui sur une table basse où trônait un coffret empli de bijoux fantaisie. Machinalement, il enfonça ses doigts dans les colliers, roulant les perles entre ses doigts. Puis il s'empara d'un objet plus massif, rond et lourd, une montre à gousset. Miranda, qui s'était rapprochée, s'en aperçut et s'écria :

— Hé là !

Elle bondit sur ses pieds et alla prendre le coffret, avant de remarquer que Jeremy s'était saisi de la montre à gousset.

— Voleur ! Pendard ! Rendez-la-moi ! J'y tiens comme au vase de Soissons !

— Ce vase a été abîmé. Or je n'ai fait qu'effleurer votre trésor. Tenez, reprenez-la et n'en faites pas une montagne.

— M'en fiche, que ce vase ait été esquinté. On n'a pas idée. C'est un souvenir de famille, je la tiens d'un ami qui habitait cité Doré avant l'accident.

— Quel accident ?

— Oh, vous m'embêtez, avec vos lanternes à éclairer. Si vous lisiez le journal, vous sauriez que, le 28 octobre de l'an dernier, un immeuble s'est écroulé dans ce quartier situé dans le 13e arrondissement. Il y a eu des morts, et pas mal de blessés. Louis aurait pu s'en sortir sans l'incompétence des secours. Je tiens à cet objet, qui d'ailleurs ne fonctionne plus. Mme Ramona, une amie qui travaille dans le quartier Saint-Marcel, me l'a remis de la part de… Ça ne vous regarde pas. C'est tout ce qui me reste de lui. Je vais le ranger. En mon absence, ne touchez à rien.

Il la vit ranger le coffret au fond d'un placard à linge.

Pendant le court laps de temps où elle disparut, Jeremy eut le temps d'étudier la montre de mauvaise qualité sur le dos de laquelle étaient gravées des initiales, un L et une autre lettre, illisible. Il nota dans un carnet : « Cadeau remis à Miranda Marquez le 28 octobre 1925 par Mme Ramona, quartier Saint-Marcel de la Salpêtrière. » Un amant ?

Les rues du quartier Saint-Ambroise étaient parcourues par un vent glacial emportant en tourbillons papiers gras et tickets de métro usagés. Gueule béante, l'église attendait les fidèles, peu nombreux à braver le froid.

Noyé dans une houppelande trop large de deux tailles, Sammy attendait Jeremy en buvant un café.

Il avisa Guillaume Fleury, le teint pâle, les cheveux hirsutes. Son chapeau avait dû s'envoler. Sammy se tassa sur la banquette afin de ne pas être repéré. Pourquoi cet individu traînait-il dans le quartier ?

Jeremy parut, apportant avec lui une bouffée d'air froid. Il aborda la table de Sammy, très énervé.

— J'ai trouvé un indice ! J'étais chez Miranda Marquez et…

— Que fabriquiez-vous chez cette hétaïre ?

— Occupe-toi de tes affaires. J'ai déniché un indice important. Une montre à gousset. Elle affirme que c'est un souvenir auquel elle tient. N'empêche qu'une vérification s'impose. Je vais aller fouiner dans ce coin.

— Et moi, je me tourne les pouces ?

— Toi, tu t'informes des résultats de l'enquête menée par le commissaire Dorval au sujet du meurtre du Dr Gilbert. Nous avons discuté, mais je sens qu'il est réticent à me livrer certains détails concernant l'arme du crime. Le médecin légiste a fait allusion à une sorte de pointe de flèche, très fine, mais rien ne prouve qu'il ne se trompe pas. Et le mobile ? Pourquoi assassiner deux personnes aussi différentes que le Dr Gilbert et Antoinette ?

— Peut-être tout simplement le commissaire ignore-t-il le pourquoi du comment ?

— Ça n'a aucun sens, cette expression.

— Vous ne vous privez pourtant pas de l'utiliser. Bon, oublions la langue française. Êtes-vous conscient que la police nous suspecte tous, oui, même vous, et désire nos autographes à cause d'une lettre anonyme reçue par l'Auguste de service ? On y mentionne un costume d'Arlequin. Auguste Dorval a même cherché à me faire avouer que je donnais dans le genre italien.

Jeremy contempla le verre de whisky que le garçon avait déposé devant lui. Il lui sembla y voir nager une minuscule sirène dotée du visage de Miranda Marquez.

— Je crains qu'il ne soit pas le roi des enquêteurs. C'est à Victor que je demanderai des conseils. L'expérience acquise sur le terrain a fait de lui un détective plus que doué. Il pourrait en remontrer à n'importe quel inspecteur français. Or, selon lui, cette affaire est beaucoup plus complexe qu'il n'y paraît. Les pistes se mélangent, et il faut se méfier de tous ceux qui composent la troupe.

— À ce propos, le souffleur nous épie.

Jeremy jeta un coup d'œil au miroir accroché face à lui et discerna la silhouette de Guillaume Fleury à demi dissimulé par un lampadaire.

— Ce type est étrange. Chacun des autres l'est aussi, à sa manière. Ils forment peut-être une équipe de trafiquants de drogue, le père Anatole en connaît deux ou trois. Ce sont les assassins potentiels du Dr Gilbert et d'Antoinette. Ou alors chacun opère seul, pour son propre compte.

— Tiens, le souffleur a levé l'ancre, marmonna Sammy.

— Je vais en faire autant. Retrouvons-nous rue de Seine ce soir vers dix-neuf heures, Victor sera là.

— Je viendrai, mais je ne resterai pas longtemps, n'oubliez pas que je travaille le soir au théâtre des Champs-Élysées.

Jeremy sourit. Il aurait eu du mal à ne pas se rappeler le métier d'assistant régisseur qu'exerçait son ami, tellement fier de sa réussite qu'il en parlait à tout bout de champ.

40

Le quartier Saint-Marcel de la Salpêtrière, où s'élevait le célèbre hôpital, était constitué d'immeubles haussmanniens et de cafés où, derrière des vitrines embuées, s'entassaient des piles de chopes, de soupières et d'assiettes.

D'autres rues moins prestigieuses abritaient des échoppes plus populaires.

Jeremy entra dans l'une d'elles, où l'on vendait des vêtements d'occasion, et interrogea le propriétaire, un homme très maigre à la peau sombre et aux cheveux crépus.

— Mme Ramona, cela vous dit quelque chose ?

L'homme se gratta la tête, hésita et cria :

— Mélina !

Une femme qui avait dû être belle, mais dont le visage et le corps empâtés annonçaient le début de la vieillesse, arriva en traînant les pieds.

— Oui, Nikos ?

— Mme Ramona, tu vois qui c'est ?

Mélina tordit sa bouche en une expression dégoûtée.

— Si c'est celle à laquelle je pense, elle n'exerce pas un très joli métier. Mais au moins, elle est à son compte. Vous prenez la première à droite et la deuxième à gauche, au fond de la cour il y a une porte peinte en jaune, c'est là.

Elle regarda s'éloigner Jeremy avec une mine contrite en murmurant :

— Si jeune et déjà perverti, quel dommage ! Un choix bien malheureux, une femme de l'âge de sa mère, qui a de la moustache et des seins en poire, un vrai gâchis !

Son mari évita de la regarder, songeant qu'elle n'avait certainement rien à envier à cette Mme Ramona.

Non sans peine, Jeremy atteignit la porte jaune. La peinture était écaillée et une simple fente au milieu du bois tenait lieu de boîte aux lettres. Il n'eut pas besoin de frapper, il lui suffit de pousser, c'était ouvert. Une femme âgée et rabougrie accrochait du linge sur un fil tendu entre deux poteaux. Quand Jeremy manifesta sa présence en se raclant la gorge, elle sursauta.

— Qui êtes-vous ? Je vous préviens que, si vous venez pour une passe, vous perdez votre temps, je m'arrête pile à la demie, et je me consacre aux soins ménagers, parce que des forces, moi, après une journée de turbin, j'en ai plus guère, surtout pour des galapiats comme vous !

Jeremy avait beau compatir à la destinée de cette femme âgée condamnée à exercer le plus vieux métier du monde alors que les rides grignotaient son visage, il n'en était pas moins écœuré.

— Je ne suis pas là pour… ce que vous pensez. Je tente juste de me renseigner au sujet d'un certain Louis.

Mme Ramona se figea.

— Louis, pauvre gamin. Mort si jeune. C'est vraiment pas juste. Il était brave, ce garçon, malgré sa vie dissolue.

Elle s'essuya les yeux et enfouit son nez dans un mouchoir qui devait dater de la Grande Guerre tant il était criblé de trous.

— Mais entrez donc, je vais vous faire une verveine. Vous voulez que j'y ajoute une goutte de rhum ?

Jeremy pénétra dans une maison qui n'avait pas dû être aérée depuis l'époque de Vercingétorix. Son arrivée provoqua une ruée de chats et de poules vers la cour où séchait le linge. Il éternua à plusieurs reprises et, quand Mme Ramona le servit, déclina poliment l'offre qu'elle lui faisait et se contenta d'un verre d'eau, non sans en avoir nettoyé les bords avec discrétion à l'aide d'un torchon d'une blancheur douteuse.

— Et sa montre à gousset, vous vous en souvenez ?

Mme Ramona regarda le cadran, puis Jeremy, et porta les mains à ses joues.

— Mon Dieu, ne me dites pas que la jeune femme à qui je l'ai apportée de la part de Louis est décédée…

— Ne vous inquiétez pas, elle est en vie. Elle m'a chargé de vous retrouver pour vérifier que vous, vous étiez toujours de ce monde.

— Elle est trop bonne. Des macchabées, y en a eu assez comme ça, dans mon entourage. Mon frère dans une tranchée, ma grand-mère dans un hospice, ma maman à cause d'une tige de pissenlit comme on en utilise pour… vous savez, quand on est enceinte et qu'on ne veut pas…

Jeremy lui adressa un signe de la main qui signifiait « Abrégez », mais elle continua sur sa lancée :

— Ma voisine Aïcha, qui exerçait le même boulot que moi… Je vous embête, hein ? remarqua-t-elle, s'apercevant de son agacement. Louis, reprit-elle, victime des politicards qui ne tiennent pas leurs promesses de réparer les baraques croulantes, et aussi des médecins qui sont de mauvais bougres adonnés à la boisson.

À ce mot de « médecins », Victor tiqua.

— Êtes-vous en train de me dire qu'un docteur aurait négligé son devoir le jour de l'accident ?

— Oui. Je vous ennuie, hein ?

— Tout au contraire. Qui était ce médecin ?

— Je ne sais pas vraiment. Aïcha dit qu'il reçoit des patients mais elle ne sait pas si c'est à l'hôpital ou à son domicile. Il aurait oublié de demander aux sauveteurs d'emporter Louis pour le soigner.

Jeremy se moucha.

— Personne ne pourrait me dire son nom ?

— Peut-être un des deux clodos qui se battaient près de la rue Esquirol. Moi, ces as de la castagne, je ne tiens pas à les fréquenter, alors je vous laisse vous débrouiller seul.

— Comment s'appelle celui auquel vous faites allusion ?

— Ventre creux, parce qu'il est constamment bourré mais n'avale pas une miette.

Jeremy s'était bien gardé de boire une goutte de verveine au rhum. Il souleva son chapeau et quitta la vieille femme, pressée de retourner accrocher son linge.

Il marcha sur des trottoirs de plus en plus défoncés, se perdit à plusieurs reprises et pria plusieurs passants de le renseigner, sans résultat. Enfin, il aperçut la plaque indiquant la rue Esquirol, et finit par dénicher un homme plus sale que vingt peignes, le visage couvert d'ecchymoses, le nez rouge comme une tomate, ronflant plus fort qu'une locomotive au milieu d'une marée de détritus.

Jeremy s'approcha à pas de loup et se pencha vers l'homme.

— Euh… Êtes-vous celui qu'on appelle Ventre creux ?

Un grognement digne d'un cochon lui répondit. L'homme souleva des paupières collées et se frotta les yeux.

— On n'peut pas faire la sieste sans qu'on vous secoue comme un prunier ! Qu'est-ce que c'est que ces manières d'abruti ? J'étais au milieu d'un rêve plein de jolies péronnelles et de piles de fafiots, et voilà que vous avez tout cassé ! Et pis d'abord, comment que vous connaissez mon identité ?

— Un passant m'a renseigné.

— Il ne faut pas vous imaginer que je m'appelle vraiment comme ça. J'ai un nom normal comme vous sûrement, mais je préfère le garder secret, parce que des espions, y en a partout. Tiens, celui qui m'a cogné sur la tronche pour essayer de me voler ma toquante y a quelques mois !

— Quelle coïncidence ! C'est justement à propos de cette montre que je…

— Oh, jouez pas les prétentieux avec moi sous prétexte que vous êtes un gentleman et moi une loque. Toquante !

— Bien, soupira Jeremy. C'est à propos de cette toquante que je désire… (Il hésita.) Que je désire causer avec vous. Elle avait de la valeur ?

— Tu parles ! éructa Ventre creux. Elle ne tictaquait plus depuis que le chat borgne affalé sous les caisses, là-bas, lui avait pissé dessus ! J'aurais eu mieux fait de ne pas attendre si longtemps avant de la filer à Mme Ramona, qu'est si gentille avec mon copain Gnouf et moi. Je crois qu'elle l'a rendu à çui qui la portait dans sa profonde, elle était à lui, avant. La toquante, pas Mme Ramona, vous la verriez, elle…

— On m'a parlé d'un docteur qui n'aurait pas bien soigné Louis.

— J'vous fiche mon billet que, si je le rencontre, ce gaillard, j'en fais de la chair à pâté ! Vibert, qu'on l'appelait. Non, Flibert. À moins que ce ne soit Gribert.

— Gilbert ? murmura Jeremy.

— Ne causez pas si fort, je ne suis pas sourd ! Oui, Gilbert. Maintenant que vous m'avez tiré les vers du nez, laissez-moi retrouver mes pimbêches, j'ai besoin de repos, moi, avec tout le travail que je me farcis !

Il se roula en boule, genoux au menton, et son ronflement reprit illico.

Jeremy était perplexe. Personne ne lui avait dit que le Dr Gilbert avait participé au sauvetage de blessés lors de l'effondrement de masures dans ce coin. Qui serait capable de le renseigner ? Un nom lui vint aussitôt à l'esprit.

41

Jeremy reconnut sans peine la femme longiligne qui lui ouvrit, c'était la concierge, vêtue d'une blouse grise qui l'apparentait à une gardienne de prison. Son visage triangulaire n'avait rien d'avenant mais se dérida quand elle reconnut Jeremy.

— Vous désirez ?

— Je dois m'entretenir avec Mme Gilbert.

— Elle se repose.

— Qui est-ce ? demanda une voix lointaine.

La concierge haussa les épaules et fit demi-tour dans le couloir. Quelques minutes plus tard, elle réapparut, maussade.

— Elle consent à vous recevoir, mais je vous préviens, elle est très faible, le médecin a dit : « Pas d'émotions. » Il aurait pu me conseiller, à moi qui ai tellement mal aux lombaires, de ne pas me livrer à un ménage épuisant dans ce capharnaüm, parce que la petite Antoinette, elle n'en fichait pas une ramée ! Mais il s'est contenté de me souhaiter bon courage. Encore heureux que je n'aie pas eu à payer une consultation pour entendre ça ! Ne l'épuisez pas, elle est en piteux état.

— Soyez tranquille.

Dubitative, la concierge leva le camp.

Allongée dans la chambre aux rideaux à demi tirés, Hélène Gilbert était, comme toujours, étendue sur son lit. Depuis la mort de son mari, elle se morfondait dans sa chambre. Elle était incapable de bouger, la moindre pensée la déchirait en la ramenant au visage de celui qui avait tant compté pour elle. La vie était une sinistre blague. Si elle en avait eu le courage, elle se serait jetée sous un train. Elle se contenta de caler sa tête contre deux oreillers, et s'efforça de poursuivre la lecture du *Portrait de Dorian Gray*, d'Oscar Wilde. Bien qu'elle fût obsédée par le décès d'Étienne, elle était fascinée par cette histoire à la fois fantastique et philosophique.

Elle ne prit garde à Jeremy que lorsque ses souliers neufs grincèrent sur le parquet. Elle tressaillit et posa le livre sur son ventre.

— C'est sombre ici, vous permettez que je tire les rideaux ? demanda-t-il.

Elle sursauta.

— Pour ce qu'il y a de soleil…

Elle se cacha les yeux sous un mouchoir. « Qu'il parte, mais qu'il parte donc ! » songeait-elle.

— Vous dormez bien ? Moi j'ai du mal. Si cela continue, je vais emprunter les *Mémoires d'outre-tombe* de Chateaubriand, c'est tellement gros, je m'endormirai dessus. Ce qui me surprend, c'est qu'on le vende chez les libraires et pas chez les pharmaciens. Vous avez le teint pâlichon, vous devriez manger davantage et marcher au moins une heure par jour !

Conscient de l'exaspération provoqué par son ton doctoral, Jeremy redevint sérieux.

— Toute la troupe a appris le destin d'Antoinette. Nous sommes très peinés, elle était gentille et…

— Une peste incapable de tenir une maison, mais je l'appréciais, le coupa Hélène Gilbert. Je m'en veux de lui avoir imposé tant de courses, surtout pour ce que je mange, mais le docteur insiste pour que j'absorbe un maximum de fruits et de légumes, et aussi du foie de veau. Je déteste ça, mais je suis anémiée, paraît-il.

— Qui va payer les obsèques ?

— Les parents d'Antoinette. Ils se sont rendus droit à la morgue, le même endroit sinistre où est allé le corps d'Étienne.

Hélène Gilbert porta son mouchoir à ses yeux, qu'elle tamponna à plusieurs reprises.

— Je vais faire passer une annonce dans les journaux pour dénicher une remplaçante. Mme Dupré, la concierge, n'a pas le temps de s'occuper de tout, elle est déjà bien bonne d'être ma garde-malade.

Jeremy hésita avant de poser la question qui le démangeait.

— Avez-vous travaillé avant de vous cloîtrer dans votre chambre ?

Hélène Gilbert évita son regard, preuve qu'elle répugnait à évoquer certains souvenirs.

— Oui. J'ai été infirmière dans une clinique psychiatrique. C'était oppressant, tous ces gens taraudés par des pensées morbides, prêts pour certains à se donner la mort. Nous étions toute une équipe chargée de les surveiller de près, afin qu'ils ne commettent pas l'irréparable, il fallait parfois les mettre sous sédatifs, ou les ligoter.

— Étiez-vous, entre autres tâches, chargée de leur administrer des piqûres ?

Elle hésita à répondre.

— Cela m'arrivait, mais rarement.

Jeremy décida de la croire, puisqu'il n'avait aucune preuve de ce qu'elle avançait. Il lui faudrait vérifier, mais les renseignements étaient vagues : à quelle clinique faisait-elle allusion ? Il décida de changer de sujet pour l'instant. Il avisa un ruban bleu que la petite bonne portait parfois dans ses cheveux.

— Antoinette avait-elle un amant ?

Choquée, Hélène Gilbert saisit son roman, puis, comme s'il l'avait brûlée, le rejeta loin d'elle.

— J'ignore ce qu'elle fricotait pendant ses heures de congé hebdomadaire, ou la nuit. Elle n'avait pas l'air d'une dévergondée, mais sait-on jamais, avec les filles d'aujourd'hui ?

— Donc, vous ne sauriez me renseigner sur ses relations avec Tom Brighton, qui interprète Dédale, ni avec Guillaume Fleury, qui a endossé le rôle du roi Égée dans *La Voile noire*, non plus qu'avec le cousin de votre époux, Gaëtan Bardin ?

Hélène Gilbert resserra son châle de laine autour de ses épaules.

— Je n'éprouve plus aucun intérêt envers ce triste sire et son œuvre, alors vous vous doutez qu'il en va de même pour les acteurs qu'il a choisis. Seul Sammy m'est sympathique, parce que c'est un garçon dynamique et travailleur, et j'ai eu des relations agréables avec Catherine Cognat, enfin, le peu que je l'ai vue. J'espère qu'elle sortira bientôt de l'hôpital.

— On l'a libérée, elle est solide et tonique.

— En revanche cette Carmen de bazar ne m'attire guère, elle fréquente trop les messieurs.

Jeremy se retint de dire que lui-même la jugeait aussi séduisante que son hôtesse. Il avait honte de lui. Qu'aurait pensé Camille si elle l'avait su ?

— Vous avez appris qu'on avait cherché à mettre le feu ici ? Je n'avais pas cru Antoinette quand elle m'en a parlé, mais Mme Dupré a constaté que le bord inférieur des tentures dans la chambre de bonne était brûlé.

— Fermez bien à clé la nuit et priez Mme Dupré de surveiller les escaliers.

— J'ai peur… Vous reviendrez ?

— Je vous le promets, assura Jeremy, qui serra la main glacée tendue en offrande et la jugea un peu insistante.

Lui-même avait envie de prendre Hélène Gilbert dans ses bras, mais il ne céda pas à la tentation.

— Claquez la porte en sortant, Mme Dupré a la clé.

Il inspecta la cuisine afin d'être certain qu'aucun visiteur indésirable ne s'y cachait, puis il quitta l'appartement.

Camille jeta un regard attendri à une fillette à queue de cheval qui utilisait sa paille pour faire des bulles dans sa grenadine. Et si Jeremy et elle avaient des enfants ? Le « non » qu'elle opposait à cette idée se dressa de nouveau en elle. Elle avait choisi depuis son adolescence de se vouer à la musique, et cela ne s'accordait pas dans son esprit avec la maternité. Jeremy continuerait-il d'être son allié sur ce point ? Ce doute ne l'empêcha pas de sourire à la fillette et de gonfler les joues en signe d'amitié.

Elle avait reçu un mot de Catherine Cognat la priant de passer la voir chez elle. Une entorse, ce n'était pas bien méchant, et on avait sans doute jugé qu'elle était capable de marcher sans risque. Elle n'avait aucune tâche particulière à effectuer. Elle aurait pu répéter le duo que Jeremy préparait avec elle, mais son chéri était toujours occupé ailleurs. Elle décida de se rendre dans cette rue au drôle de nom, Nicolo, indiquée au dos de l'enveloppe, avec cette mention : « au-dessus de la *Grande Boucherie continentale* ». Il fallait descendre à la station La Muette.

Elle emprunta le métro à Odéon et se rendit compte qu'elle allait traverser une bonne partie de la capitale avant d'arriver à destination. Un homme à la moustache frisée vint s'asseoir près d'elle.

— Saviez-vous, chère madame, qu'il est question d'incorporer la ligne Nord-Sud au chemin de fer métropolitain ?

Elle changea aussitôt de place, au grand dam de l'homme qui avait l'intention de lui conter fleurette.

42

Malgré le soleil qui illuminait le salon, Catherine Cognat, assise dans un fauteuil, chantait *Il pleut, il pleut, bergère* à ses perroquets pour les apaiser du traumatisme qu'ils avaient subi. Elle fredonnait en pure perte car ils ne lui pardonnaient pas de les avoir abandonnés aux soins de la voisine, qui oubliait fréquemment de les nourrir et de nettoyer leur cage.

Elle se leva et boitilla vers la fenêtre d'où elle guetta la venue de Camille. Cette jeune femme lui était fort sympathique. Il était dommage qu'elle eût déjà un amant, sinon elle lui aurait fait la cour depuis longtemps.

Mais ce n'était pas pour cette raison qu'elle lui avait demandé de venir. Elle avait besoin d'une femme honnête à qui se livrer, et cette pianiste lui semblait énergique et discrète.

Elle se traîna vers le palier et accueillit Camille, surprise que la porte soit déjà ouverte.

— Je vous ai aperçue par la fenêtre, dit Catherine Cognat. Surtout, ne faites pas de bruit, mes chéris sont dans les bras de Morphée.

— Vos chéris ? répéta Camille, étonnée qu'une personne de cet âge ait des enfants.

— *In-di, in-di, demi-tour drrrroite !* brailla une voix enrouée à laquelle une autre voix presque identique répondit :

— *En avant, 'arche !*

— Ne craignez rien, ce sont mes perroquets du Gabon. Les coquins, ils ne dormaient donc pas, ils simulaient le sommeil ! Mais entrez, je vais vous les présenter.

Camille admira, enfermés dans une cage, les deux beaux oiseaux aux plumes cendrées.

— Blanche, Coco, je vous présente Mlle Pignot…

— Un nom que je n'apprécie guère.

Camille songea que Nelson serait beaucoup plus seyant.

— Asseyez-vous, proposa Catherine Cognat. Aimeriez-vous goûter à ma décoction de salsepareille additionnée de liqueur de menthe ?

— Un café serait le bienvenu.

— Je n'en ai malheureusement pas, c'est très mauvais pour la santé, mais je peux vous préparer un thé…

— Nature, sans lait, sans sucre, l'interrompit Camille.

— Avec une tartelette au citron ? ajouta Catherine Cognat, d'un ton plein d'espoir.

Camille refusa d'un geste, souriante.

— Le sucre aussi, c'est très mauvais pour la santé, assura-t-elle.

Pendant que son hôtesse préparait le thé, Camille examina avec répugnance le papier peint rouge cerise, les horloges, les pendules, dont pas une ne marquait la même heure, et s'efforça de ne pas regarder les deux perroquets interprétant *La Marseillaise* en criaillant.

Catherine Cognat revint, portant un plateau sur lequel étaient posés une tasse contenant un breuvage noir, un verre de vin rouge et un bol empli de gaufrettes. Elle s'en débarrassa sur un guéridon. Camille demeura immobile.

— Vous ne buvez pas votre thé ?

— J'attends qu'il refroidisse, répondit Camille.

— Dans ce cas, je vais patienter, regretta Catherine Cognat, qui lança vertement aux perroquets : Bouclez-la, les rastaquouères !

Les deux volatiles se mirent incontinent à roucouler.

— Vous aviez quelque chose à me confier ? demanda Camille.

— Je suis montée sur un escabeau après avoir été attaquée, et j'ai voltigé en tentant de récupérer la cage de mes perroquets. Je ne comprends pas comment elle a pu arriver là. Le coupable est au fait de mes habitudes, il sait où je range toutes mes affaires. Pendant que j'étais évanouie, il m'a ligotée comme un saucisson, je souffrais de ma cheville. J'ai été aspirée par un tourbillon grisâtre où la réalité a cessé d'exister. Il paraît que les voisins ont eu peur et ont alerté l'hôpital. Hier, en rentrant sans prévenir les autres. Tout à l'heure j'ai fait l'inspection de mon appartement. Vous savez ce qu'on m'a dérobé ? Un pot à moutarde plein de souvenirs de mon papa ! Des aiguilles d'horloge très fines et pointues. Or, la seule fois où j'ai reçu des gens ici depuis Noël, c'est un après-midi peu avant qu'on commence à répéter la pièce de Gaëtan Bardin. La troupe au complet.

— Vous êtes sûre qu'ils étaient tous là ?

— Oui, sous la houlette de Gaëtan. Je le soupçonne, lui, c'est un hypocrite. Il aurait très bien pu percer le cœur de quelqu'un avec une de ces piques pointues. C'est bien comme ça que le Dr Gilbert a été tué, non ?

— Vous pensez que Gaëtan pourrait être le coupable ?

— Oui. Parce qu'il trafique de la drogue, tiens, et qu'il fournissait son cousin en cocaïne !

Catherine Cognat s'accorda une gorgée de vin et engouffra cinq gaufrettes d'un coup.

— Pourquoi cette mise en scène ? demanda-t-elle à Camille.

— Je l'ignore. Pour donner l'impression que vous êtes folle ou gâteuse. Parce que vous savez quelque chose qui gêne celui ou celle qui a tenté de vous tuer. Peut-être ce quelque chose a-t-il un rapport avec les aiguilles d'horloge ?

— Vous croyez ? Ce ne serait pas vous par hasard ?

— C’est la première fois que je viens chez vous.

— Ça, c’est une autre histoire. Non, je ne pense pas que vous ayez un rapport quelconque avec cet imbroglio.

Camille prit congé et s’éloigna dans une mince allée champêtre, cueillit quelques fleurs au bord de la chaussée, sous la surveillance d’un vieux fumeur appuyé sur sa canne.

Rue Nicolo, un photographe immortalisait une diseuse de bonne aventure.

« Cela plairait à Victor, se dit Camille. La photographie a toujours été son hobby. »

Victor, avec ses tempes grisonnantes, son front ridé comme celui d’un chien vieillissant, son visage glabre. Malgré son âge, il n’était pas dénué de charme. Camille avait toujours eu un faible pour les sexagénaires, et elle poussa un soupir à la pensée qu’elle était tombée amoureuse d’un homme bien plus jeune. Elle se consola en songeant que Jeremy ne tarderait pas à mûrir et en oublia qu’elle aussi se friperait.

Hormis Jeremy, une seule personne était susceptible de dénouer les fils de ce mystère : Victor Legris. Joseph Pignot avait consacré des soirées à énumérer les enquêtes de son beau-frère à ses enfants : Camille, jadis nommée Jeanne, et Arthur.

Ces souvenirs vibraient en elle à l’instar de papillons enfermés dans un bocal. Elle n’aimait guère les évoquer, ils lui rappelaient la fuite du temps et le toboggan qui les menait, Jeremy et elle, vers un grand mystère dont nul n’était revenu décrire le spectacle qu’il avait contemplé.

Aussi évitait-elle de ranimer le passé de Victor. Il avait parcouru tout Paris à pied et à bicyclette pour agrafer, du cimetière du Père-Lachaise aux ruines de la Cour des comptes, de l’Opéra à la Foire du Trône, des Batignolles à Montmartre, des criminels sur le compte desquels il avait parfois commis des erreurs. Par bonheur, son père adoptif, Kenji Mori, était à ses côtés et lui sauvait la vie *in extremis*, après avoir désapprouvé sa conduite tout autant que l'épouse de Victor, Tasha Kherson, qui avait consacré sa vie à la peinture.

Victor était assis dans un bistrot et sirotait un verre de rouge en écoutant les conversations des clients.

— Vous connaissez la meilleure ? On a arrêté un facteur qui volait les timbres des lettres qu'il distribuait, grommela une voix de baryton.

— Un journaliste a comparé notre Paris actuel au Paris de l'an IV, le Directoire, tout ça, parce qu'on se trémousse partout ! Les gens de l'époque fêtaient la fin de la Terreur, pourtant de nos jours, ça y va bon train.

— Au Mexique, on s'est battu à coups de revolver à la Chambre des députés, expliqua une femme.

Son menton pointu lui donnait l'allure d'une souris.

Amusé, Victor recopiait ces dialogues, épié par un vieil homme feuilletant le magazine *L'Auto*.

Jeremy et Sammy entrèrent dans le bistrot. Jeremy paraissait surexcité. Avisant le verre de vin que buvait son beau-frère avec un plaisir évident, il désigna une bouteille posée sur un tabouret et demanda au patron :

— Il est léger ?

— Oh, moi, tout ce que je peux vous affirmer, c'est que notre pinard n'a jamais tué personne !

— Vous délaissez le whisky ? lui lança Victor.

— Et vous, le vermouth cassis ?

Ils rirent. À cet instant, Camille poussa la porte du café. Elle alla s'échouer à leur table.

— Je ne sais plus que faire. Tu es toujours absent, reprocha-t-elle à Jeremy. Notre spectacle ne sera jamais prêt.

— *La Voile noire* non plus, je suis allé voir Hélène Gilbert…

— Pas pour la courtiser, tout de même ? s'écria Camille.

— Tu peux avoir une confiance absolue en moi, tu le sais bien, affirma-t-il, un peu titillé par sa conscience. Non, mais j'en ai appris de belles sur Gaëtan Bardin. Comme je m'en doutais, il a un trafic de cocaïne. Julien Sarde, son acolyte, côtoie pas mal d'amateurs de stupéfiants.

« J'ai beaucoup cogité, poursuivit Jeremy. Il va falloir cerner la personnalité de ceux qui entouraient le Dr Gilbert. Gaëtan me rappelle un lapin fuyant le chasseur. Les acteurs, cela va de soi. Mais aussi ce Clovis Trouille. Et s'il tenait un bout du fil d'Ariane ?

« Nous ne savons qu'une partie de l'histoire. Il serait judicieux d'interroger ceux avec qui traitaient Gaëtan et Julien. J'ai déniché dans ma poche, le jour des obsèques du Dr Gilbert, un papier sur lequel étaient écrits ces mots :

JE SUIS BLANCHE ET LÉGÈRE
JE ME LAISSE INSPIRER
PAR CEUX DONT L'OREILLER
EST L'AMI PRÉFÉRÉ.
DEUX D'ENTRE NOUS M'ADORENT
UN TROISIÈME EN EST MORT
SAURAS-TU DEVINER
QUI GAGNE À ME LIVRER ?

« Regardez, sous les mots “Deux d'entre nous m'adorent”, on peut déchiffrer, difficilement je l'admets, passage Brady, observa Jeremy.

Victor regarda Jeremy avec admiration. Ainsi, il avait un émule dans sa propre famille.

Une femme aux cheveux poivre et sel débordant d'un chapeau à fleurs entra dans le café.

Elle était plutôt boulotte. Son charme épanoui l'imprégnait d'un aspect rassurant, presque maternel. Elle était moulée dans un tailleur à rayures, et ses pieds demandaient grâce tant ses chaussures de cuir fauve étaient serrées. Elle n'était guère séduisante, mais elle avait un certain charme.

Elle alla s'asseoir tout près de Camille qui se dressa, furieuse.

— Non mais, pour qui me prend-elle, celle-là ? Je vous attends devant le bistrot.

Déçue, la femme se retrancha vers le fond du café.

Les trois amis commandèrent une deuxième tournée. Ils désiraient profiter au maximum de cette réunion. Le patron utilisait de vieux sous-bocks pour ne pas tacher les tables pourtant déjà grasses. Il ne se donna pas la peine d'en apporter de nouveaux.

Ils rejoignirent Camille et ils arpentèrent les allées du marché Mabillon, en quête d'un potiron destiné au potage qui constituerait leur dîner.

— N'en achetez pas un trop gros, je vais le remonter et me charger du repas, dit Camille.

43

Tout en parcourant les allées du marché, Victor devisait, ne s'interrompant que pour flairer un melon.

— Ceux qui s'adonnent à la drogue sont mélancoliques. Ils choisissent pour remède à leur tristesse l'opium et la cocaïne. Mille francs le kilo.

Un jeune homme blond l'accosta.

— Méfiez-vous, Tatave, ne parlez pas trop fort, il y a des faisans. Si vous en dégotez un, plantez-lui des plumes là où il doit les porter. Vous ne seriez pas intéressé par quinze grammes de morphine, par hasard ?

Victor reposa le melon et entraîna Jeremy à l'autre bout du marché.

— Nous vivons dans un monde dangereux, empli de filous. Une affaire de cocaïne défraie la chronique. Un ex-pensionnaire de la Comédie-Française serait mêlé à cette sale combine.

— J'ai bien entendu Comédie-Française ? Guillaume Fleury y était souffleur. Supposons que…

— Pas de suppositions. Quand on mène une enquête, on doit être sûr de soi, répliqua Victor. Sous-entendez-vous qu'il est mêlé à un trafic de drogue ?

— Pour le trafic, je soupçonne Gaëtan et Julien. Gaëtan adorait sa nièce, il n'a jamais pardonné au Dr Gilbert d'avoir salé la purée de sa fille avec de la cocaïne. Ce jour-là, le docteur était sous l'emprise de barbituriques.

Il s'est trompé et, au lieu de sel, il a versé ce poison dans l'assiette de la petite.

— Comment le savez-vous ? demanda Jeremy.

— Gaëtan Bardin s'est confié à moi. Il se sent coupable d'avoir initié son cousin à une prise régulière de substances toxiques, en échange de quelques billets. J'ai peur que son sentiment de culpabilité le conduise à faire des bêtises.

— Vous devriez aller le voir.

Victor hésitait.

— Camille va m'en vouloir de déserter votre domicile alors que j'avais promis de dîner avec vous.

— Cessez de peser le pour et le contre. Vous portez une grosse responsabilité. Gaëtan pourrait vouloir mettre fin à ses jours…

— Lui ? Il est trop imbu de lui-même et il espère devenir un auteur célèbre.

— Entre l'ambition et le succès, il y a un gouffre, soupira Camille.

— Si je retourne auprès de lui, ce sera davantage pour élucider certains mystères, par exemple celui de l'atelier Imans. Vous savez qu'on y a retrouvé un mouchoir brodé à ses initiales ?

— Oui, Dorval me l'a dit. Mais de quel délit charger Guillaume Fleury ? Il est cauteleux comme un chat.

— Ne réveillez pas le chat qui dort.

Victor paya le potiron et en chargea Jeremy.

— Merci du cadeau, ça pèse une tonne, ce machin-là.

— Le commissaire va s'en occuper, quand il aura fini de soigner sa prostate. On va interroger Clovis Trouille, et Guillaume Fleury. Croyez-vous réellement que Fleury ait voulu se venger de ceux qui se moquaient de lui ?

— Il a peut-être d'autres motifs, dit Jeremy. Certes, il hait Gaëtan parce qu'il ridiculise son métier. Je suis loin de connaître les dessous de cette histoire, mais je vais me colleter avec la vérité aujourd'hui même.

— Après avoir goûté au potage de potiron en compagnie de Camille, j'espère ? demanda Victor, souriant. Irez-vous tout droit chez Guillaume ?

— Non, c'est long, la préparation d'une soupe au potiron. Quand Camille m'aura servi…

— Un vrai pacha ! s'exclama Victor !

— … j'irai faire un tour sur les quais, avec vous si vous le désirez. Vous avez dû pas mal fréquenter les bouquinistes, j'ai besoin de me détendre après toutes ces péripéties. Je dirai bonjour à vos copains. Vous achèterez peut-être une ou deux premières éditions de Conan Doyle, pour amuser Joseph.

— Oui, il a besoin de se distraire car, depuis qu'Euphrosine, sa mère, vit dans un pavillon près de la Nation, elle le tarabuste du matin au soir pour qu'il vienne lui tondre sa pelouse.

— Il n'a qu'à lui offrir un mouton, rien de tel pour raser le gazon. Ensuite, continua Jeremy comme si un insecte lui était entré dans l'oreille, j'irai sonner chez Hélène Gilbert. Elle ne m'a pas tout avoué. Je lui demanderai si par hasard elle n'a pas consommé elle aussi des drogues, pour suivre l'exemple de son mari. Je fouillerai discrètement chez elle et je chercherai où elle aurait pu cacher l'arme du crime, à supposer qu'elle soit coupable.

Victor ébaucha un geste désabusé et loucha vers un étalage de poireaux et de carottes, pensant avec nostalgie aux potages que lui concoctait Tasha. Elle adorait en préparer, mais il passait ensuite sa nuit aux toilettes et ne se rendormait qu'avec difficulté.

Victor et Jeremy quittèrent le marché en se lançant l'un à l'autre le potiron comme un ballon, à la grande joie des gamins qui suivaient leurs mères dans les allées.

Un garçon aux cheveux drus cria :

— But !

Sa mère l'entraîna rudement, et ne le vit pas tirer la langue à Victor.

Quand ils eurent dégusté la soupe au potiron, très longue à cuire, préparée avec soin par Camille, Victor annonça qu'il allait flâner sur les quais. Jeremy regrettait de s'être engagé et résista à l'envie de s'allonger pour une sieste.

— Nous avons besoin de prendre un peu l'air avant de continuer nos investigations. Il y a très longtemps que je ne suis pas allé me promener sur les bords de Seine, dit l'ancien libraire.

Camille fit la moue, mais ne protesta pas. Cette enquête était plus ardue que prévu.

Victor espérait transmettre au pianiste sa passion pour les maroquins et les basanes, qui avaient meublé sa vie au temps où il était libraire rue de Seine. Il connaissait un certain Raoul Pérot, qui avait abandonné son métier pour céder au désir de vendre des romans et des encyclopédies sur les quais, et il aurait été heureux de le retrouver.

Il s'était si souvent plu dans la compagnie de ces sages, âgés pour la plupart, assis sur leur pliant ou adossés au parapet, fumant ou rêvant dans l'espoir d'une vente. Ils étaient fréquemment plongés dans la lecture d'un livre sur l'archéologie romaine, ou la nomenclature des champignons ; certains s'immergeaient dans *Les Trois Mousquetaires*, d'Alexandre Dumas, ou préféraient éplucher les cours de la Bourse.

Victor était sur le point d'aborder un bonhomme en blouse grise, qui avait écrit un poème de pacotille dont il lui rebattait parfois les oreilles quand il venait se fournir chez lui. Le bouquiniste l'avait repéré. Victor décida de lui poser la question qui lui brûlait les lèvres.

— Comment se nomme celui qui vous a vendu cet objet rond ?

Le bouquiniste déclama aussitôt :

Sur les quais de la Seine
Les bouquins déclassés

Intéressent à peine
Les amateurs lassés.

— Qui vous a vendu cet objet ? répéta Victor, indifférent à ce quatrain.

— Il se nomme Guillaume Fleury, il est souffleur.

La transaction n'avait pas été longue. Le bouquiniste avait fourré l'objet dans une de ses poches et avait fourragé dans l'autre d'où il avait extrait une pièce de dix sous. Guillaume Fleury s'était énervé puis éloigné en maugréant.

Jeremy abandonna l'échafaudage derrière lequel il s'était dissimulé et rejoignit Victor.

— Vous vous souvenez de moi, monsieur Pérot ? reprit celui-ci.

Le bouquiniste se gratta la joue.

— Réfléchissons… Cet air de chien battu… Ce chapeau mou… Victor Dugris ! s'écria-t-il. Vous avez pris quelques rides et perdu quelques cheveux, mais en y regardant de près…

« Il peut parler », songea Victor qui ajouta à voix haute :

— Je suis bien content de constater que vous êtes toujours à votre poste ! Vous savez encore vous débrouiller. Ce type qui vient de vous vendre un machin arrondi…

— Une toquante. Une antiquité, qu'il appelle ça, elle ne marche même plus !

— Pourquoi la lui avoir achetée ? demanda Jeremy.

— Parce qu'un de mes clients les collectionne, même cassées, et que ce truc est en argent, un peu terni certes, mais une fois nettoyé j'en tirerai bien quinze francs !

— Vieux ouistiti ! s'écria Victor.

— Il vous a raconté d'où il tenait cette montre ? dit Jeremy.

— Il n'était pas bavard, mais il m'a expliqué qu'une de ses amies désirait s'en défaire, même si c'était un souvenir cher à son cœur. Un jeune homme la lui avait fait porter avant de mourir dans l'éboulement d'une maison, vous avez dû en entendre parler, cité Doré, octobre 1925. Ce jeune homme était un peu voyou sur les bords, il trafiquait de la drogue, il voulait rendre à qui de droit ce cadeau offert des années auparavant. Il a prié une pierreuse de l'apporter à sa bienfaitrice.

— Pour quelqu'un qui n'est pas bavard, il vous a débité un beau discours ! remarqua Victor.

Il s'éloigna en compagnie de Jeremy. Il louchait vers les étalages sans s'arrêter, à présent qu'ils possédaient des informations nouvelles. Sur le pont du Carrousel il se figea pour contempler la Seine et le Louvre, spectacle qu'il appréciait tant, surtout depuis qu'il en était privé. Jeremy s'arrêta à son tour et le dévisagea.

— Et maintenant, qu'est-ce qu'on fait ?

44

Mardi 23 mars 1926

Ils avaient longuement discuté la veille au soir afin de se partager le travail. Jeremy irait comme prévu chez Hélène Gilbert et s'efforcerait de lui tirer les vers du nez. Victor sonnerait chez Gaëtan. Il le soupçonnait d'être lié à Guillaume Fleury parce que tous deux étaient amants de Miranda Marquez. Ils se dirigèrent de concert vers le Louvre où Jeremy emprunta le métro et Victor monta dans un bus.

Hélène Gilbert somnolait dans son lit et, pour une fois, la porte n'était pas gardée par la concierge.

— Un vrai cerbère, celle-là, sous ses dehors aimables, grommela Jeremy.

— Qui est là ?

— Ne craignez rien, répondit Jeremy, pénétrant dans la chambre, dont la porte était entrebâillée.

Hélène Gilbert s'empressa de se recoiffer avec ses doigts et de s'envelopper de son châle.

— C'est gentil de me rendre visite.

— Vous vous sentez mieux ?

— Je suis encore très faible, mais le docteur affirme qu'il y a un léger mieux.

Jeremy s'assit près du lit.

— Avez-vous des nouvelles de Gaëtan Bardin ?

— Ce joli coco n'ose plus s'introduire chez moi. Il sait que je suis au courant, au sujet de son trafic. Et on a ramassé dans l'atelier de Pierre Imans un mouchoir brodé à ses initiales. Ce qui le désigne comme l'auteur des déprédations subies par un mannequin. Pierre Imans redoute une récidive. On a également mis Clovis Trouille sur la sellette. Drôle de nom, n'est-ce pas ? Ce n'est pas un pseudonyme, il se nomme vraiment comme cela. Je crois même que son premier prénom est Camille.

Jeremy ne put s'empêcher de songer à Camille, son grand amour. Il recula un peu son fauteuil.

— Quel curieux assemblage, en effet !

— Il a illustré des livres, notamment *Chéri-Bibi*. Et il a inventé une matière souple, on jurerait que c'est de la chair, il l'appelle la carnisine, elle lui permet de réaliser les mains des femmes – car ses mannequins sont féminins. C'est un amateur du sexe faible, à mon avis. J'ai eu la chance de voir un ou deux de ses tableaux, beaucoup sont des nus érotiques, débita Hélène Gilbert, qui ajouta : Il paraît qu'il a peint une sirène. Quelqu'un, un poète je crois, a dit que selon lui toute la sagesse du monde se trouvait dans ces yeux de cire. Eh bien, je n'en suis guère convaincue. Penser qu'il pose des dentiers à ses mannequins pour imiter un sourire ! On le prétend grand maître du « Tout est permis », je ne sais s'il s'agit d'une formule anarchiste, ainsi qu'on l'affirme, ou d'une autre forme de liberté…

Il y eut un silence, qu'elle rompit derechef.

— Une tasse de thé ? Mme Dupré s'en chargerait volontiers, je crains de n'être pas capable de bouger.

Jeremy préférait mourir de soif plutôt que de supporter la compagnie de la concierge. Il avait beau se plaire en la compagnie d'Hélène Gilbert, il se leva et lui tendit la main.

— Vous partez déjà ? déplora-t-elle.

— Un rendez-vous important. Ce que vous m'avez appris est très intéressant, je vous remercie.

Il se hâta de quitter l'appartement.

Le matin se faufilait entre les toits d'où il coulait en ruisseau envahissant les trottoirs. Pressés de gagner leur travail, les gens ne prêtaient nulle attention à Victor, qui atteignit la rue de Provence au moment où il commençait à bruiner. Il remarqua un homme qui craquait une allumette et tirait une bouffée, puis toussait à plusieurs reprises. Il fit une volte-face inattendue en percevant les pas de Victor se dirigeant vers lui dans la rue déserte.

— C'est moi que vous cherchez ? Vous croyez que je vais vous accorder des confidences ?

— Exactement. Si nous allions dans ce renfoncement pour parler ?

— Vous me prenez pour un hibou ? Si vous désirez une conversation, grimpons dans ma soupente.

Ils escaladèrent les marches glissantes et, au dernier étage, accédèrent à une mansarde de quinze mètres carrés, au plancher esquinté recouvert de morceaux de vieux tapis parsemés de poils de chat. Le matou était invisible. Un vasistas lui servait peut-être d'entrée. Des feuillets jaunis sur lesquels des phrases étaient soulignées au crayon encombraient le maigre espace.

Guillaume Fleury se versa un verre d'eau, mais ne proposa rien à Victor. Il jeta sa veste râpée sur un lit défoncé et s'assit sur une chaise bancale. Victor préféra rester debout.

— Alors, qu'attendez-vous de moi ? lança le souffleur.

— Hélène Gilbert pense que vous avez eu une liaison avec sa bonne. Et puis elle vous soupçonne de courtiser Miranda Marquez.

— Ça la défrise si je plais aux dames ? Elle n'est pas si fragile qu'elle en a l'air. Elle a tenu tête pas mal de temps à son mari, le docteur, qui se droguait à la cocaïne.

C'est sa faute si leur gamine est morte. C'est la faute de Gaëtan Bardin si son cousin s'est intoxiqué. Gaëtan et Julien achètent leurs paquets de « coco » à un certain père Anatole, tout près du passage Brady. Lui-même se fournit grâce à un marin marseillais qui grimpe de temps en temps à Paris pour le servir à bas prix. C'est une poudre de très mauvaise qualité, même si le père Anatole ne la vend pas bon marché !

Il alluma une autre cigarette et entrouvrit le vasistas.

— Et Miranda Marquez ?

— Elle aussi avait de bonnes raisons d'en vouloir au Dr Gilbert. Vous me direz que Gaëtan est le premier responsable, mais elle a un faible pour lui.

— Et vous ?

— Quoi, moi ? dit Guillaume Fleury.

— Vous aviez des raisons de lui en vouloir, au Dr Gilbert ?

— Pas vraiment. En revanche, cette fripouille de Gaëtan me traite comme un chien parce que je suis souffleur, il ne m'a donné que quatre vers à réciter dans sa pièce minable, il me méprise, et ça, je ne le digère pas !

Il écrasa sa cigarette dans une soucoupe et enfila sa veste.

— Bon, moi, je me barre, j'ai un rendez-vous, allez, caltez !

Victor le suivit sur le palier dépourvu d'ampoule. Guillaume Fleury ne se donna pas la peine de fermer à clé et dévala l'escalier, Victor à ses trousses.

Celui-ci le suivit rue de Provence sur le trottoir huilé par la pluie fine. Le souffleur ne se retourna pas.

— Collons-nous à lui, je devine qui a tué le docteur et Antoinette, marmotta quelqu'un derrière Victor.

Victor avait reconnu la voix de Jeremy. Sur sa gauche une troisième ombre se profila. Victor identifia Sammy.

— Bonjour, patron ! Vous croyez qu'on va parcourir tout Paris ? J'ai mal aux cannes et je suis lessivé.

J'ai bien fait de récupérer Musidora, ma fausse araignée porte-bonheur, elle me protégera des mauvais coups.

— C'est moi qui suis allé chercher Sammy en renfort, expliqua Jeremy à Victor, le souffle court. J'ai brusquement compris ce qu'il s'était passé. Camille n'était pas ravie que je sorte de nouveau.

— Vous avez eu raison. Il marche à une allure endiablée, ce Guillaume ! Et je suis trempé comme une soupe, répliqua Victor.

— Et moi donc, geignit Sammy.

— Allez, du cran. À trois, nous ne risquons rien. Mais ne le perdons pas de vue !

45

Après une filature interminable, Guillaume Fleury s'introduisit dans l'immeuble où habitaient Miranda Marquez et Gaëtan Bardin, rue de Malte. Victor, Jeremy et Sammy attendirent, tremblants de froid sous la bruine.

Quelques instants plus tard, ils décidèrent d'entrer à leur tour dans l'immeuble. Victor et Sammy poireauteraient dans le corridor pendant que Jeremy monterait en catimini à l'entresol écouter à la porte de Miranda Marquez.

Il leur adressa un signe complice et, exécutant son plan, tenta d'abord de voir à l'intérieur de la pièce. Aucune lampe n'étant allumée et la lumière étant trop faible, il ne put rien distinguer.

Des cris s'élevèrent brusquement. Jeremy hésita à rallumer la minuterie et colla l'oreille au battant. Que faire ? Redescendre ? Il hésitait. Les cris s'amplifièrent, il y eut un bruit de porcelaine brisée. Jeremy frappa doucement, puis un peu plus fort. La querelle était très violente, des injures fusaient.

Il décida d'entrer sans frapper. Face à face avec Guillaume et Miranda prêts à se battre, il demeura muet. Ils étaient figés, deux statues au visage crispé de colère, le contemplant sans savoir ce qu'il cherchait.

— Vous ! s'écrièrent-ils presque en même temps.

— C'est un nouveau jeu ? demanda Jeremy, simulant le flegme d'un Britannique.

Mais il redevint très vite américain et lança :

— Vous nous avez roulés dans la farine, mes amis, le commissaire et moi. Vous nous avez caché que vous aviez une dent contre le Dr Gilbert, dit-il à Miranda, et vous vous êtes vengée de lui ! Je ne comprends pas très bien cette énigme, mais je subodore une alliance entre vous, même si vous semblez sur le point de vous étriper.

Miranda Marquez et Guillaume Fleury s'éloignèrent l'un de l'autre. Le souffleur s'empara de ce qui ressemblait à une arme à feu qu'il fourra dans une poche de son pardessus. Miranda l'imita, glissant dans un sac un petit pistolet sans que Jeremy la repère. Ils s'approchèrent de lui et foncèrent vers l'escalier, le bousculant violemment. Jeremy les suivit et cria :

— Garez-vous !

Victor et Sammy n'eurent que le temps de se plaquer au mur, les deux compères filèrent en trombe, suivis de près par Jeremy. Ils gagnèrent la rue Amelot et se hissèrent dans une Minerva verte et blanche. Jeremy, Victor et Sammy dénichèrent un taxi en maraude rue des Filles-du-Calvaire. Ils lui adressèrent des signes frénétiques, le véhicule s'arrêta au milieu de la chaussée. Ils s'y entassèrent et Victor dit d'une voix haletante :

— Suivez la voiture qui vient de nous doubler !

Le chauffeur rechigna pour la forme, dans l'espérance d'un bon pourboire. Victor sortit son portefeuille et produisit un billet de cinq francs qui eut pour effet de lancer le taxi dans le flot de la circulation.

Ils restaient à bonne distance de la Minerva, mais craignaient parfois de la perdre. Par bonheur, sa couleur permettait au chauffeur de la distinguer au milieu du fleuve automobile.

Ils roulèrent jusqu'à la Seine, passèrent le pont du Carrousel, tournèrent sur leur droite, le long du quai Voltaire où les étalages des bouquinistes ponctuaient le parapet de leurs boîtes, et atteignirent la gare d'Orsay, tête de la ligne Sud-Ouest de la France, inaugurée en 1900, à l'occasion de l'Exposition universelle.

La Minerva se gara devant le musée de la Légion d'honneur. Le taxi se rangea le long du trottoir cent mètres plus loin. Victor se hâta de payer et laissa au chauffeur un pourboire supplémentaire qui lui valut des remerciements chaleureux.

Le trio fit demi-tour afin de gagner l'hôtel d'Orsay, lieu célèbre dans le Tout-Paris, qui accueillait des voyageurs, des associations, des congrès. Des banquets y avaient lieu, derrière l'élégante façade de pierre et de métal.

Ils pénétrèrent dans le hall, presque vide. Miranda Marquez et Guillaume Fleury avaient disparu. Jeremy se rappela que Catherine Cognat travaillait à l'accueil. Vêtue d'un uniforme sombre, elle stationnait derrière un guichet dédié à l'accueil des clients. Il marcha vers elle.

Elle était en grande conversation avec une collègue. Elle contait probablement l'agression qu'elle et ses perroquets avaient subie, puis son séjour à l'hôpital. Elle ne remarqua pas Jeremy sur-le-champ.

— Que faites-vous ici ?

— Vous n'auriez pas aperçu Miranda Marquez et Guillaume Fleury ?

— Non, pourquoi ? Gaëtan Bardin a décidé de monter sa pièce dans les combles ?

— Les combles, dites-vous ? Comment y accède-t-on ?

— Vous traversez la salle des fêtes. Vous ne pouvez pas la manquer, elle est éclairée à l'électricité et le plafond est orné du char d'Apollon entouré de figures printanières. Ensuite il y a une salle à manger avec une espèce de représentation du Temps. Ce n'est pas ma tasse de thé. De là partent des ascenseurs et des escaliers, la cuisine est tout en haut, au cinquième, près des combles justement. Normalement, elle devrait être au sous-sol mais comme on y a construit la gare, elle... Mais quelle mouche le pique ?

Jeremy galopait vers Sammy et Victor. Essoufflé, il leur déballa ce qu'avait dit Catherine Cognat.

— Il y a un chemin plus rapide, répliqua Victor. Regardez, là, des ascenseurs.

— Je préfère m'en tenir à l'itinéraire qu'elle m'a indiqué.

Au bout de la salle à manger, ils s'engouffrèrent dans une cabine vide. Ils ne purent atteindre que le quatrième étage, où ils longèrent des chambres, dont certaines, porte ouverte, révélaient des cheminées de marbre et des lits luxueux recouverts de courtepointes brodées. De l'extrémité d'un couloir s'envolait vers le cinquième étage un escalier qu'ils empruntèrent, toujours au galop.

Ils débouchèrent dans la cuisine, où s'affairaient des marmitons et des femmes vêtues de blanc, au milieu de casseroles de cuivre emplies de potages ou de sauces. Ponctuée de force cris, ce fut une jolie bousculade autour de la table où une jeune fille faillit lâcher le couteau avec lequel elle s'apprêtait à découper un rôti.

Victor courait en tête. Il s'engagea dans un vaste grenier abritant des armoires emplies de linge et de vaisselle que venaient chercher les cuisiniers. Il avisa une pièce étroite qu'un rideau à fleurs séparait de la mansarde. Il le tira d'un coup sec et repéra presque aussitôt Guillaume Fleury.

Le souffleur se jeta sur lui, revolver à la main. Victor le désarma d'un coup sec, ils s'empoignèrent et roulèrent sur le plancher poussiéreux. Jeremy s'était lancé à la poursuite de Miranda Marquez. Il allait l'attraper, quand elle vira soudain à gauche et revint sur ses pas, évitant de justesse Sammy qui tentait de lui bloquer le passage. Elle se retourna un bref instant et, de son petit pistolet extrait de son sac, visa Jeremy. Le coup le rata de justesse.

Sammy s'était aplati au sol et embrassa Musidora, son fétiche, en la suppliant de le protéger.

Le combat de Guillaume et de Victor devenait acharné. Un moment, l'ancien libraire eut le dessus, puis, combattu par un homme plus jeune et plus musclé, il se trouva plaqué contre une cloison et souffleté à plusieurs reprises. Le maintenant d'un bras, le souffleur parvint à ramasser son revolver, et pointa son arme contre la poitrine de Victor. Il allait tirer, quand une détonation retentit. Il se figea puis, lentement, se recroquevilla sur lui-même avant de s'écrouler par terre.

Miranda Marquez demeura étourdie, abasourdie d'avoir utilisé le pistolet pour tuer non son ennemi, mais son complice. Surgissant derrière elle, Jeremy la ceintura pour l'empêcher de s'en prendre à Victor, encore appuyé au mur et peinant à recouvrer son souffle. Mais c'était inutile, elle ne chercha pas à résister. On aurait dit une poupée de chiffon, sans volonté, épuisée par cette équipée et tout ce qui l'avait précédée.

Sammy s'approcha du corps inerte de Guillaume Fleury, se baissa, colla son oreille à sa poitrine et se releva en époussetant son pantalon.

— Il est mort, souffla-t-il à Jeremy.

Le souffleur n'écrirait plus jamais de poésies pour les mariages et les naissances.

46

Le commissaire pria Miranda de s'asseoir et fut sensible à la vue de ses jambes croisées, gainées de bas résille. Il toussota.

— Madame Marquez, de votre vrai nom Pioche, nous vous accusons du meurtre de Guillaume Fleury, tué par balle dans les combles de l'*Hôtel Terminus*, sis dans la gare d'Orsay. De plus, nous vous soupçonnons d'avoir incité Mme Gilbert à se déguiser en Arlequin le jour de la Mi-Carême. Vous l'avez influencée de façon à ce qu'elle assassine son mari, à qui elle a proposé de la cocaïne pendant une pause du défilé. Le Dr Gilbert était vêtu en Minotaure.

— C'est exact, répliqua posément Miranda Marquez. Son époux s'adonnait au trafic de cette substance avec son ami Julien Sarde. Il y a deux ans, le docteur a été responsable par accident de la mort de sa propre fille en salant sa purée avec la poudre blanche qu'il avait cachée dans la salière.

Auguste Dorval ricana.

— Un sel plutôt dangereux s'il est utilisé sans parcimonie par un enfant…

— Je savais qu'Hélène Gilbert était dotée de connaissances anatomiques grâce à un ancien emploi d'infirmière en hôpital psychiatrique, et qu'elle voulait venger la mort de la petite. Je lui ai envoyé une lettre lui en fournissant le moyen.

— La question que je me pose est la suivante : pourquoi avoir manigancé cette histoire ? répliqua le commissaire.

— J'avais appris que, ce jour-là, Gaëtan Bardin, le cousin d'Étienne Gilbert, prêterait son costume de Minotaure au docteur et honorerait un rendez-vous avec un certain Hector Lavergne, brocanteur chargé de fournir aux réalisateurs de films et aux régisseurs de théâtre des objets dont ils ont besoin pour leur décor. Il est aussi propriétaire d'un local rue Lèchevin, que désirait lui louer Gaëtan Bardin afin de répéter *La Voile noire*. Il s'était lié avec Hector grâce à Sammy Eidelmann, qui s'occupe de la régie à la Comédie des Champs-Élysées.

Auguste Dorval sourit.

— Cela me donne une partie du comment, non du pourquoi de votre vengeance par procuration.

— Et si je refuse de vous répondre ? riposta Miranda Marquez d'un ton sec.

— Vous serez de toute façon incarcérée, jugée et probablement condamnée pour avoir tué le souffleur. Il y a des témoins, vous n'échapperez pas à la justice. Allons, mieux vaut être sincère, cela vous rendra moins antipathique aux yeux du jury.

Miranda Marquez se mordilla les lèvres puis débita à mi-voix :

— Mon protégé, Louis, est décédé le 28 octobre de l'an passé à la suite de l'éboulement de l'immeuble où il habitait, cité Doré. Les infirmiers et les ambulanciers chargés des secours étaient dirigés par le Dr Gilbert. Or, ce jour-là, il avait un peu trop forcé sur la cocaïne. Si bien qu'il était comme ivre, et que Louis a été oublié sur le trottoir. Une crevasse brusquement ouverte dans l'asphalte l'a englouti.

— Comment l’avez-vous su ?

— Par une collègue, une péripatéticienne âgée nommée Mme Ramona. Elle connaissait mon adresse. Voyez-vous, Louis était le fils d’une jeune voisine très pauvre mariée à un poivrot, il ignorait que je secourais sa mère. J’étais leur protectrice, et je veillais sur lui depuis son enfance. Je ne voulais pas lui dire quel métier j’exerçais. Je l’ai hébergé le dimanche quand il était tout gosse, je lui achetais des vêtements, des jouets, il raffolait des poupées. Je le nourrissais, je l’ai envoyé à l’école. Et puis à douze ans il a rejoint une bande. Sa mère ne s’est guère souciée de lui, elle avait plusieurs petiots à nourrir. Mais j’ai continué de le voir et de l’aider.

— Ce Louis n’était donc pas un saint. Vous ne couriez aucun danger en lui avouant la vérité sur votre métier.

— J’ai ma fierté.

— On a interrogé Mme Ramona, figurez-vous. Elle a parlé d’une montre à gousset que Louis l’avait chargée de vous apporter avant de rendre l’âme.

— Je la lui avais offerte à l’un de ses anniversaires. Mme Ramona m’a rendu un joli service, cette montre était un tel souvenir, j’y étais très attachée. J’ai décidé de la garder dans un coffret de bois. Hélas, M. Nelson, à qui je ne suis pas indifférente, m’a rendu visite et l’a découverte en fouillant dans mes affaires.

Le commissaire louchait vers sa pipe éteinte. Miranda Marquez adopta une expression dégoûtée et se caressa le menton.

— Je déteste les fouineurs, si séduisants soient-ils, poursuivit Miranda Marquez. Cet Américain de malheur est allé mener son enquête aux environs de la cité Doré, et on lui a indiqué le logis de Mme Ramona.

Auguste Dorval inspira profondément.

— Dois-je conclure que vous avez convaincu Hélène Gilbert de supprimer son mari, en se présentant, déguisée en Arlequin, à cet homme vêtu d’un costume de

Minotaure qu'elle pensait être Gaëtan Bardin ? Tout cela pour venger la mort de Louis ?

— Oui, je l'admets.

— C'est tordu. Je nage comme un poisson jeté dans une flaque d'eau sale !

— Il est exact que je souhaitais me venger, mais j'ignorais la façon de m'y prendre. J'avais un flirt assez orageux avec Guillaume Fleury, une de ces aventures purement physiques dont on ne garde que des regrets. Il avait l'intention de liquider Gaëtan Bardin, qui ne cessait de se moquer de son métier de souffleur et de le traiter de minable. C'est Guillaume qui a eu l'idée de ce scénario. Il était l'amant d'Antoinette Cozic. Il l'a chargée de porter chez Hélène Gilbert, sa patronne, une tenue d'Arlequin qu'il avait subtilisée à la Comédie-Française. Antoinette convaincrait la femme du docteur de se déguiser le jour de la Mi-Carême. Il lui a aussi fourni une aiguille d'horloge très pointue volée à Catherine Cognat un jour qu'elle recevait la troupe chez elle. Lui aussi connaissait le passé médical d'Hélène Gilbert et l'estimait capable de percer sans faiblir le cœur de sa victime. Ce qu'il ignorait, c'est que le Dr Gilbert avait emplacé Gaëtan dans le défilé.

Le commissaire éternua, signe qu'il était en proie à une violente émotion.

— Si je comprends bien, vous et Guillaume Fleury étiez tous les deux de mèche par l'intermédiaire de Mme Gilbert ? Mais vous, vous avez manipulé tout le monde !

— Si vous voulez.

— Le lien qui vous unissait n'était-il pas plus fort que vous ne le prétendez ?

— Certes, nous étions amants. Mais je n'éprouvais pas d'amour véritable envers Guillaume. Il était violent et capable d'actes sexuels confinant à la sauvagerie. La petite Antoinette vous le dirait si elle était encore en vie. Mais il l'a tuée en la poussant dans l'escalier de l'immeuble des Gilbert.

— Avait-il un mobile ? demanda Auguste Dorval en cherchant des bonbons sous une pile de dossiers.

— Il lui avait ordonné de lui rapporter le costume d'Arlequin et la soupçonnait d'avoir tiré au clair la machination à laquelle il l'avait associée.

— Eh bien, c'est du joli ! Cette pauvre fille... Ses parents se recueillent sur son corps avant l'enterrement qui aura lieu sous peu. Quand ils connaîtront la vérité...

— Vous n'êtes pas obligé de la leur révéler.

Outré, le commissaire faillit s'étouffer avec une pastille à la menthe. Quand il eut récupéré son souffle et avalé quelques verres d'eau, il s'écria :

— Vous m'encouragez à travestir la réalité ? Cela peut vous coûter cher. De toute façon, l'enquête va rendre ces faits publics et le procès qui suivra achèvera de leur apporter une publicité éclatante. Revenons au meurtre commis par Hélène Gilbert. Le médecin légiste a découvert dans le cœur de son mari une seconde piqûre, beaucoup plus profonde que la première.

— Guillaume surveillait de près Hélène-Arlequin quand elle a attiré dans un garni de la rue Rambuteau celui qu'elle croyait être le cousin de son époux.

Auguste Dorval l'interrompit.

— La malheureuse. Mettez-vous deux minutes à sa place. Être persuadée de tuer un homme qu'on déteste, et s'apercevoir qu'il s'agit de l'époux qu'on adore... Vous vous êtes servie d'elle d'une manière honteuse.

— Je continue ? Guillaume a rapidement examiné le corps et s'est aperçu que la piqûre d'Hélène Gilbert n'était pas assez profonde. Alors il a utilisé une aiguille d'acier pour s'assurer que le Dr Gilbert ne survivrait pas à sa blessure.

— Il vous a relaté ses actes, marmonna le commissaire en cherchant vainement un second paquet de pastilles.

— Oui, il m'a tout raconté. Il insistait pour me rencontrer, mais je me méfiais de lui. Je n'ai accepté de le voir que lorsqu'il a commencé à suspecter le pianiste américain, Jeremy Nelson, de le pister. C'est alors que son imagination féconde a élaboré un plan qui le conduirait à un nouveau meurtre. Le jour de l'enterrement du Dr Gilbert, Guillaume Fleury m'a chargée d'une mission : introduire dans la poche de Jeremy Nelson un poème écrit sur un prospectus vantant les mérites d'un magasin situé passage Brady. On y trouve toutes sortes de costumes, la plupart des acteurs viennent s'y fournir. Un des vendeurs, un vieil homme, nommé le père Anatole, y travaille. Il est lié au trafic de drogue. Jeremy se doutait d'une connivence entre cet individu, Julien Sarde et Gaëtan Bardin. La poésie au sujet de la neige – c'est ainsi qu'on appelle la cocaïne – lui a mis la puce à l'oreille et l'a incité à en parler à Sammy et à ce type débarqué de Londres, Victor Legris. Jeremy ne s'est pas démonté. Guillaume espérait lui faire peur, mais il a échoué. Il vous a aussi adressé une lettre anonyme. Il m'a persuadée d'enlever la compagne du pianiste, nommée Camille, dans la Minerva avec laquelle il avait simulé à deux reprises une attaque du jeune Sammy. Nous nous sommes masqués lui et moi, nous avons ligoté cette pimbêche, nous l'avons jetée dans la Minerva pour la conduire à Joinville, dans une cabane où il désirait la violer puis la tuer. Dans l'auto, il s'est livré à des attouchements qui n'étaient pas au menu, simple prélude à ce qui allait suivre. Mais, après mon départ de Joinville, quand il a tenté de passer à l'acte, la garce s'est montrée plus coriace qu'il ne s'y attendait et l'a assommé avec une bêche. La suite, vous la connaissez peut-être, la bagarre entre Victor et Tom Brighton, le trafic de drogue de ce dernier, celui de Gaëtan et de Julien Sarde, l'attaque subie à son domicile par Catherine Cognat…

— Je ne sais que ce qu'on ne m'a pas caché, mais je devine pas mal de choses, ma jolie.

— Et l'affaire Imans. À ce propos, cette histoire n'a aucun rapport avec le meurtre du docteur. C'est moi qui ai renversé un mannequin et laissé traîner un mouchoir appartenant à Gaëtan. Je ne le supportais plus, j'espérais qu'il serait incriminé.

Le commissaire repoussa sa chaise et se leva.

— Eh bien, si quelqu'un se donnait la peine de l'écrire, cela ferait un roman ! Avec tout ce que vous portez sur le dos, ma chère demoiselle, si votre sentence n'est pas la peine capitale, vous allez tout de même séjourner un certain temps derrière les barreaux.

Il la reconduisit à la porte de son bureau où l'attendaient deux agents en uniforme. Le trio s'éloigna sans se retourner.

— Quand je pense que j'aurais pu épouser une rouée de cette espèce, je me dis qu'il y a sans doute un ange gardien pour les policiers célibataires, grommela Auguste Dorval.

Il s'installa à son bureau et commença la rédaction du rapport qu'il lui faudrait remettre à ses supérieurs. Une forte envie de fumer l'obligea à poser son stylo plume et à sortir dans la cour du poste tirer quelques bouffées de sa pipe.

— Alors, patron, vous avez résolu cette énigme ? lança Jaspinet, occupé à tailler les géraniums plantés dans une jardinière sous une fenêtre.

— Oui, je ne me suis pas trop mal sorti de ce pétrin. Comme l'affirme un vieux proverbe, mieux vaut une vérité qui blesse qu'un mensonge qui réjouit.

Jaspinet regarda son supérieur sans comprendre.

— Qu'il est calé, cet homme-là, murmura-t-il. Pas étonnant qu'il ait une si belle carrière derrière lui !

Il reprit son sécateur, lâché le temps de ce dialogue, et coupa quelques tiges avec conviction.

ÉPILOGUE

Samedi 8 mai

Au 45-47, rue de la Boétie se dressait la salle Gaveau. Construite par Étienne Gaveau en 1908, elle avait accueilli la musique de Claude Debussy en 1912. L'année suivante, Camille Saint-Saëns y avait interprété ses œuvres sur un piano grand queue. Pendant la guerre, on y avait proposé aux soldats et aux victimes des spectacles de variétés. À la fin du conflit, Paul Whiteman en personne y avait chanté *What'll I Do ?*, d'Irving Berlin.

Ce soir-là, c'était au tour de Jeremy et de Camille de monter sur la scène pour y donner leur récital, chacun assis de profil devant son instrument, l'une côté cour, l'autre côté jardin. Camille portait les couleurs de la musique classique, Jeremy celles du jazz. Ils étaient émus et la peur de jouer en public un spectacle qu'ils craignaient de ne pas avoir assez répété leur nouait la gorge.

Les mille places occupant trois niveaux s'emplissaient peu à peu. Sammy, désireux de prendre sa revanche sur l'annulation de *La Voile noire* faute de comédiens, s'était chargé de la publicité, aidé de son frère Jacob et d'Hector Lavergne. Ils avaient invité des acteurs, des musiciens, des poètes et des clients du *Bœuf sur le Toit*, dont le plus célèbre, Jean Cocteau, était assis au premier rang, entouré de sa cour.

À l'exception d'Hélène Gilbert, Miranda Marquez et Gaëtan Bardin, arrêtés, et de Julien Sarde et Tom Brighton, en fuite, tout le monde était là.

Au troisième rang, assise près de son fils Joseph Pignot et de son épouse Iris, une grosse dame aux cheveux blancs et au double menton essayait d'ôter les épingles qui maintenaient son chapeau en marmonnant :

— Ah, j'la porte, ma croix ! Et en plus, je deviens sourde !

— Maman, je t'en supplie, cesse de grommeler, on n'entend que toi, et puis inutile d'ôter ton chapeau, tu gênerais encore plus ceux qui sont derrière toi ! Tes boucles sont tellement épaisses qu'elles empêcheraient sûrement de voir les pianistes ! murmura Joseph Pignot, lui-même devenu chauve avec les années.

Iris Pignot posa une main sur le bras de son époux afin qu'il ne vexe pas Euphrosine, mais le mal était fait.

— Parce que tu t'imagines ne pas constituer toi-même un écran entre les spectateurs et les interprètes ? Ah, j'la porte, ma…

— Croix, oui, je sais, mais songe deux minutes aux autres, s'il te plaît, leur vie n'est pas toujours un lit de roses, d'ailleurs ça pique, ces fleurs-là, accepte…

— Quoi ? Que les sièges soient durs comme du bois ? Que ce petit homme apparemment célèbre remue comme un hanneton au premier rang ? Au premier rang, c'est nous qui devrions y être ! Et tous ces gandins efféminés, si tu t'imagines que ça me plaît d'être juste à côté d'eux, moi qui suis une honnête femme ! Jeanne aurait pu nous épargner ça !

Joseph aurait voulu répondre à sa mère que Jean Cocteau était un grand écrivain, et qu'être au deuxième rang constituait déjà un privilège pour assister au spectacle donné par Jeanne, qui désormais se nommait Camille. Il garda le silence.

Les lumières faiblissaient, Joseph avait eu le temps d'apercevoir, à quelques places d'eux, la famille Legris, et Djina Kherson, tous, sauf Victor, arrivés de Londres le matin même par le bateau de Liverpool puis par le train de Cherbourg. Il y avait aussi les Lavergne, Hector, Léa, Zoé et Chloé, la dévergondée de la famille, qui se démanchait le cou pour distinguer Sammy Eidelmann. Un peu à l'écart, l'œil torve, se tenait le commissaire Auguste Dorval, résigné à ne pas fumer pendant ce récital qu'il considérait comme un pensum. La salle s'obscurcit, le public retint son souffle.

Soudain, sous les doigts de Jeremy jaillirent les premières mesures d'un extrait de *Lady Be Good*, de George Gershwin. Quand il eut terminé, Camille enchaîna avec le Prélude du *Tombeau de Couperin*, de Ravel. Il y eut une salve d'applaudissements. Le silence rétabli, Jeremy retint l'attention générale grâce à un passage de *Rhapsody in Blue*. Camille ricocha, s'ensuivit la *Sonate pour piano*, de Vincent d'Indy.

Les yeux mi-clos, Euphrosine ronflait. Elle mâchonna :

— C'est beau, mais c'est long.

Le duo joua pendant une heure et demie, le public refusait de le laisser partir, on battait des pieds, on sifflait, les paumes des assistants claquaient. Il y eut plusieurs rappels. Le dernier fut consacré à une chanson très en vogue depuis la création à Mogador de *No, No, Nanette*. Elle était intitulée *Tea for Two*, et ils la jouèrent ensemble sur le piano de Jeremy.

Enfin, ils parvinrent à s'enfuir. Leur parentèle et leurs amis vinrent les féliciter en coulisse.

Sammy remit à Camille la fausse araignée Musidora, ce serait dorénavant son porte-bonheur. Aglaé avait apporté un bouquet d'anémones. Victor et Djina étaient chargés d'une brassée de roses blanches, ils s'étaient gardés d'acquérir des œillets. Joseph et Iris n'avaient pour cadeau qu'une bouteille du faux champagne fabriqué jadis par Jacob. Euphrosine se contenta d'étouffer ses perpétuels « Ah, j'la porte, ma croix ! ».

La famille Lavergne et le commissaire Dorval s'étaient éclipsés.

Victor les invita tous à dîner au restaurant. Il commanda un plateau de fruits de mer, un énorme rôti de veau, un assortiment de fromages et une bombe glacée.

Le sommelier emplit de champagne les coupes destinées à chaque convive. Victor leva son verre.

— À la santé des amoureux ! Nous connaissons leur désir de ne pas signer d'acte de mariage, nous les acceptons tels qu'ils sont. Peut-être seront-ils parents d'une charmante progéniture, peut-être préféreront-ils ne pas procréer et se consacrer à leur carrière. J'ai la chance d'avoir une épouse accomplie, Tasha, demeurée à Londres parce qu'elle souffre d'un lumbago. Notre fille Alice, épouse d'un armateur anglais, nous a comblés de deux bambins que je prête à qui veut s'en occuper.

Il y eut un éclat de rire général tandis qu'Euphrosine ne parvenait pas à retenir un « Ah, j'la porte, ma croix » à l'intention de Camille, sa petite-fille, et de Jeremy.

D'un geste, Victor réclama le silence.

— Tasha, Kenji Mori – qui lui aussi souffre du dos et vous prie d'excuser son absence – et moi-même nous sommes cotisés pour offrir à notre détective amateur et à sa compagne l'acte de propriété d'une maisonnette sise près de la nôtre, à Chelsea. Ils ne seront bien sûr pas obligés d'y habiter en permanence, mais s'ils consentent à s'y rendre de temps en temps, cela nous fera infiniment plaisir.

Cramoisis, Camille et Jeremy demeurèrent muets puis se tournèrent l'un vers l'autre. Ils échangèrent un long baiser applaudi par l'assistance.

— Nous irons ? souffla Camille à l'oreille de son amant.

— Évidemment. Ce sera très pratique de posséder un pied-à-terre en Grande-Bretagne, au cas où nous prendrions le bateau qui rallie Liverpool à New York.

— Et puis Londres regorge de criminels, tu ne t'ennuieras pas là-bas, répondit Camille d'un ton espiègle.

Elle fixa sur sa robe le fétiche de Sammy qu'elle gratifia d'un clin d'œil complice, afin de lui signifier qu'il serait toujours le bienvenu à Chelsea.

REMERCIEMENTS

À la mémoire de ma sœur, Liliane Korb-Abecasis, décédée le 9 mars 2022, sans qui ce livre n'aurait pas vu le jour. Nous avons lutté ensemble afin d'achever le cinquième épisode des aventures de Jeremy Nelson. Liliane aurait été heureuse de le voir paraître.

À la mémoire de mon père, Maurice Korb, de ma mère, Etia Korb, née Izner, de mon époux, Bernard Lefèvre. Leur souvenir ne quittera jamais mon cœur.

À mon beau-frère, Jaime Abecasis, pour qui le départ de Liliane a été une aussi grande épreuve que celui de Bernard, le 19 octobre 2021, pour moi-même.

À mes fils, Jonathan et David, son épouse Kumiko et mon petit-fils Keita, qui ont été très présents près de moi, et continuent de l'être.

Aux amis et aux proches qui m'ont soutenue pendant ces mois difficiles, qui m'ont encouragée, consolée et aidée à garder le goût de vivre.

À toute l'équipe actuelle et passée de 10-18 qui, depuis 2003, a permis à Claude Izner d'exister.

Et bien sûr à nos lecteurs, sans qui nous n'aurions pu, Liliane et moi, rédiger deux séries successives situées à Paris, l'une à la Belle Époque, l'autre pendant les Années folles,

Liliane et Bernard sont auprès de Victor Legris et de Jeremy Nelson. Merci à eux, continuons à être du parti d'en rire en dépit de tout.

#lisez engagé !
www.lisez.com
Imprimé sur du papier issu de forêts gérées durablement.
Pour plus d'information :

10/18 – 92 avenue de France, 75013 PARIS

Imprimé en France par CPI

N° d'impression : 173722
X07914/01